KB264044

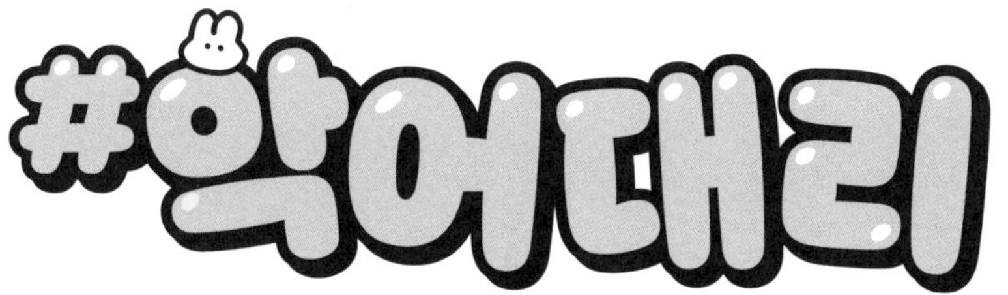

#악어대리
일상 공감 에세이

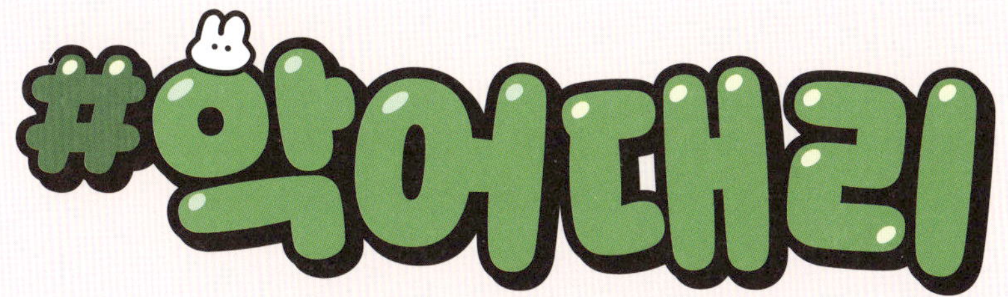

#악어대리

일상 공감 에세이

꿀김 지음

서로 다른 이야기가 모여 만드는
유쾌하고 따뜻한 직장 이야기

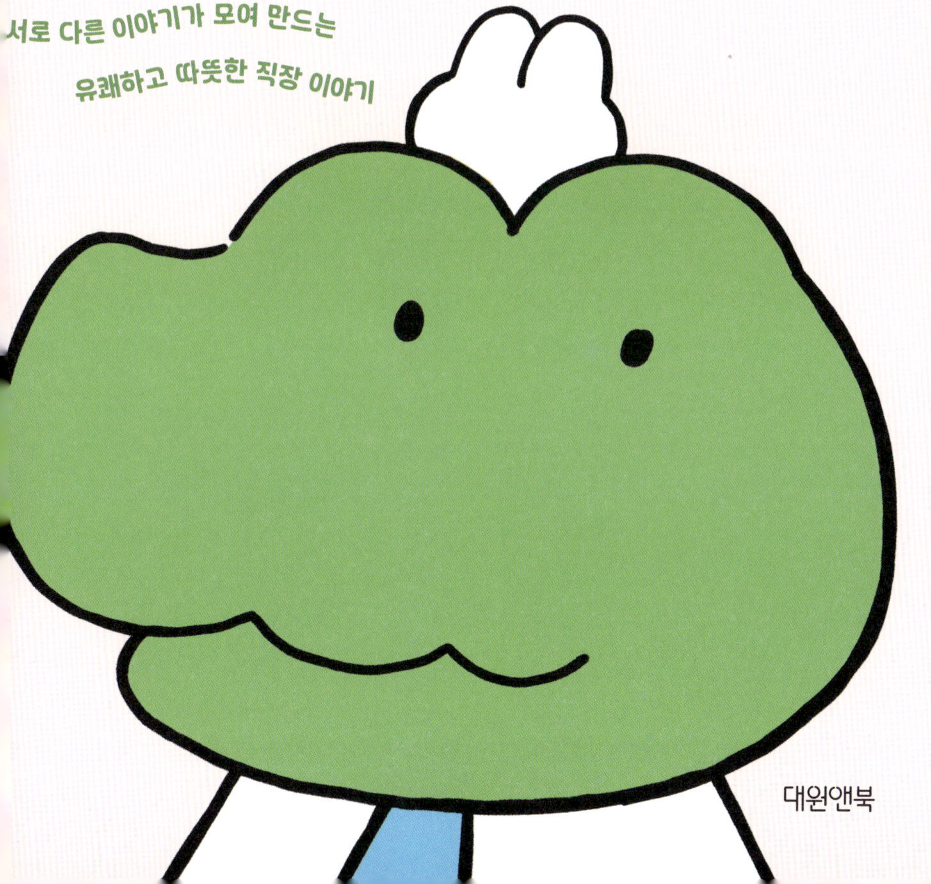

대원앤북

『악어대리』는 제 직장 생활의 한 단면에서 시작되었습니다.
서로 비교하기 어려운 각자만의 사연과 배경을 가진 사람들이
한 공간에 모여 웃고, 때론 다투기도 했습니다.
그리고 각자의 모습으로 하루를 버텨내는 모습을 지켜보며,
그 속에서만 느낄 수 있는 독특한 온기를 발견했습니다.

악어라는 캐릭터를 빌려, 그 순간들을 담아냈습니다.
어느새 잊고 지냈던 구석구석의 장면들, 말로 다 꺼내지 못했던 마음들은
조심스럽게 네 컷 안에 눌러 담았습니다.

이야기는 악어의 시선에만 머물지 않습니다.
그와 함께 일하는, 혹은 스쳐 지나가는 수많은 사람들의 눈빛과 목소리를
놓치지 않으려 했습니다.

저에게 '행복'이라는 말은 추상적인 단어 중 하나로 여겨집니다.
그렇기에 행복은 거창한 순간이 아니라,
우리가 살아가는 바로 그 순간에 스며 있다고 믿습니다.
그 믿음을 따라, 우리의 하루와 감정을 꾹꾹 눌러 담아
오늘도 네 컷을 그리고 있습니다.

그리고 이 조그만 그림 속 온기가
독자 여러분의 하루에도 잔잔하게 스며들기를 바랍니다.

꿀김

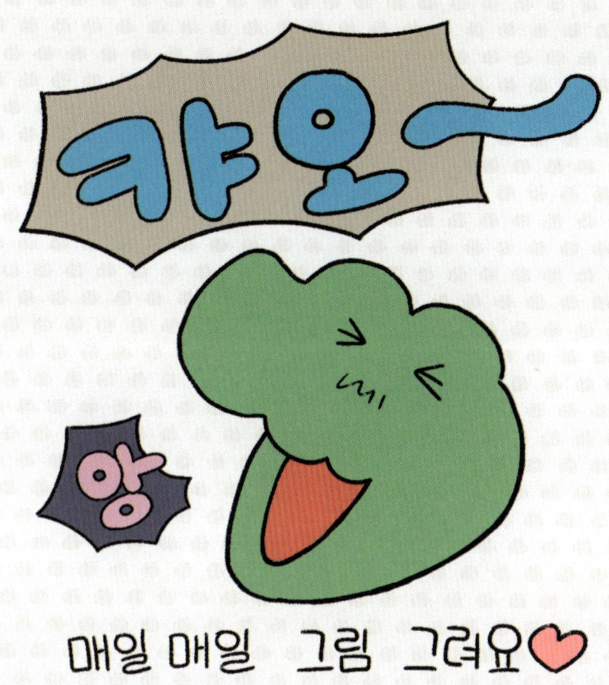

매일 매일 그림 그려요

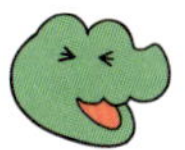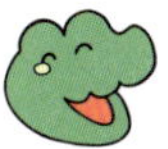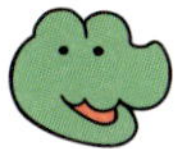

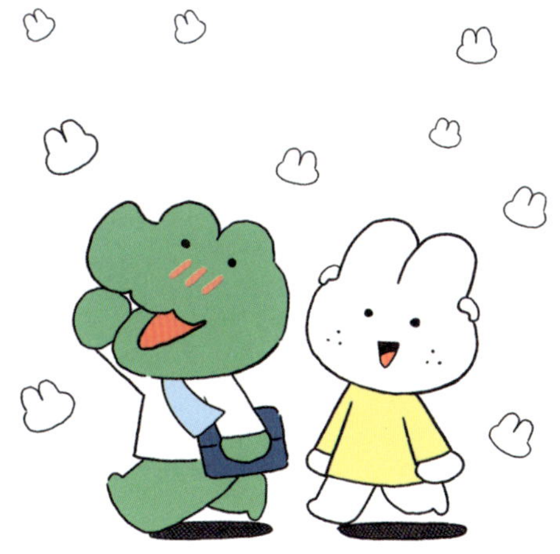

에필로그

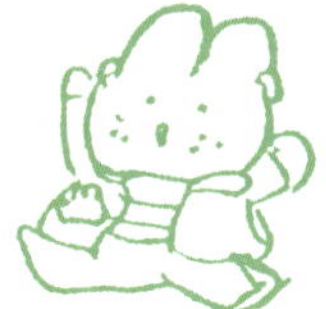
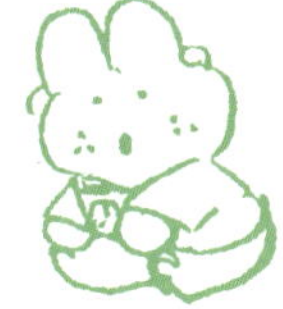
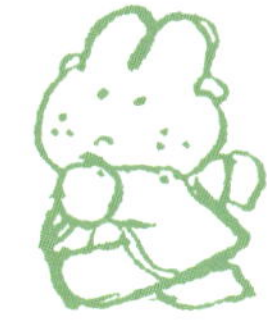

어떤 이별

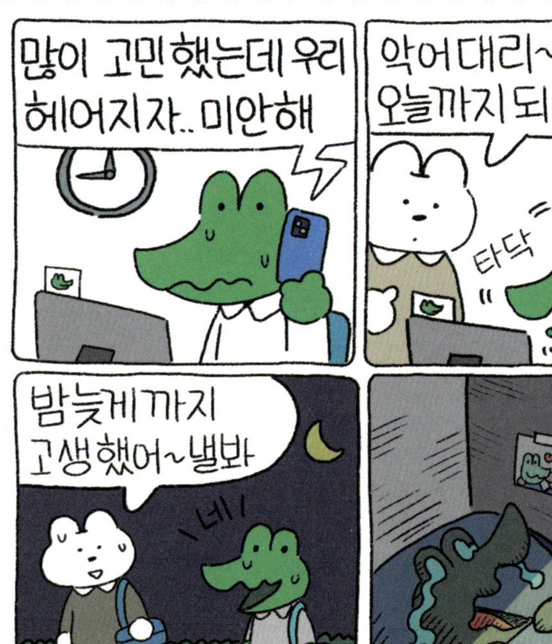

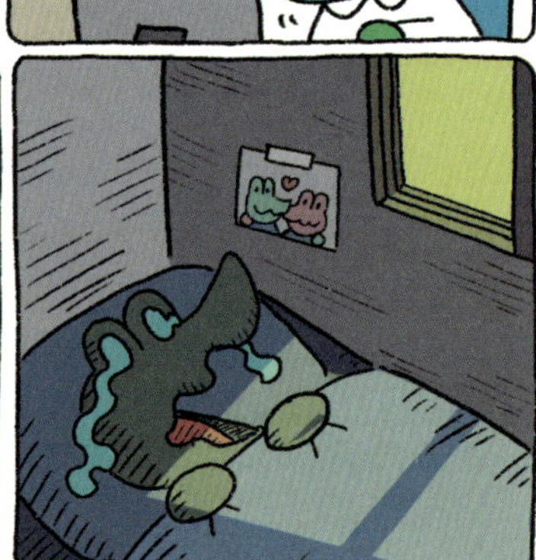

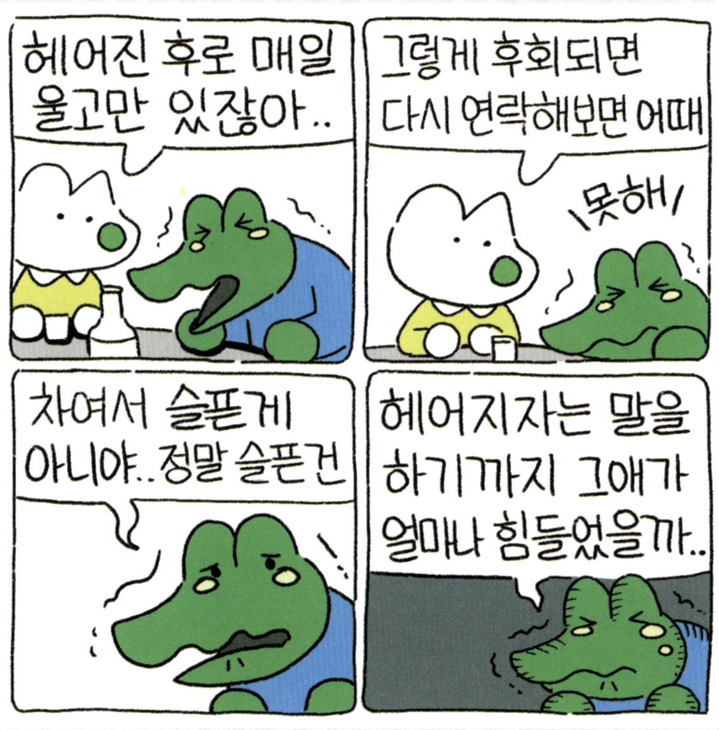

헤어진 후로 매일 울고만 있잖아..
그렇게 후회되면 다시 연락해보면 어때
못해
차여서 슬픈게 아니야..정말 슬픈건
헤어지자는 말을 하기까지 그애가 얼마나 힘들었을까..

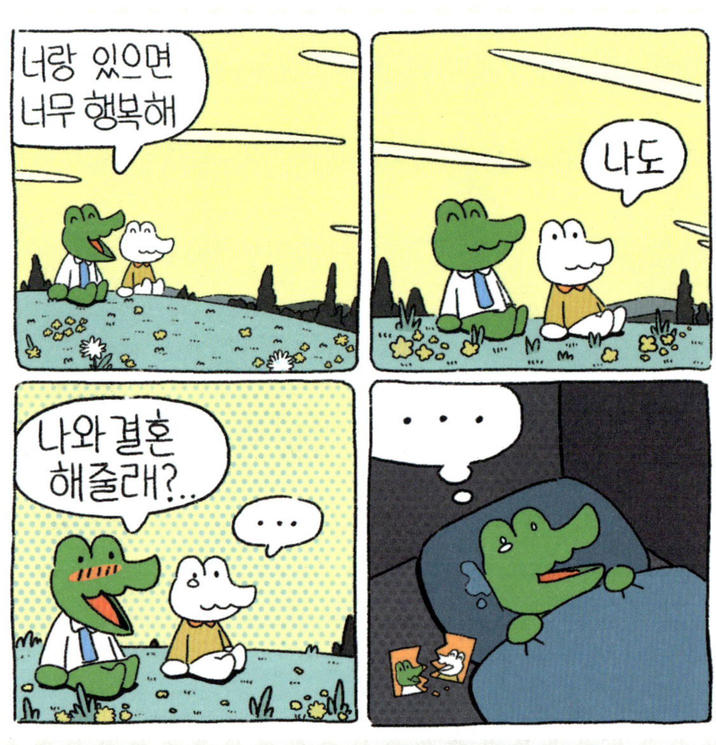

너랑 있으면
너무 행복해
나도
나와 결혼
해줄래?..
...
...

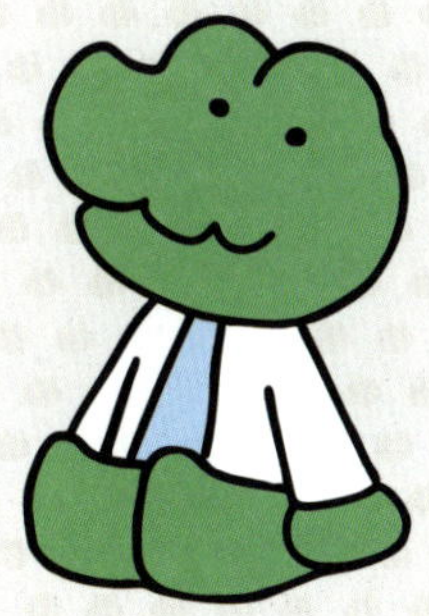

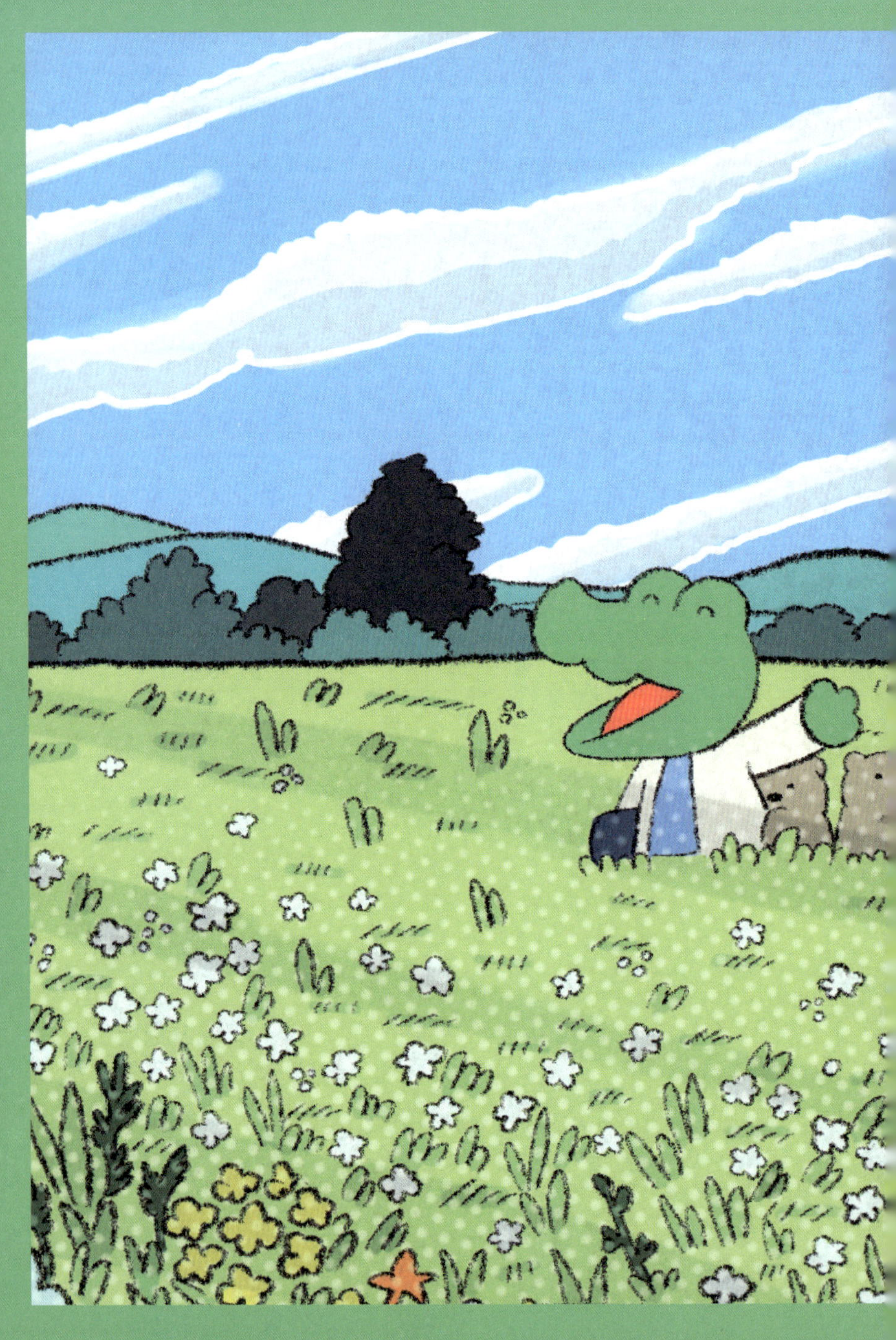

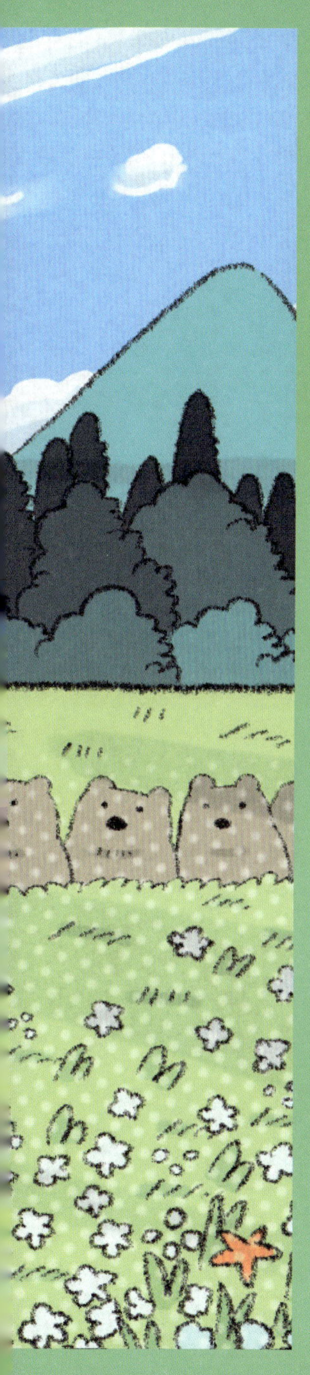

1장

악어대리

다가오는 불행에 눈을 감아버리면
나에게도 해가 뜬다는 사실을
잊을까 봐 그래

회사라는 장소

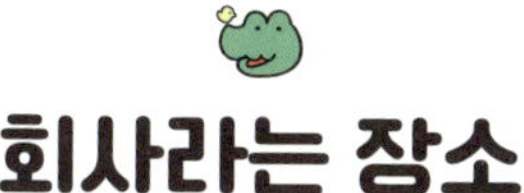

회사는 다양한 세대가 모인 이상한 곳이다
각자 다른 꿈을 가지고 일을 하며..
타닥
타닥
누군가는 자신의 모든걸 바쳐 희생하고..
부장님
헉
누군가는 지나쳐가는 장소 중 하나인 곳

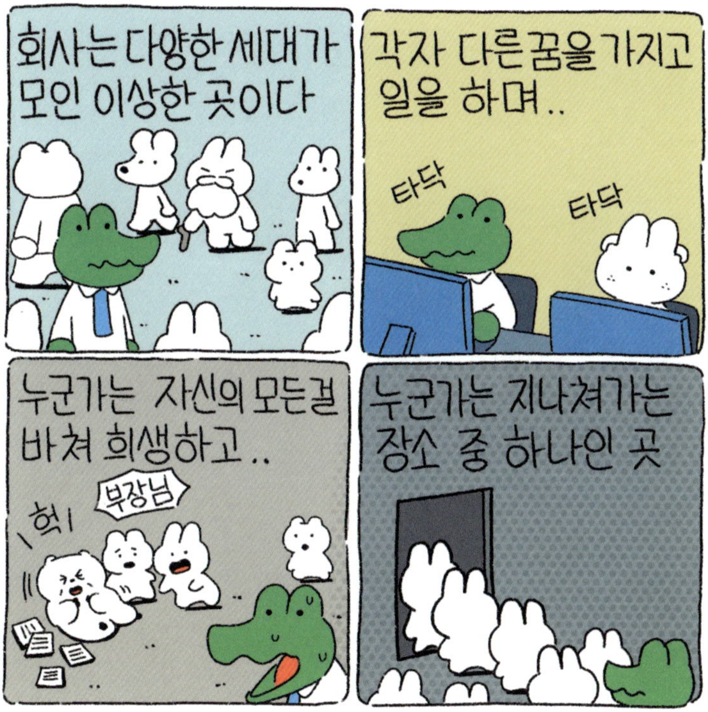

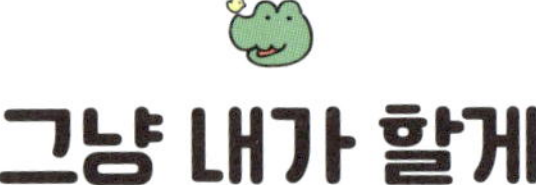

그냥 내가 할게

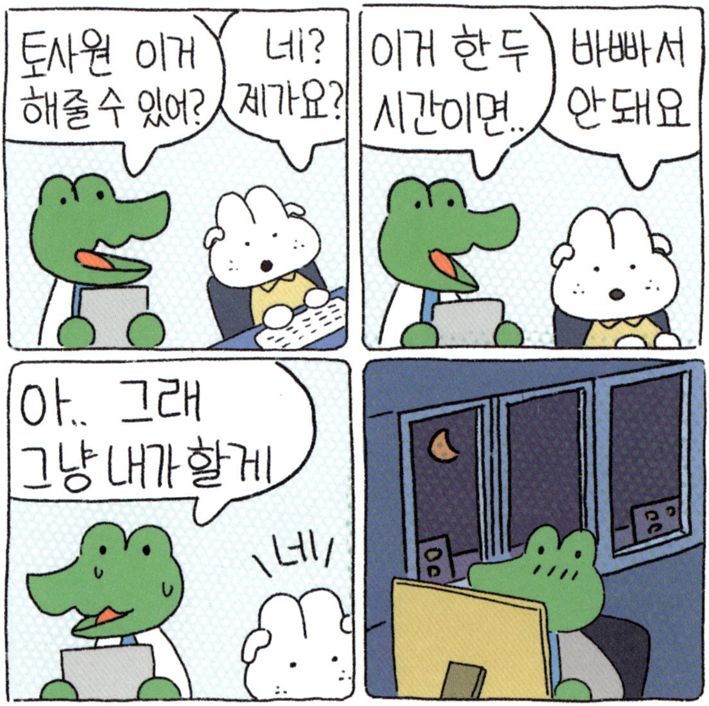

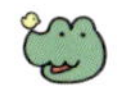

신입 시절을 떠올리다

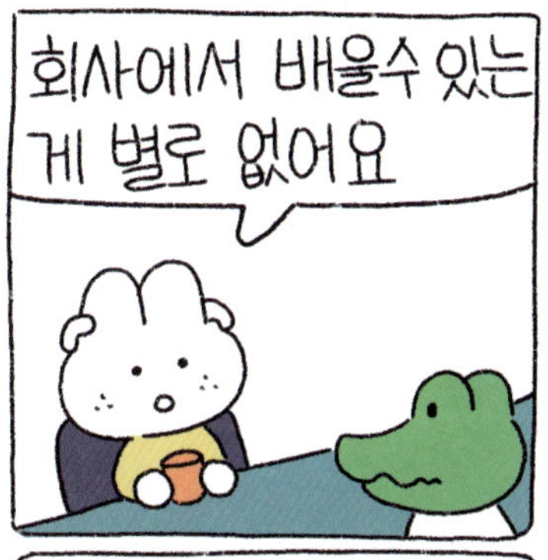

회사에서 배울수 있는
게 별로 없어요

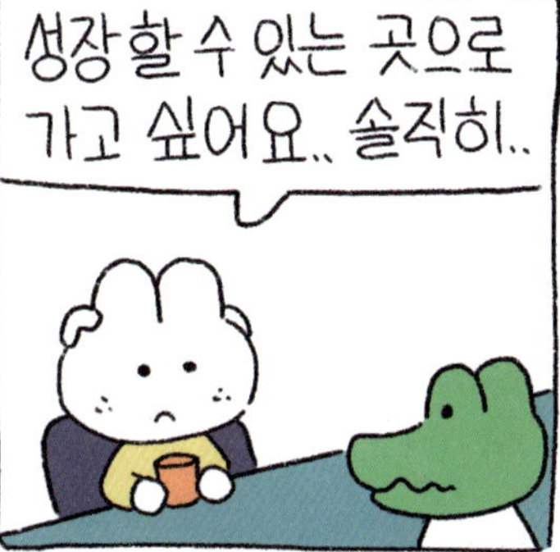

성장 할 수 있는 곳으로
가고 싶어요.. 솔직히..

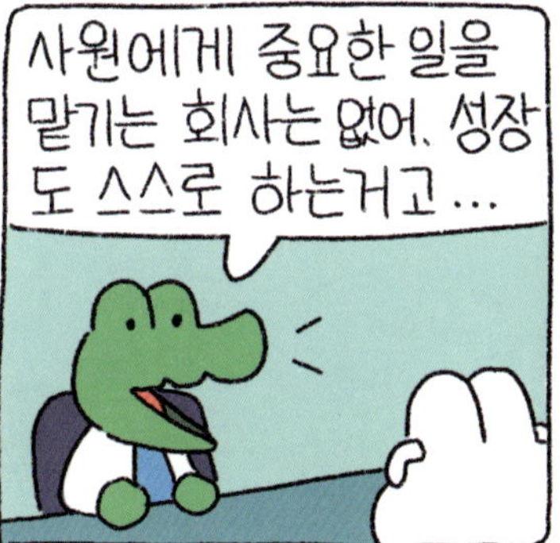

사원에게 중요한 일을
맡기는 회사는 없어. 성장
도 스스로 하는거고 …

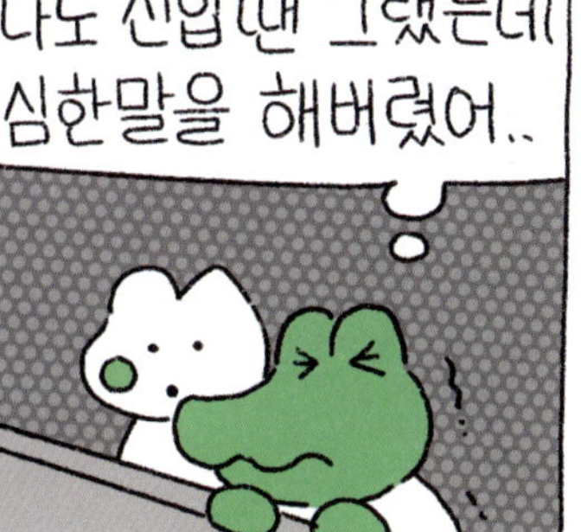

나도 신입때 그랬는데
심한말을 해버렸어..

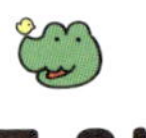

신규 업무

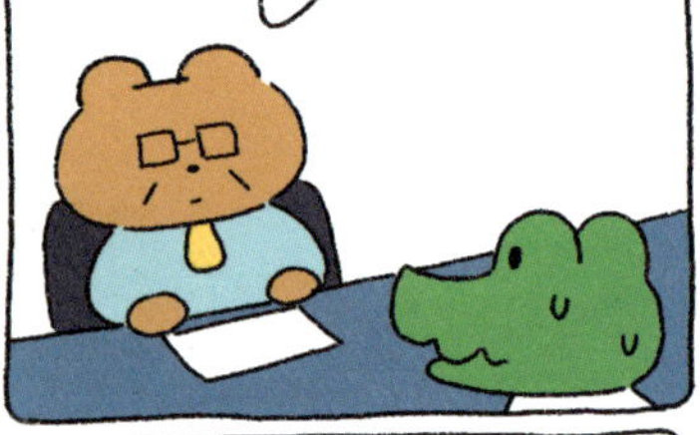

이업무 때문에 사람충원
은 힘들어..

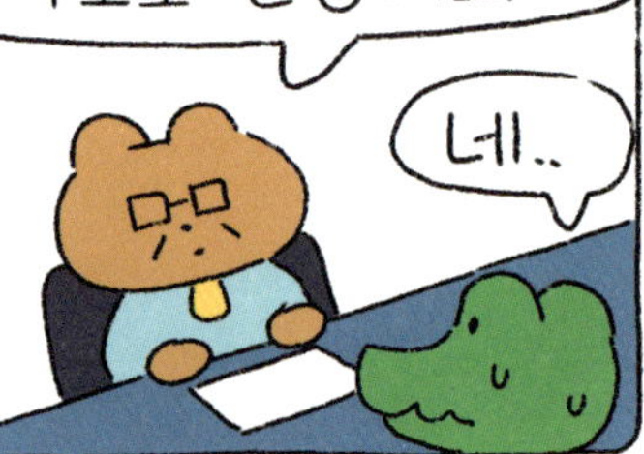

이건은 악어대리가
주도로 진행해봐
네..

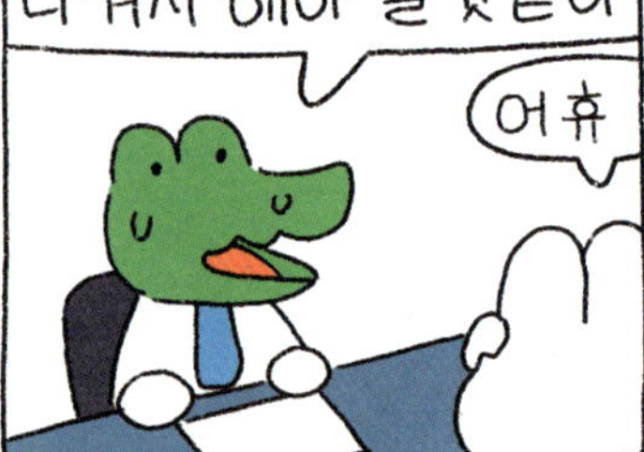

토사원..이업무 우리가
나눠서 해야 할것같아
어휴

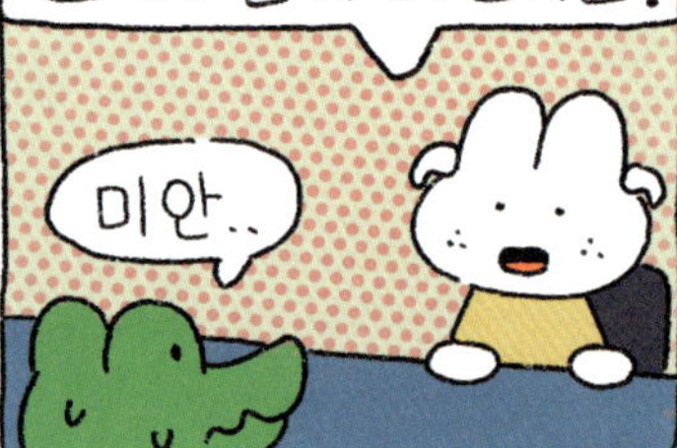

왜 매번 우리만 잡일
을 다 맡아 하는거죠?
미안..

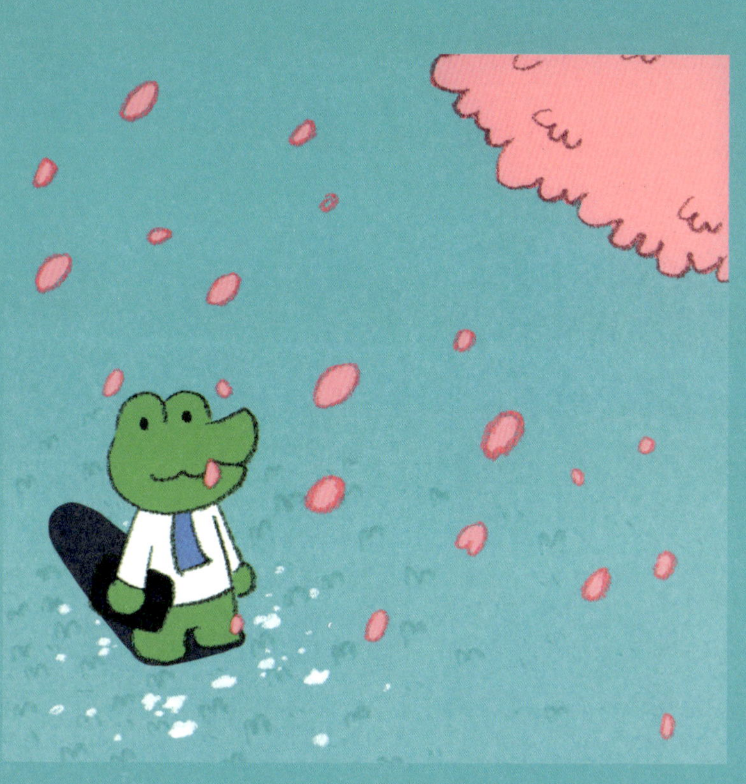

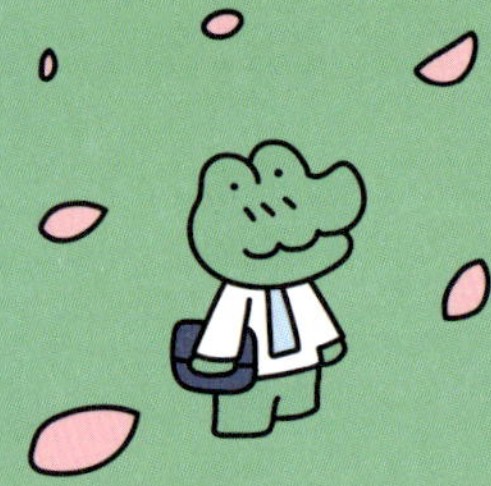

악어대리 편은 다양한 인물들의 시선과 생각을 통해
이야기를 그리고 있습니다.

악어대리의 일인칭 시점 뿐만 아니라
다른 등장인물들의 시점에서도 이야기가 펼쳐지며
각 인물의 독특한 관점을 엿볼 수 있습니다.

이를 통해 사람의 성격이 일관되지 않고
상황에 따라 다양한 면모를 드러낼 수 있음을 알 수 있습니다.
어떤 순간에는 강인한 모습을, 또 다른 순간에는
한없이 약한 모습을 보이는 양면성을 보여줍니다.

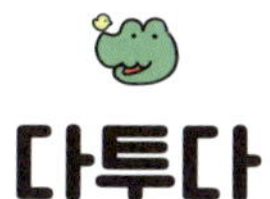

다투다

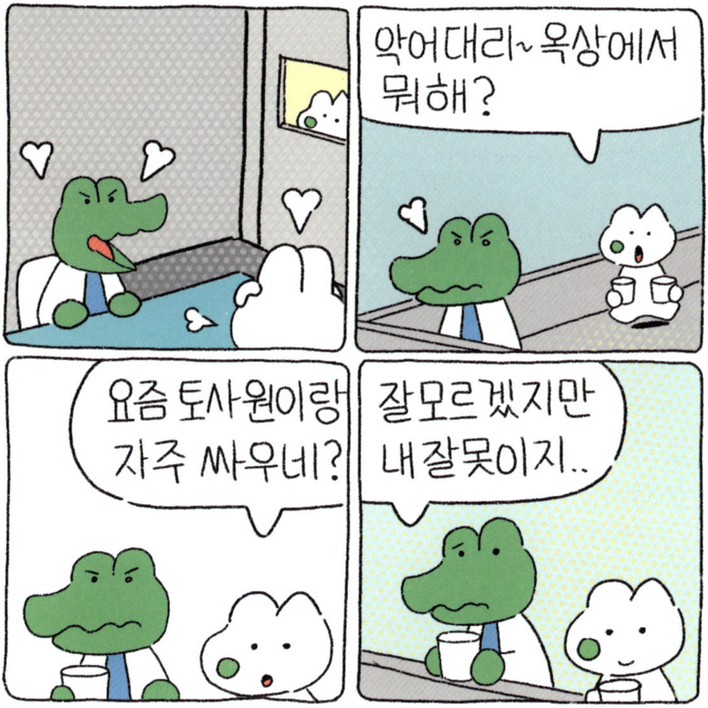

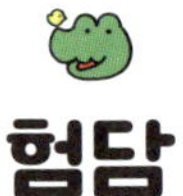 험담

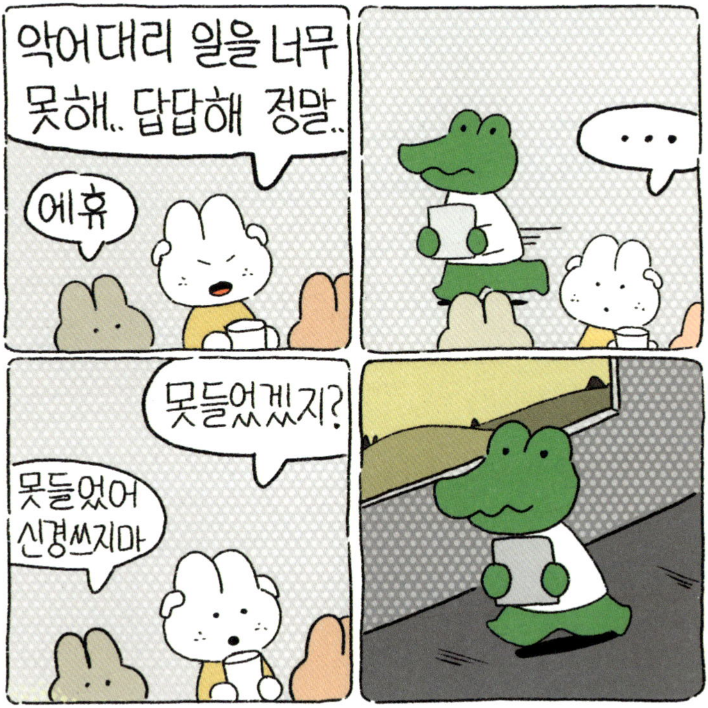

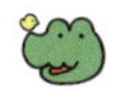

업무 관점을 얘기하다

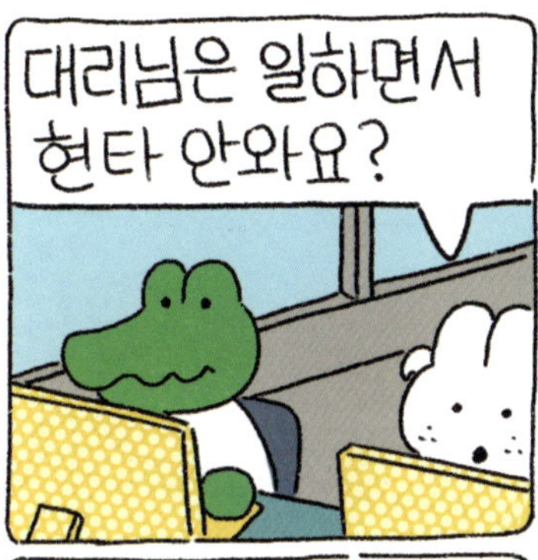

대리님은 일하면서 현타 안와요?

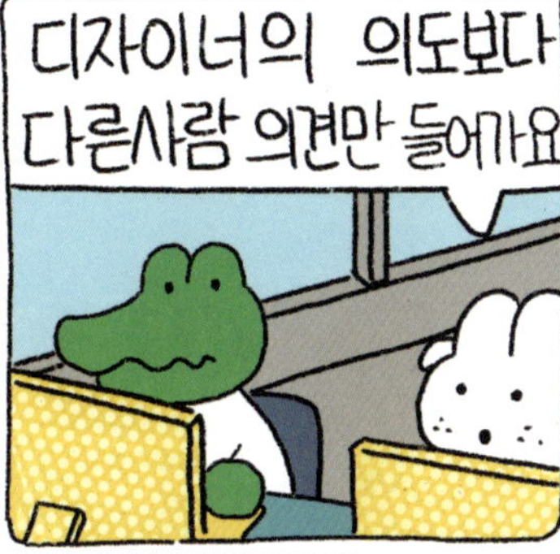

디자이너의 의도보다 다른사람 의견만 들어가요

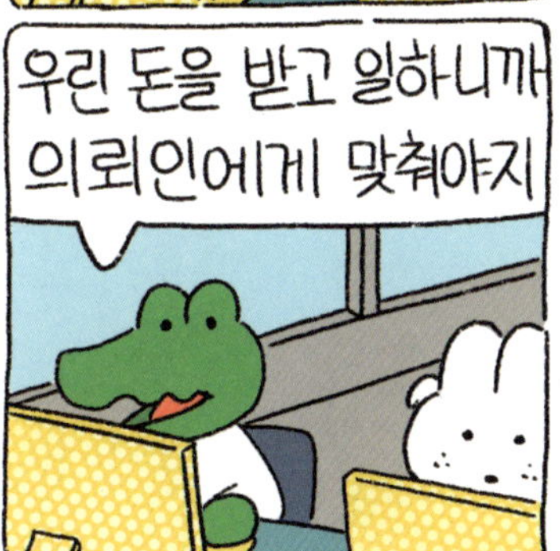

우린 돈을 받고 일하니까 의뢰인에게 맞춰야지

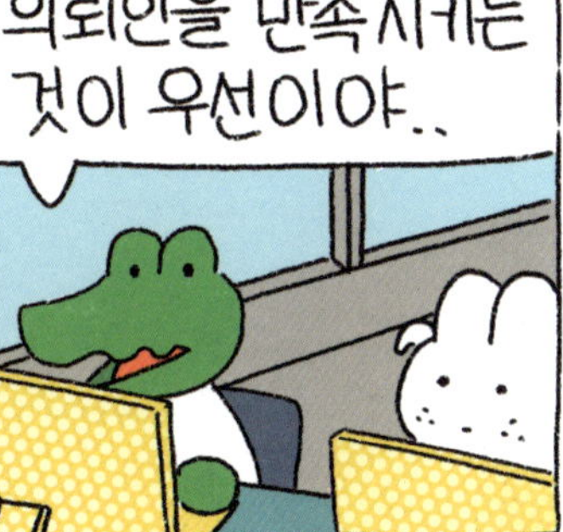

의뢰인을 만족시키는 것이 우선이야..

구조 조정 지시

본사에서 구조조정 지시가 내려왔어..
이번평가 토사원은 D등급주고 나가게 해
너..
이녀석이..
평가보고서 토사원
S⁺
착해 빠진 녀석..

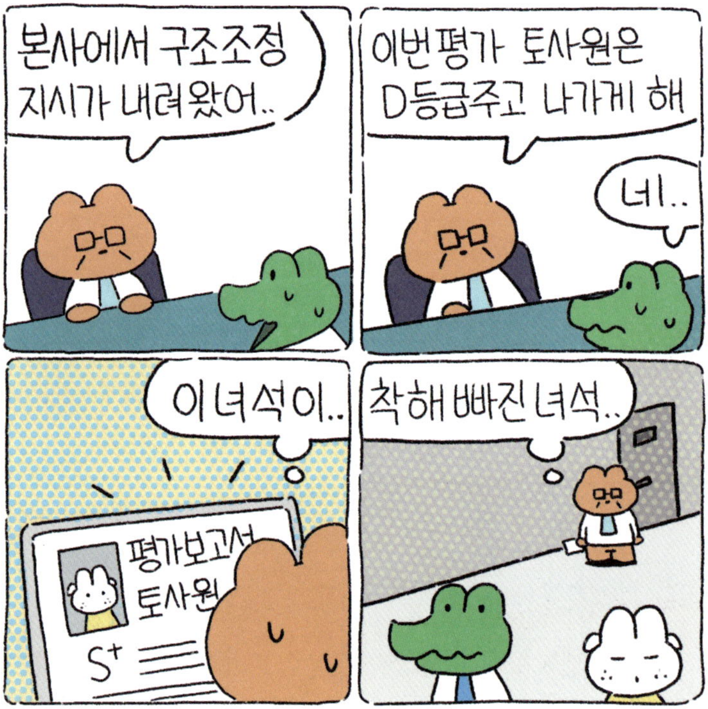

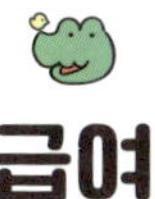

급여

급여 들어왔다!
띠링

이번달에도 수고했어 내자신! 기특해!

난 한달에 3천 벌었음
난 20대~ 10억있음
부동산 50억
SNS

···

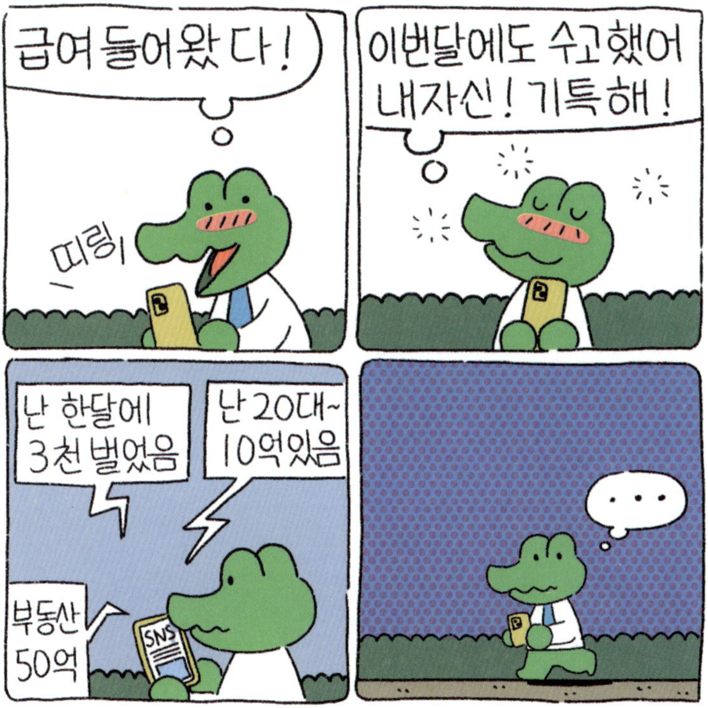

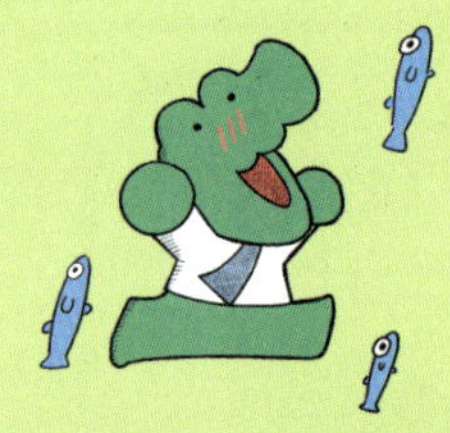

악어대리는 큰 회사에 합격하여
가족의 기대를 받으며 새로운 시작을 맞이했습니다.
오랜 시간 동안 이 회사를 다니겠다는 각오를 다짐하고 있었죠.

하지만 팀장과 사원이 퇴사하며 혼자 남게 되었고,
이전에 맡았던 인턴 세 명도 정규직으로 채용되지 못한 채
떠나게 되어 큰 아쉬움을 갖고 있었습니다.

그 이후, 팀원들이 떠난 자리에 토사원이 새로 합류하게 되었고,
악어대리는 토사원에 대한 깊은 책임감을 느끼며
새로운 도전을 차분히 준비해 나가고 있습니다.

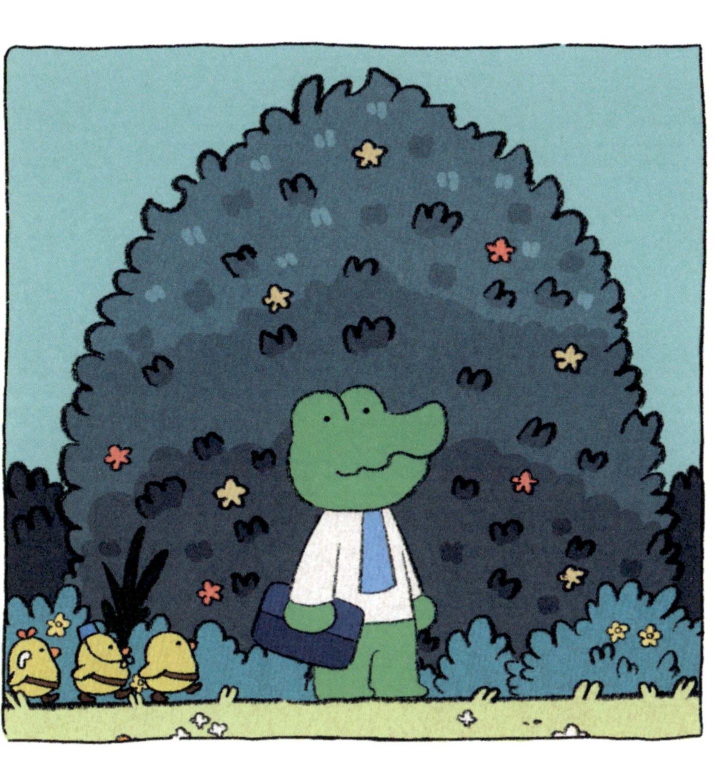

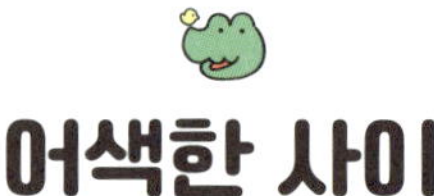 어색한 사이

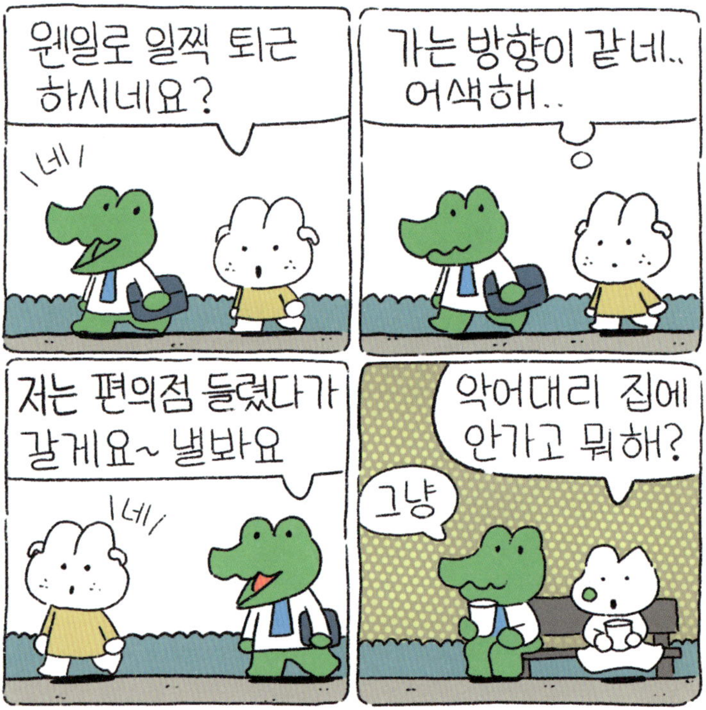

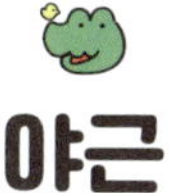

야근

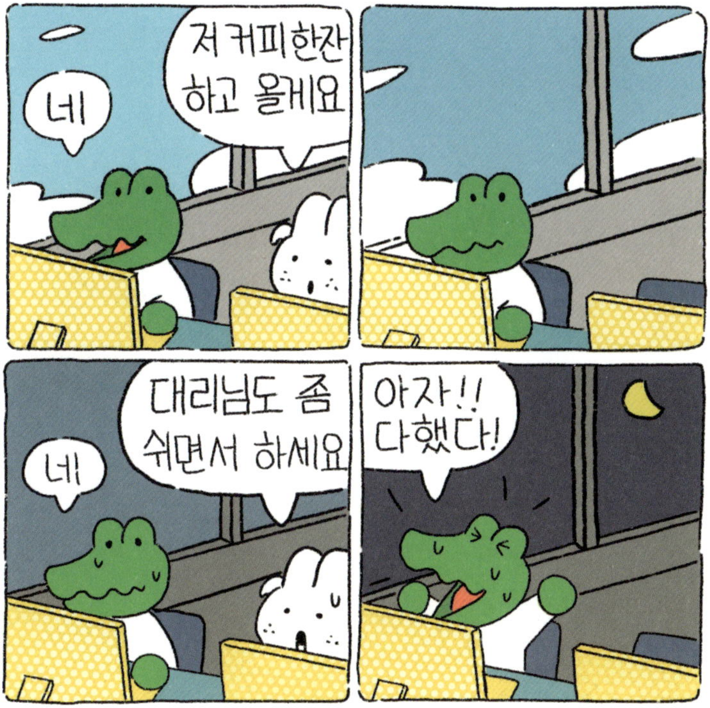

진급 누락

악어대리 3년째 진급 누락 됐어..
웅성
불쌍해
진급자명단
없다

아들 무슨일 있니?
엄마집
그냥 전화 했어요..

엄마집

벌컥
엄마집

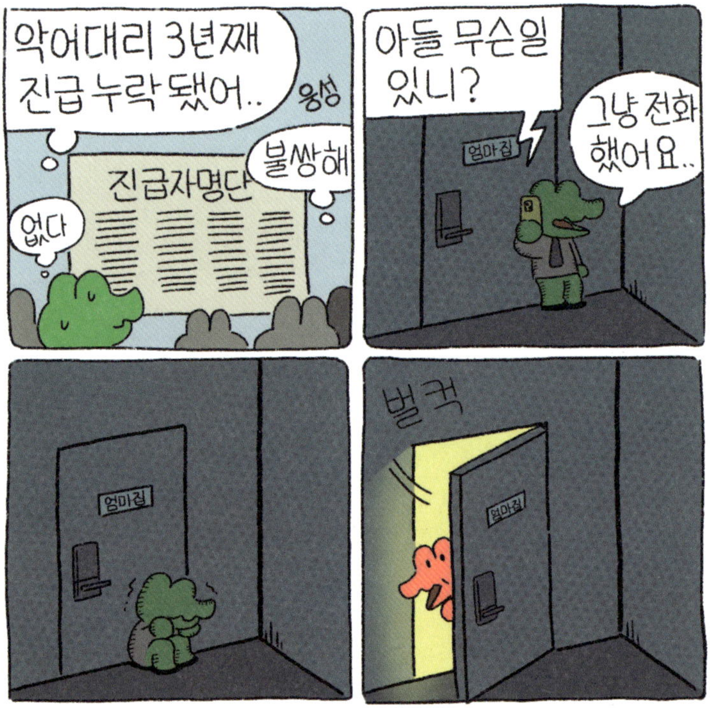

재촉하다

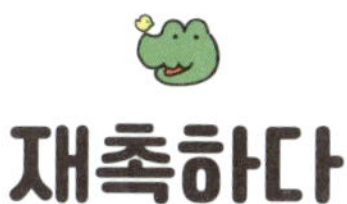

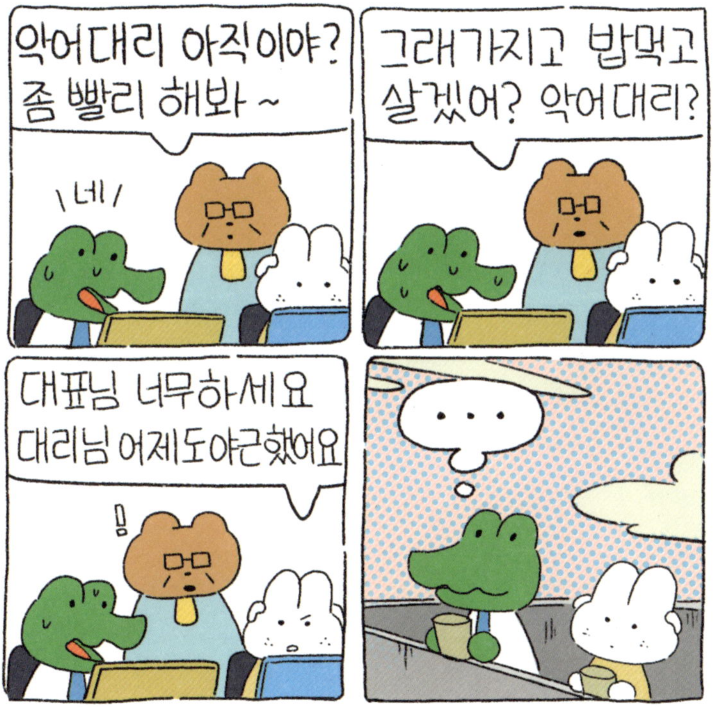

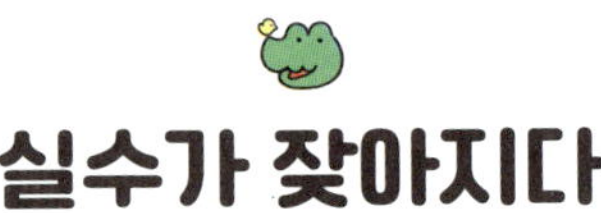

실수가 잦아지다

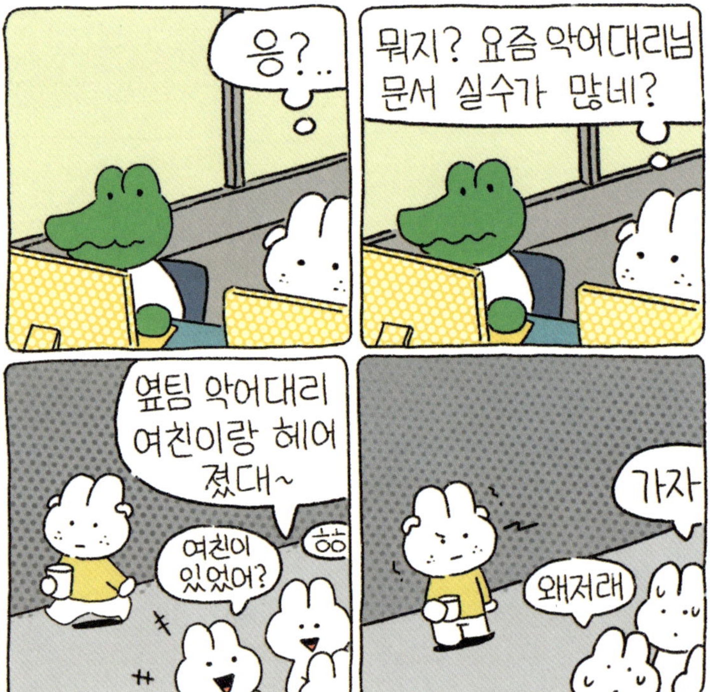

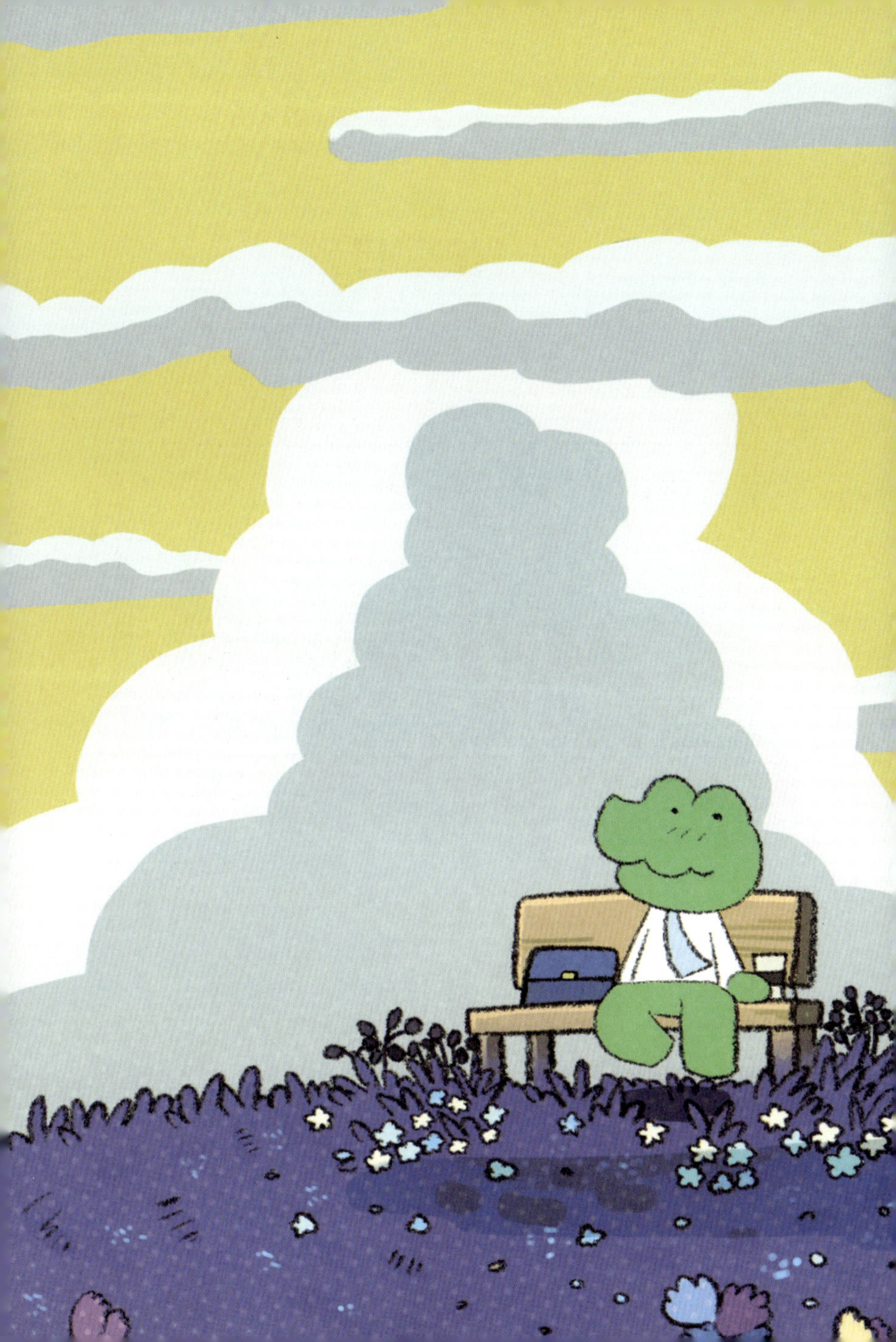

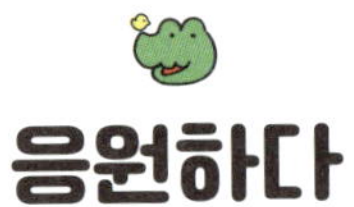

응원하다

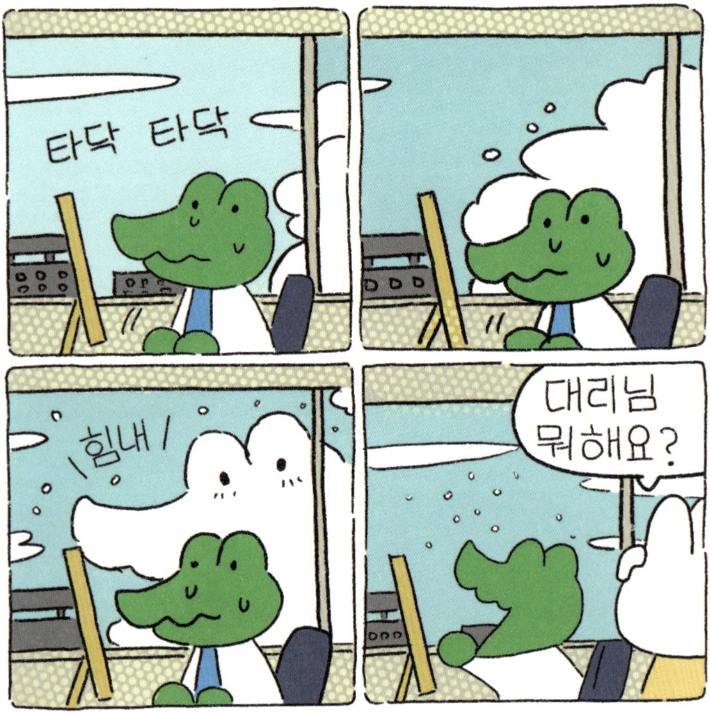

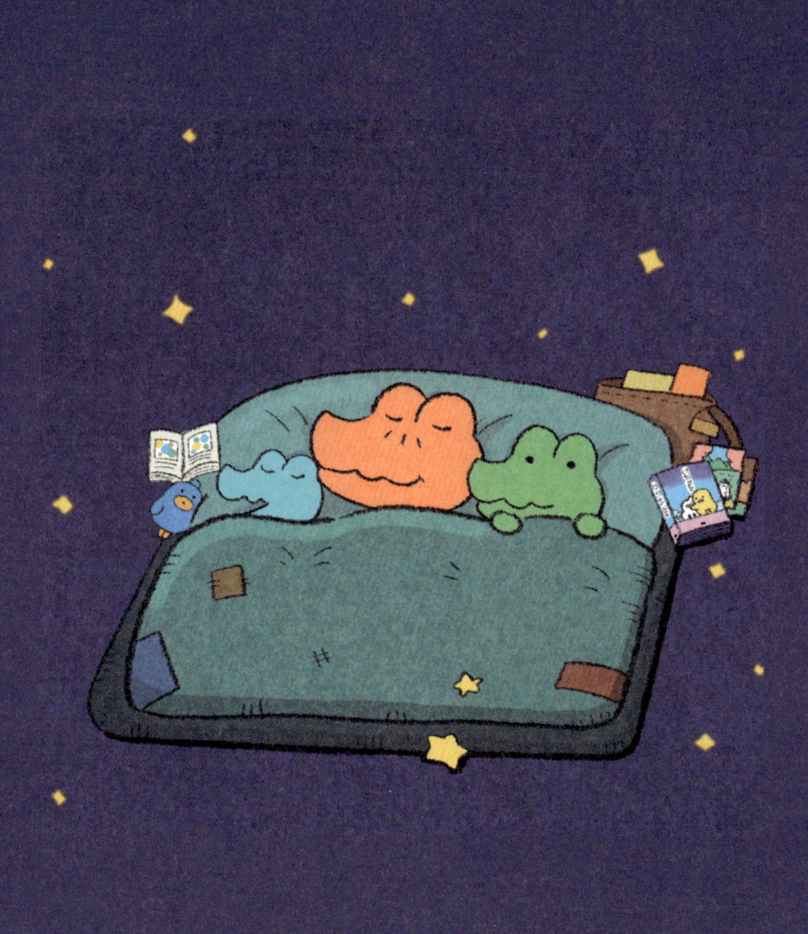

편지를 남기다

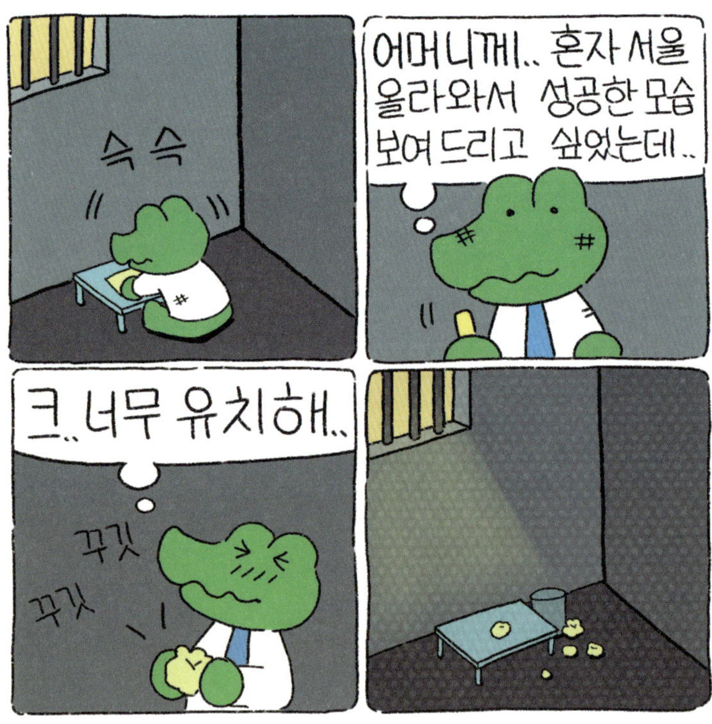

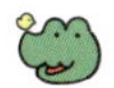

동생 서울에 올라오다

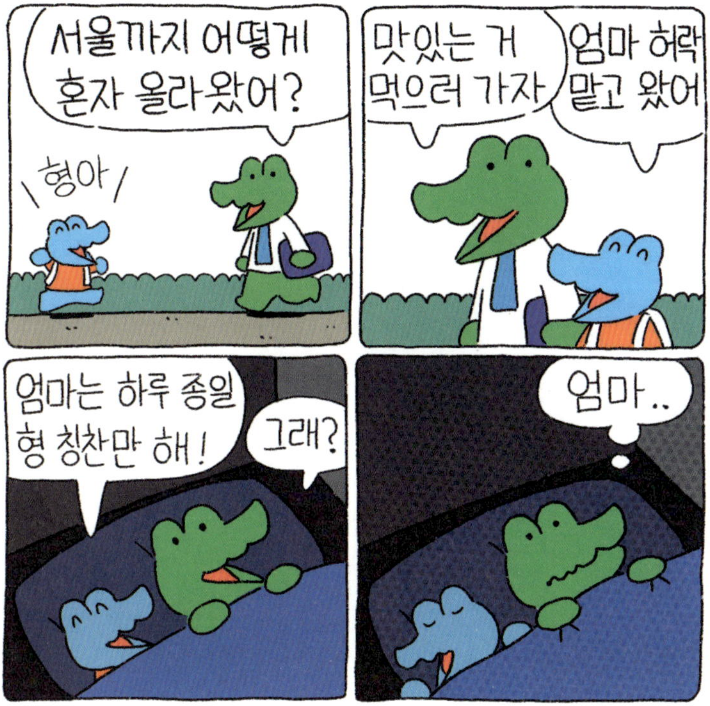

편지를 발견하다

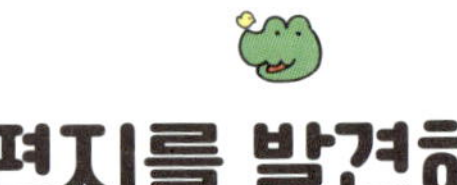

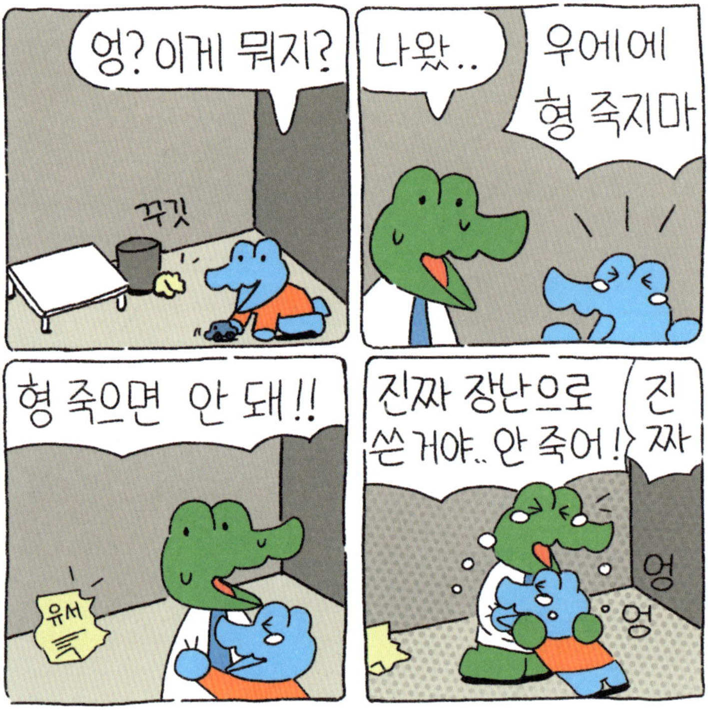

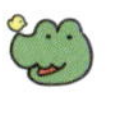

하루 일과

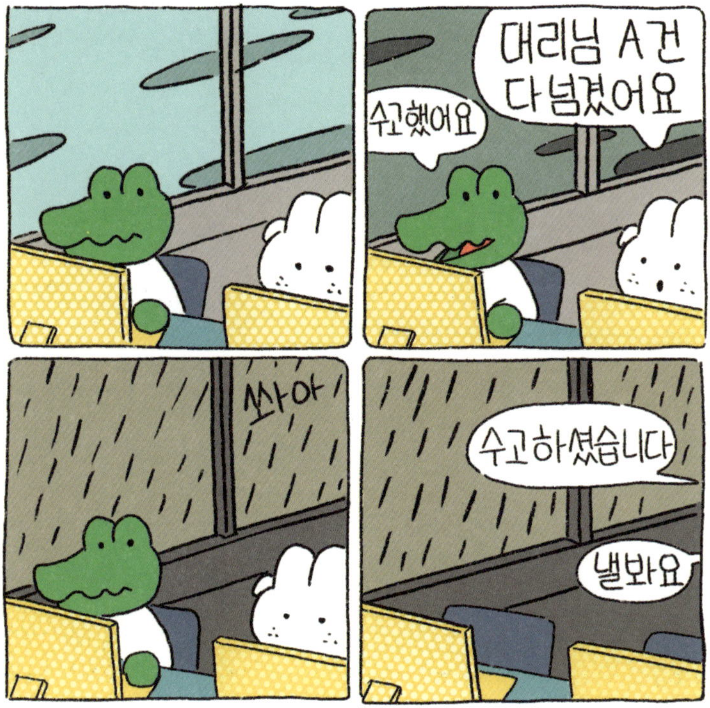

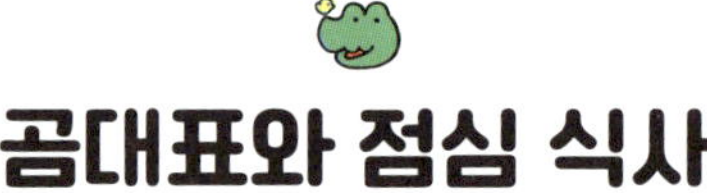

곰대표와 점심 식사

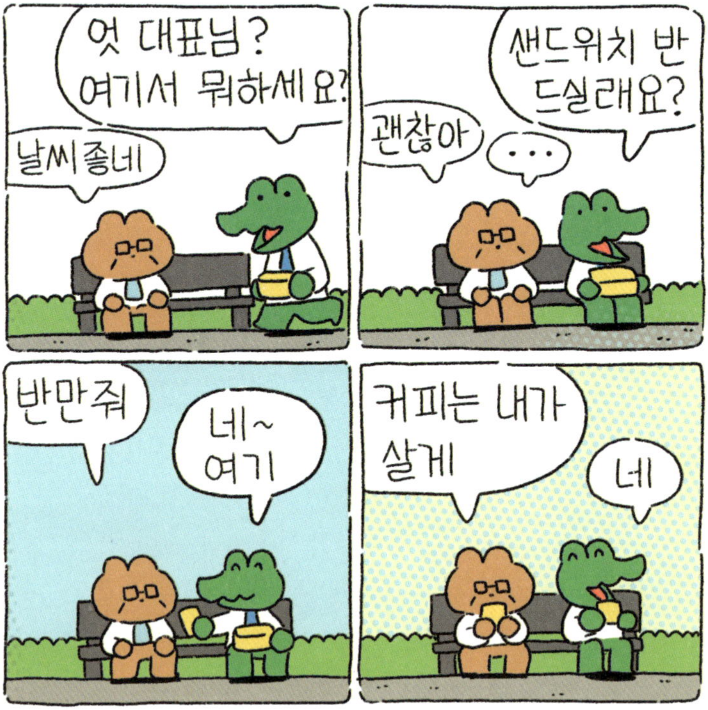

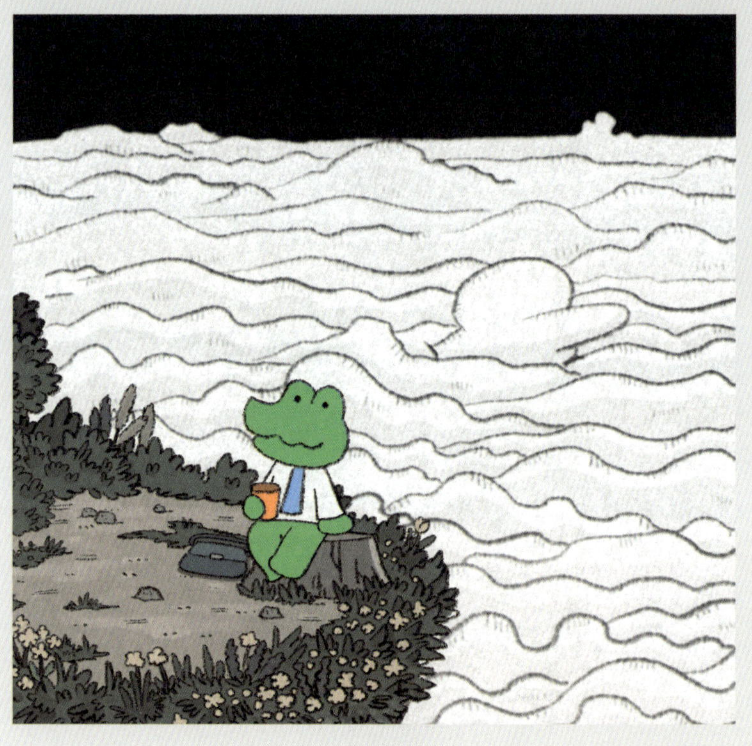

소문이 퍼지다

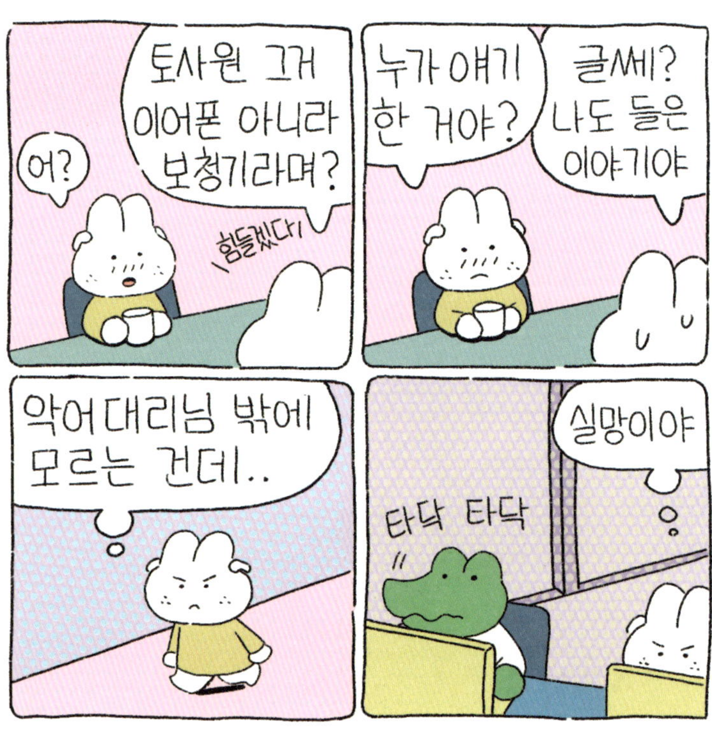
토사원 그거 이어폰 아니라 보청기라며?
어?
힘들겠다
누가 얘기 한 거야?
글쎄? 나도 들은 이야기야
악어대리님 밖에 모르는 건데..
타닥 타닥
실망이야

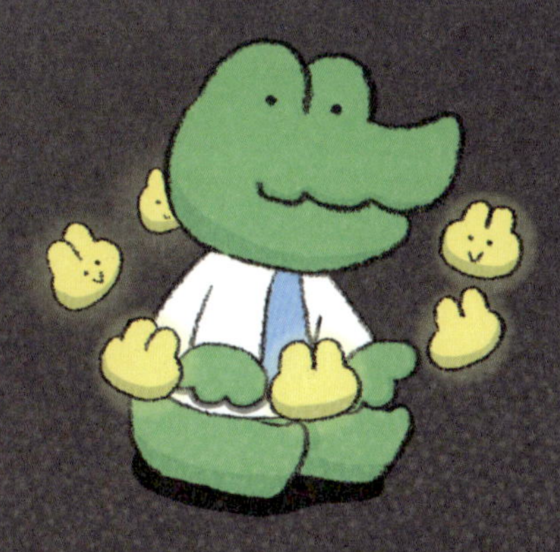

악어대리 칭찬받다

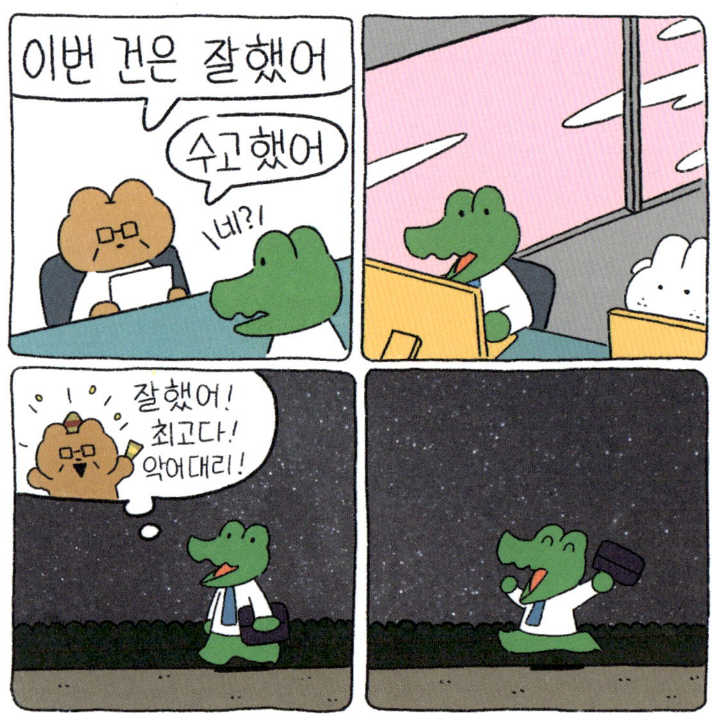

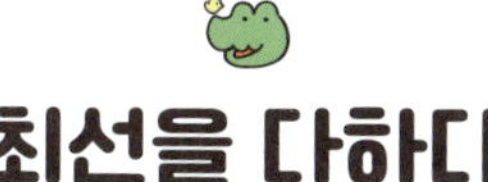

최선을 다하다

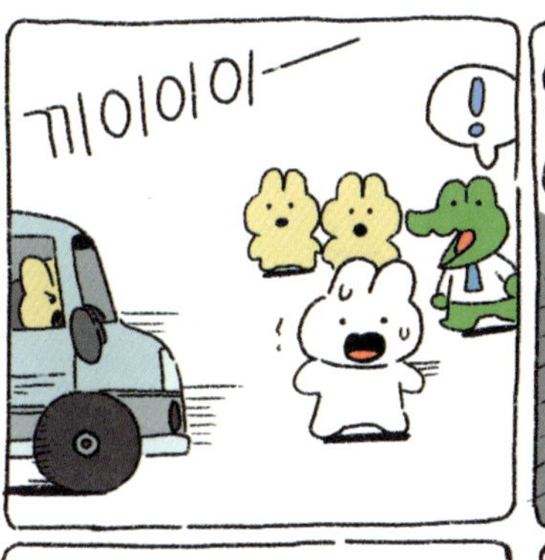

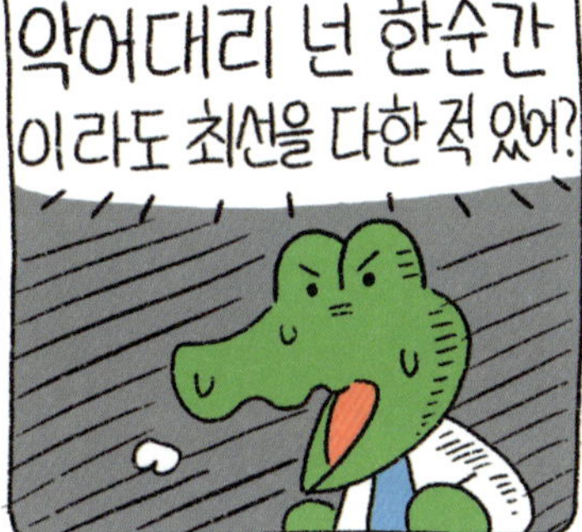

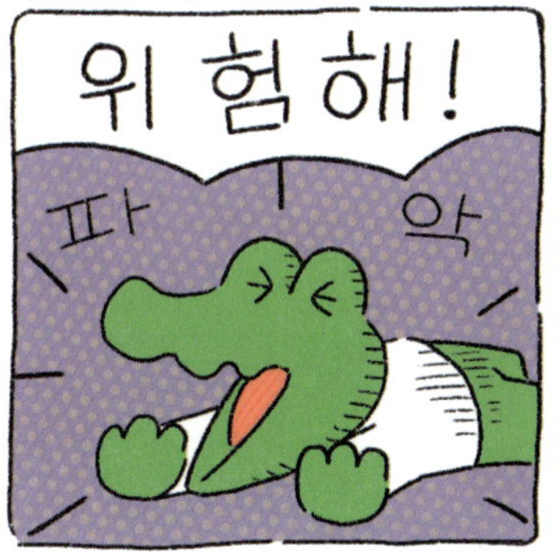

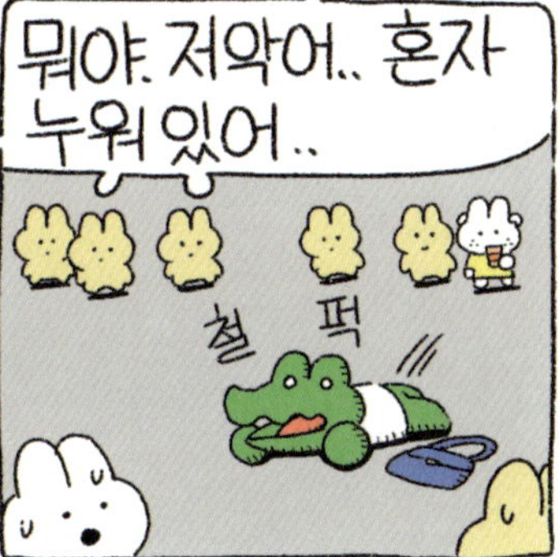

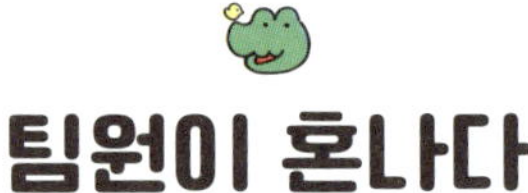

팀원이 혼나다

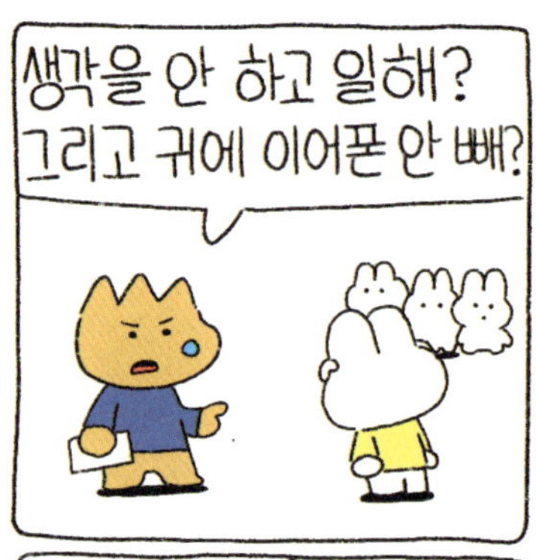

생각을 안 하고 일해? 그리고 귀에 이어폰 안 빼?

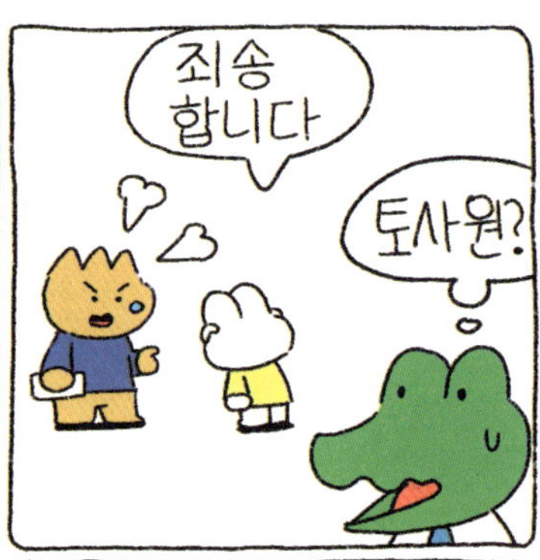

죄송합니다
토사원?

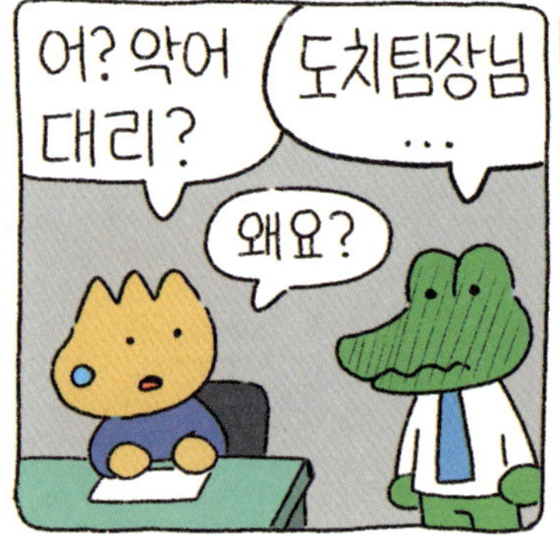

어? 악어 대리?
도치팀장님 …
왜요?

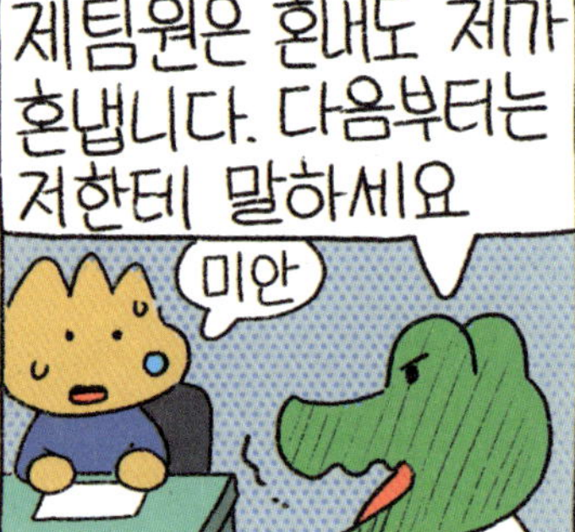

제 팀원은 혼내도 제가 혼냅니다. 다음부터는 저한테 말하세요
미안

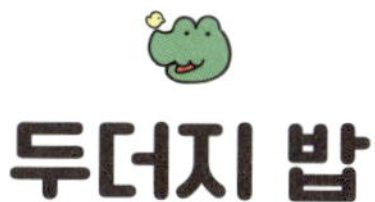

두더지 밥

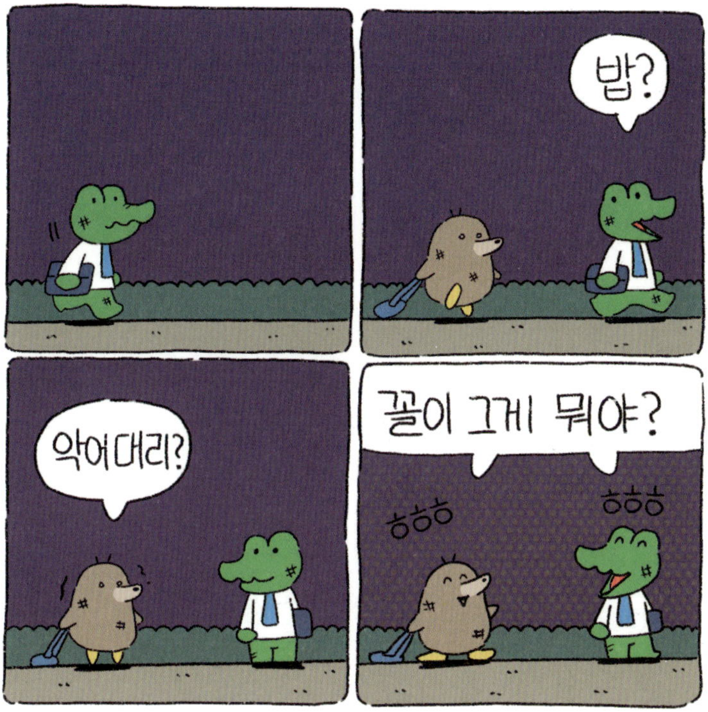

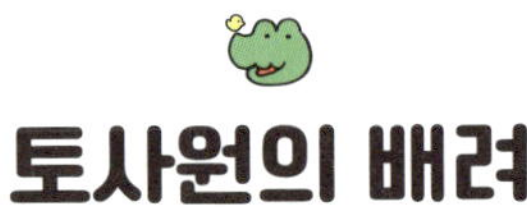

토사원의 배려

네 엄마? 지금 서울 올라왔다고요?
일하는 중이라 못 갈 것 같아요..
업무 남았는데.. 어쩌지?
반차 내고 얼른 가봐요
제가 할게요. 오늘 만이에요!
미안해

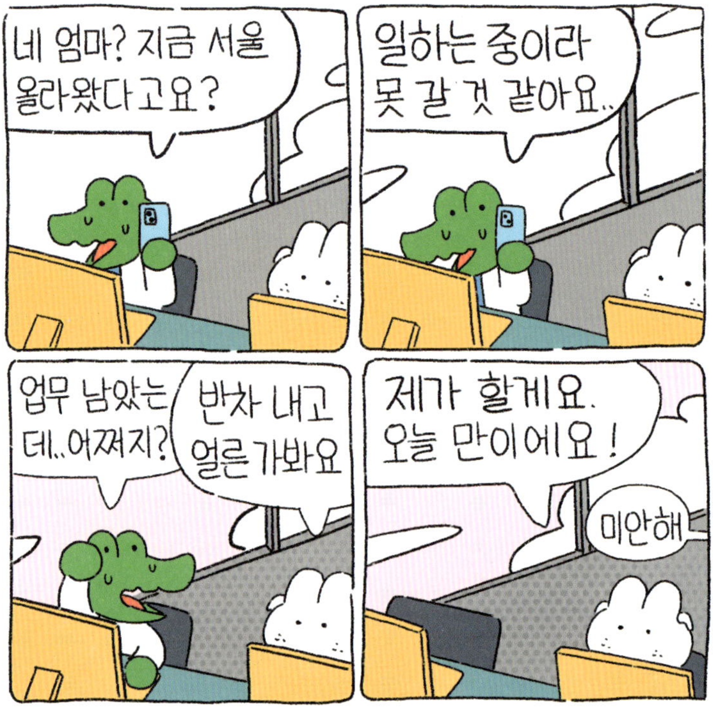

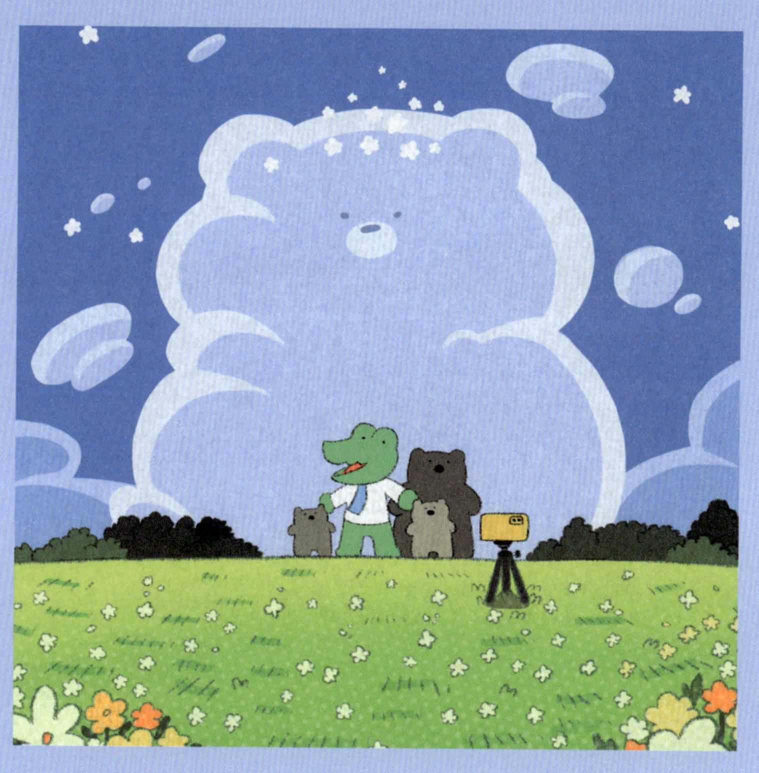

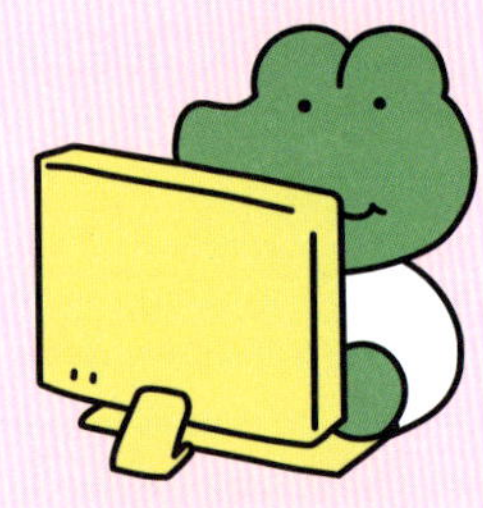

자신만의 철학과 신념을 고수하면서도
때로는 전혀 다른 행동을 하게 될 때가 있습니다.
이러한 모순이 일상에서 불편한 관계를 만들어 내기도 하지만,
그 속에서 가장 소중한 인연이 싹트기도 합니다.

서로 다른 모습과 감정을 이해하고
소중한 관계를 만들어가는 과정에는 정해진 답이 없습니다.

그 과정은 예측할 수도 없으며,
때로는 예상치 못한 곳에서
진정한 의미와 가치를 발견할 수 있습니다.

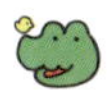

엄마가 불쑥 서울에 올라오시다

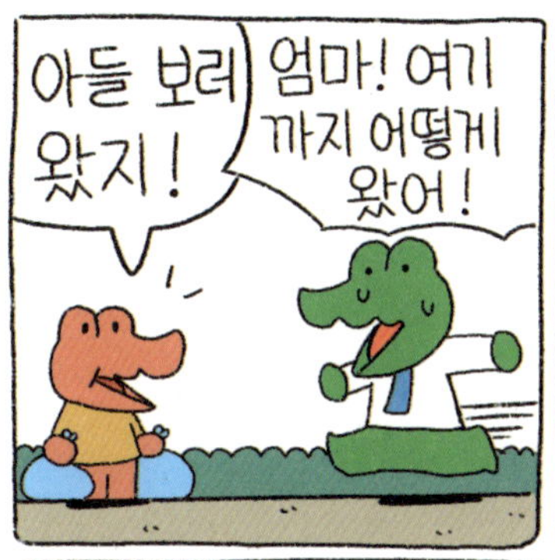

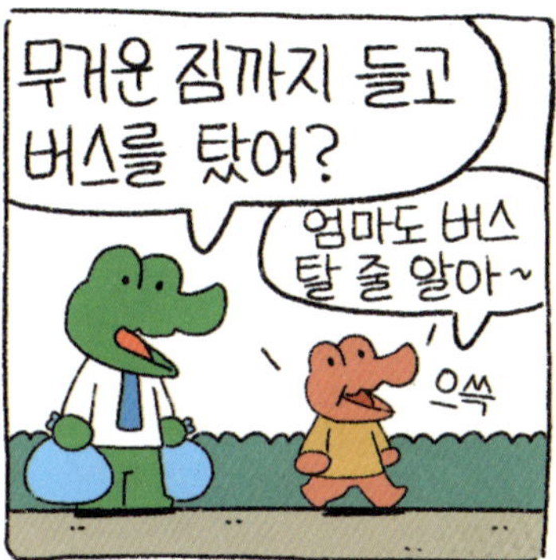

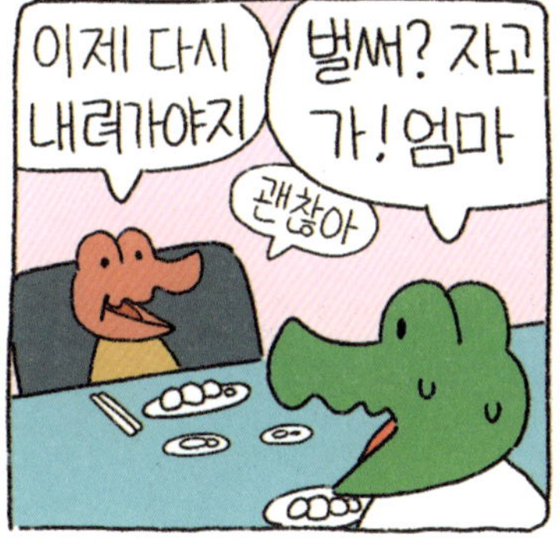

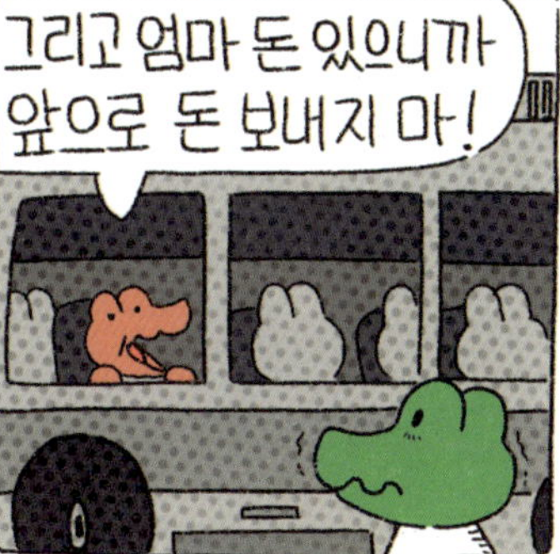

포기를 모르는 남자

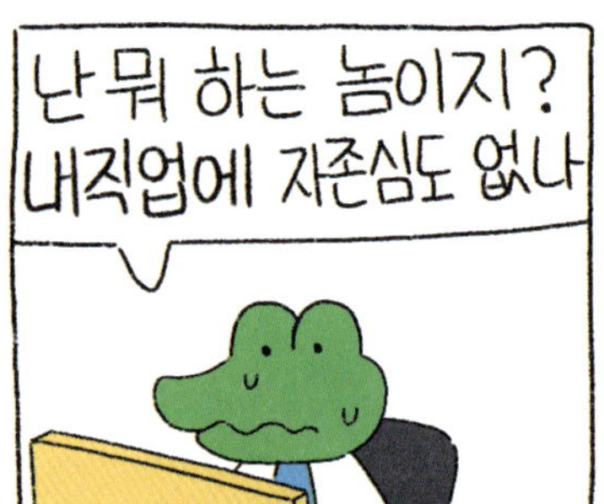

난 뭐 하는 놈이지?
내직업에 자존심도 없나

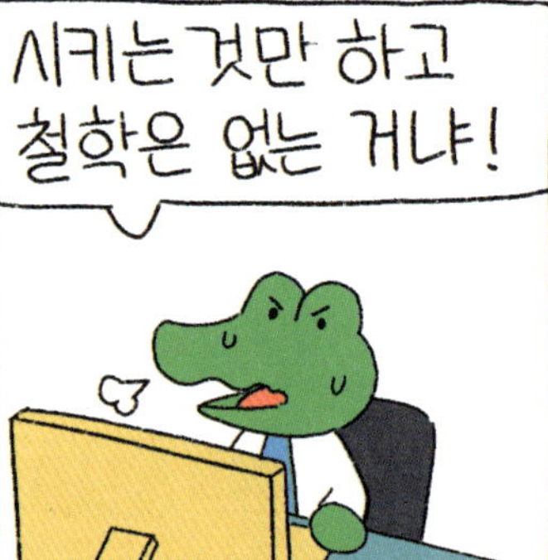

시키는 것만 하고
철학은 없는 거냐!

말해봐.. 나는 누구지?
나는?..

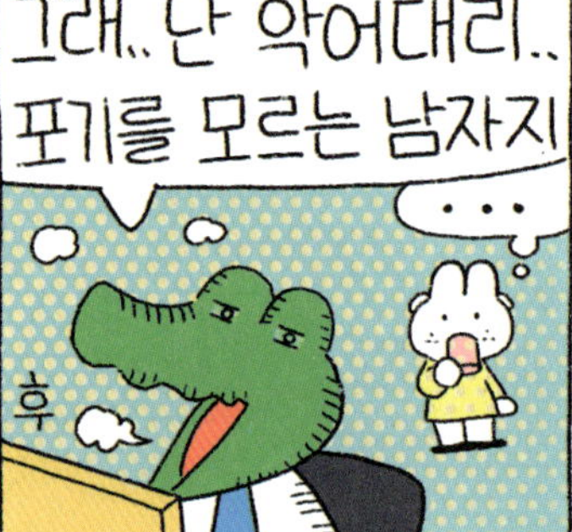

그래.. 난 악어대리..
포기를 모르는 남자지
후
...

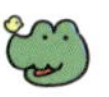

우리는 한 팀

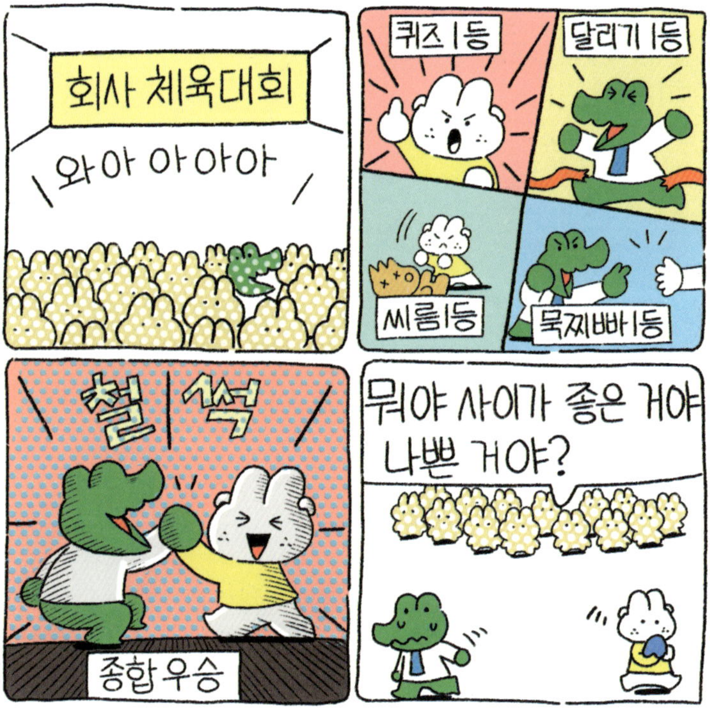

회식하는 방법

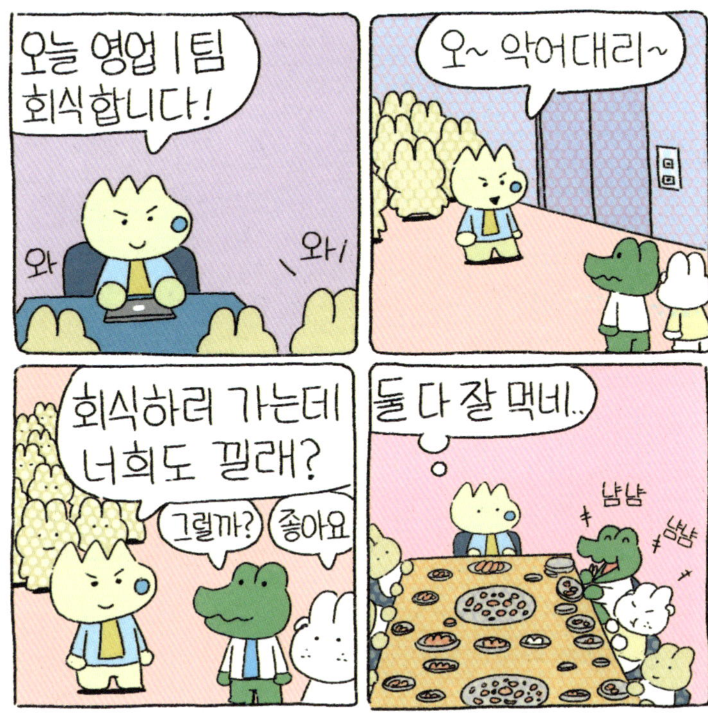

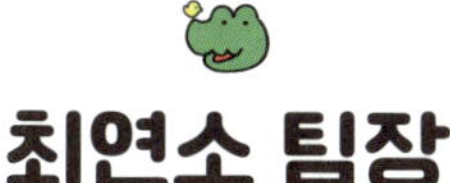

최연소 팀장

도치 팀장님의 최연소 승진을 축하합니다!
다들 나랑 끝까지 가는거야!
네
그래.. 고맙다
승진 축하 한다
친구라도 이제 상사인데 존칭 써야 하는거 아닌가?!

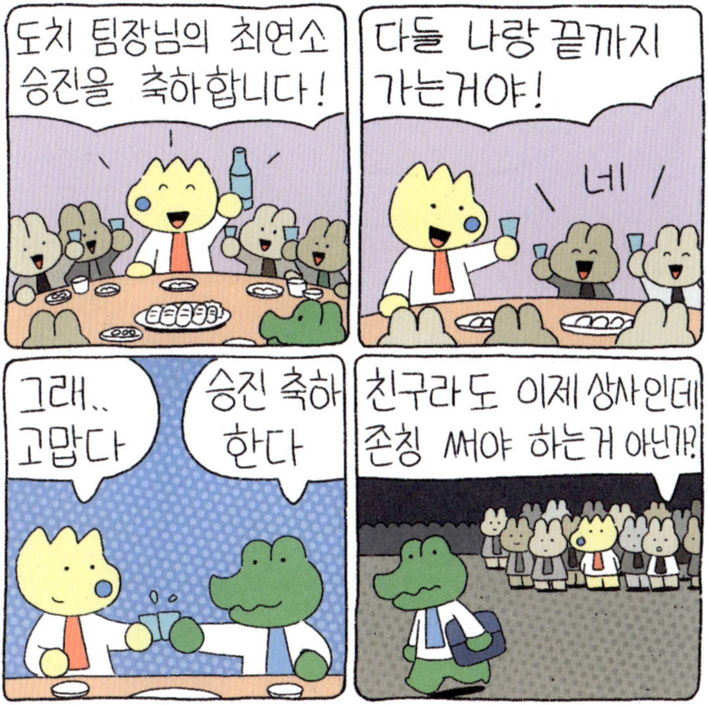

악어대리 연차 쓰다

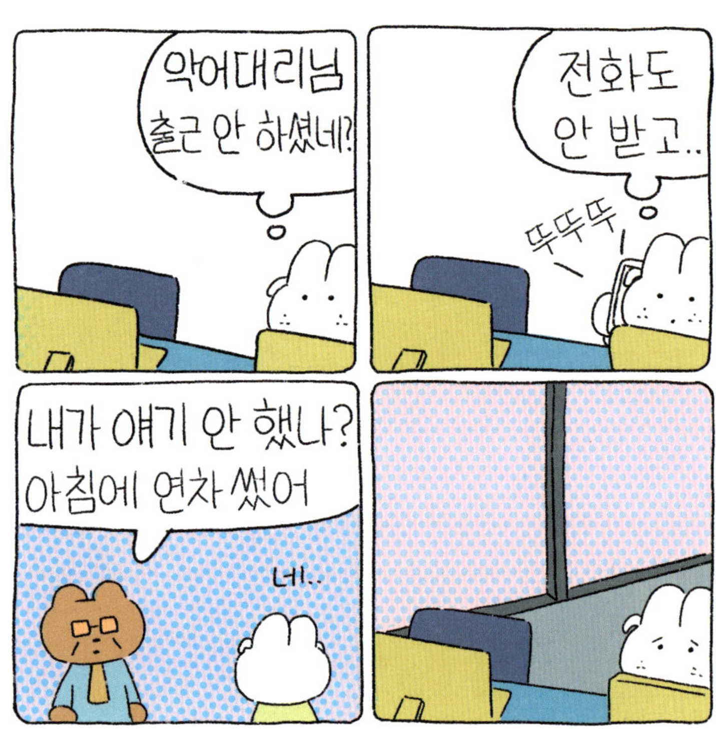

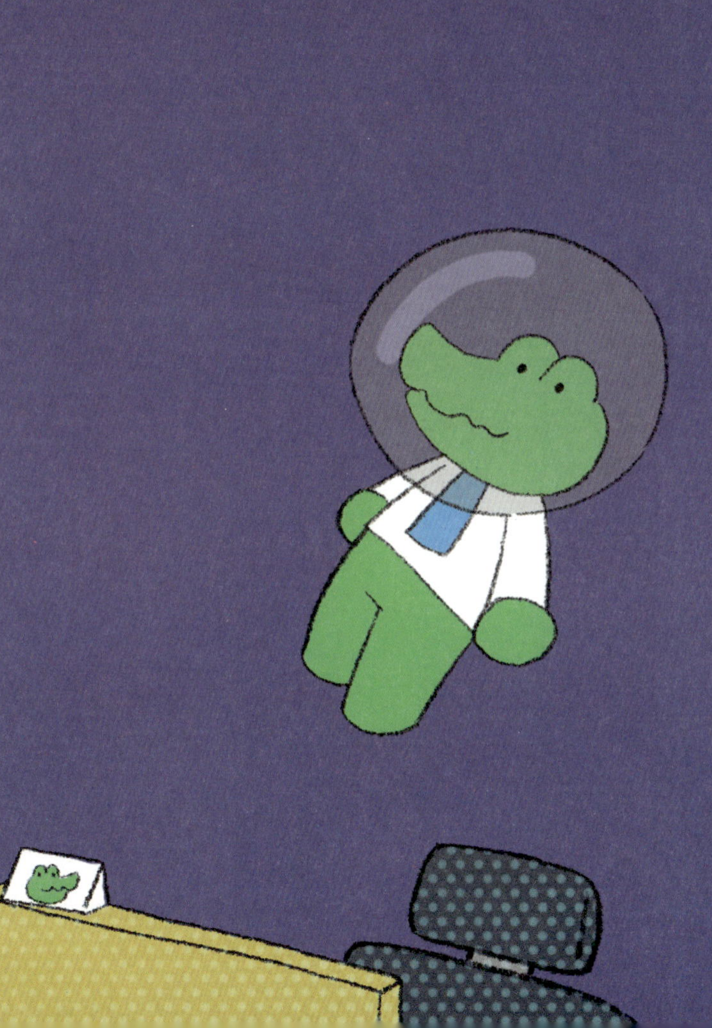

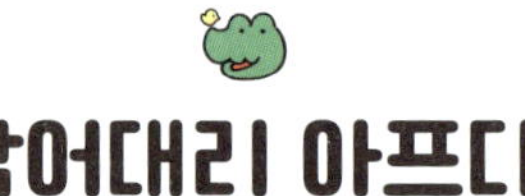

악어대리 아프다

출근해야 하는데 장이 뒤틀린 것 같아..
급하게 연차 신청합니다
도저히 무리야 ...
호호
나 없으면 토사원 야근해야 하는데..
미안!
타닥 타닥
ㅋ ㅋ ㅋ

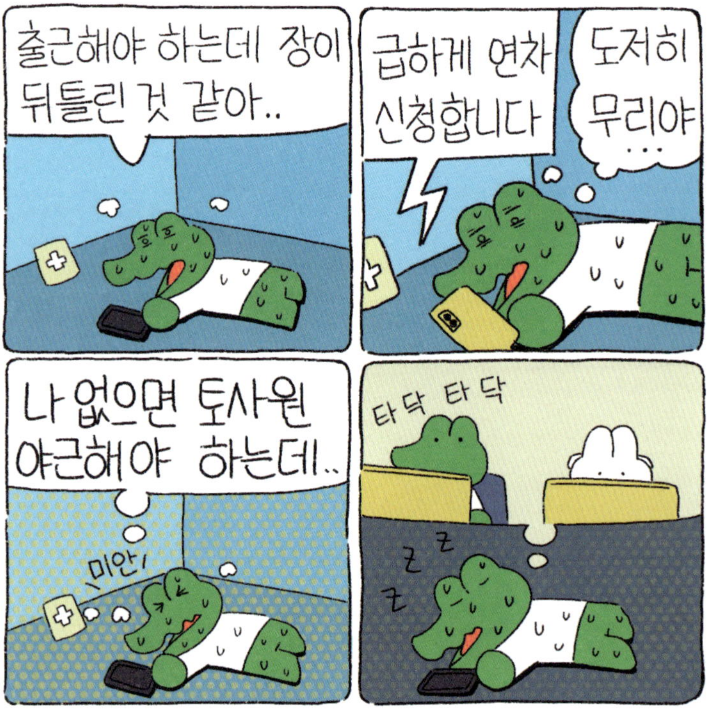

곰대표 화내다

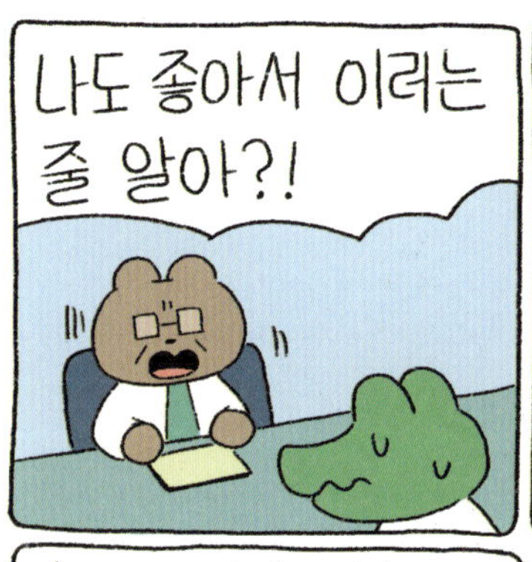

나도 좋아서 이러는 줄 알아?!

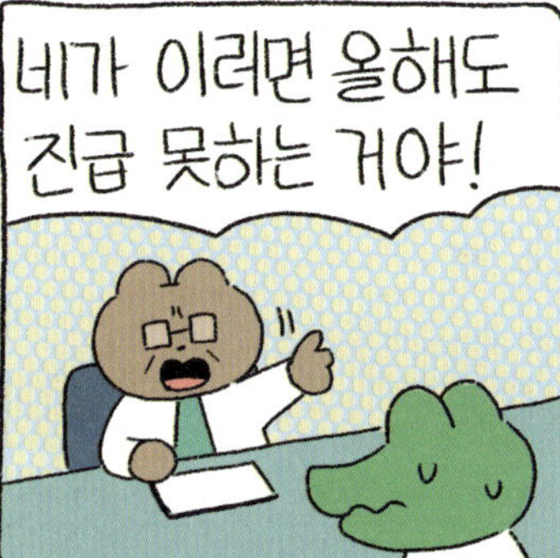

네가 이러면 올해도 진급 못하는 거야!

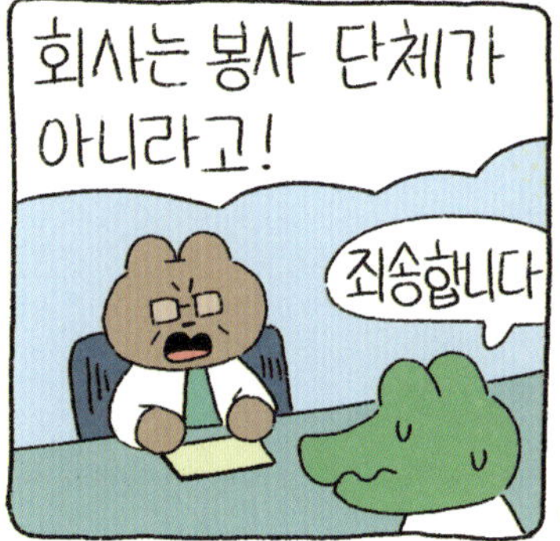

회사는 봉사 단체가 아니라고!
죄송합니다

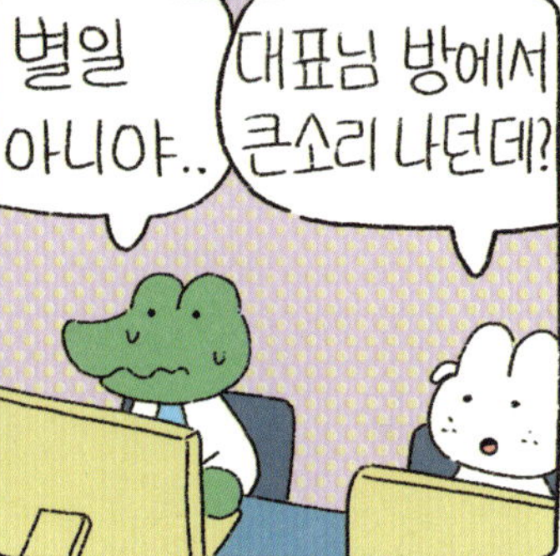

별일 아니야..
대표님 방에서 큰소리 나던데?

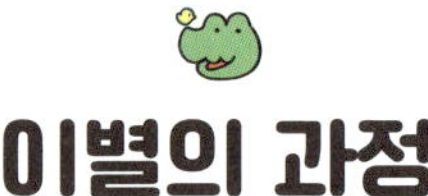

이별의 과정

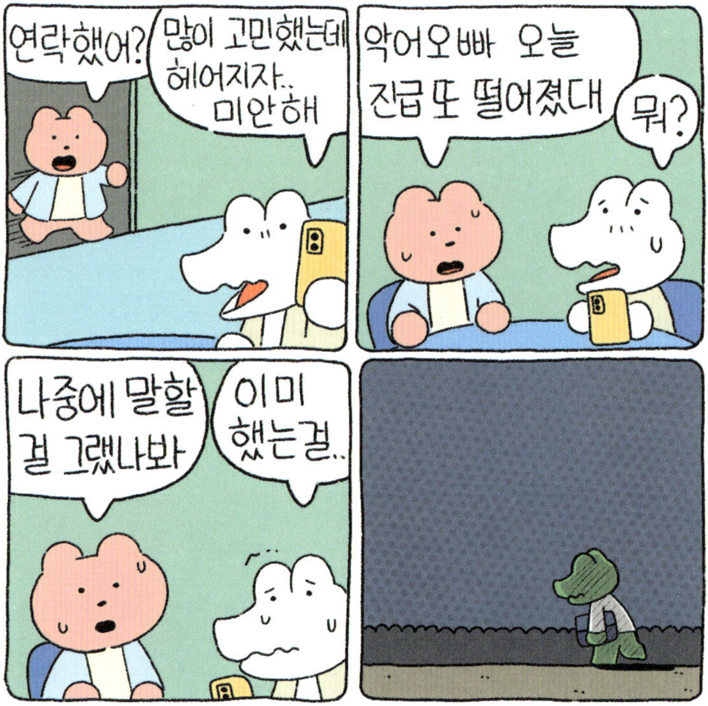

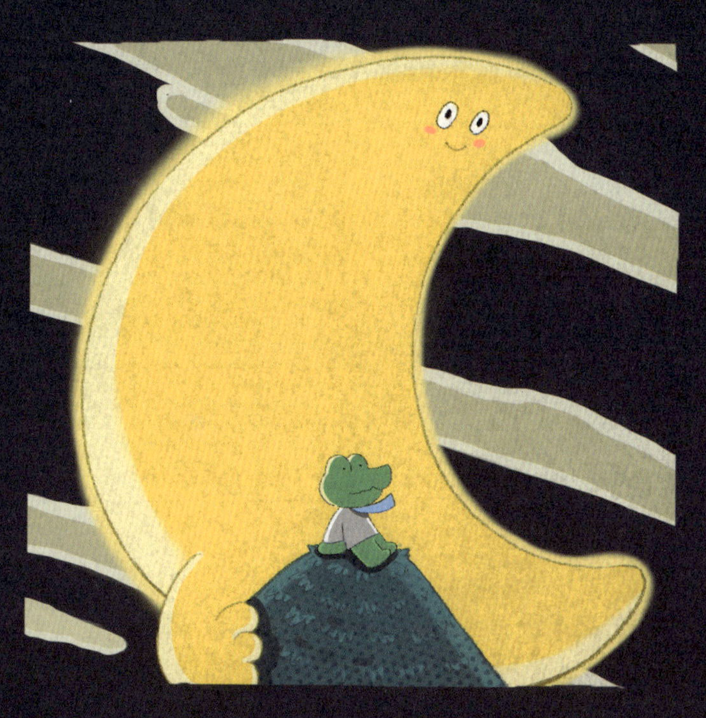

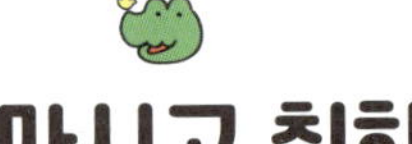

콜라 마시고 취하다

나도 너처럼 되고 싶어
왜 이래?
나도 할 수 있어 할 수 있다고!
정신 차려~
넌 정이 너무 많아 회사는 그러면 살아 남을 수 없어.. 알잖아?
그런데 콜라 마시고 취한거야?...

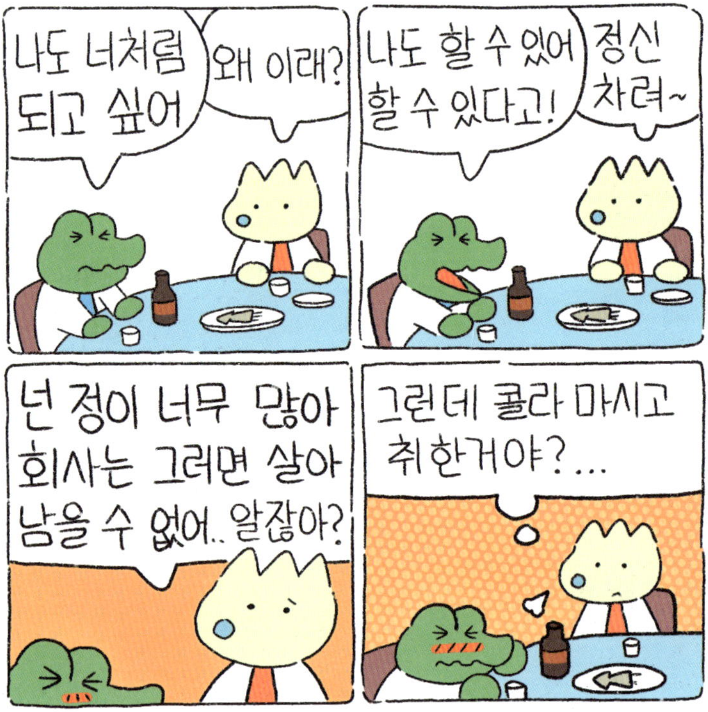

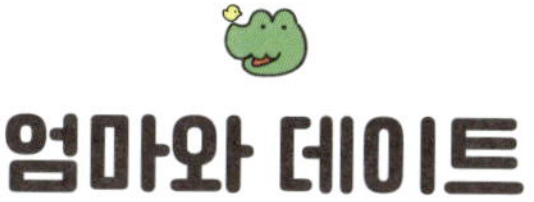

엄마와 데이트

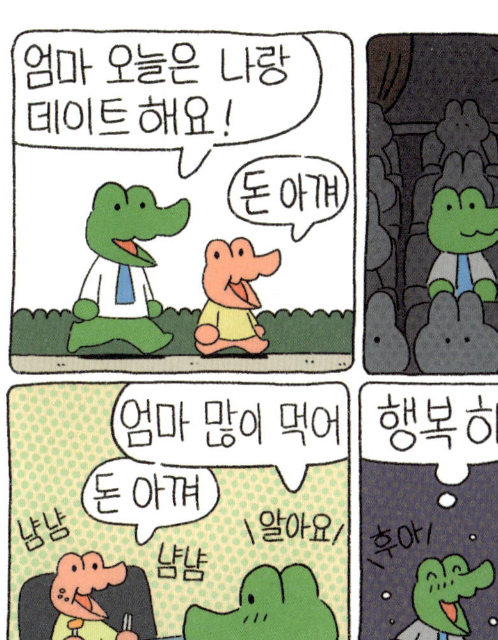

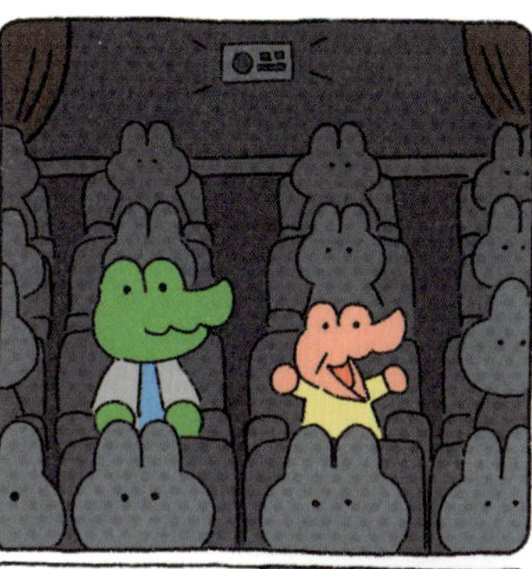

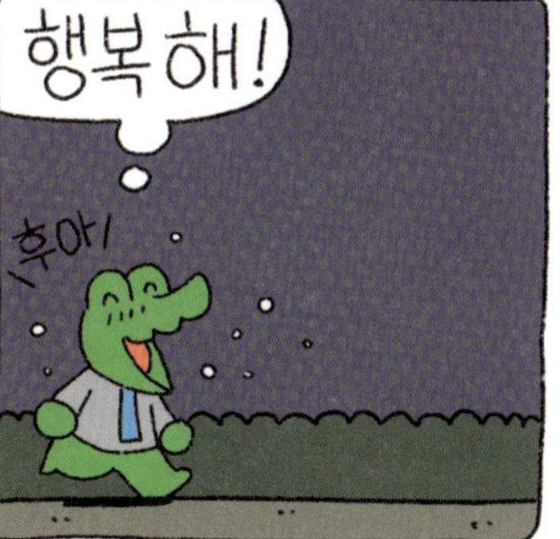

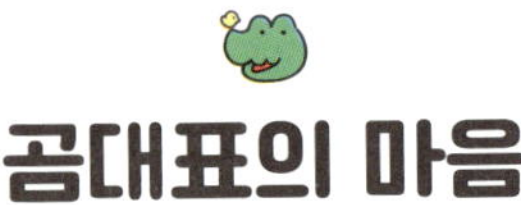

곰대표의 마음

대표가 너 아끼는 건 아냐? 대표지시 몇 번이나 어기고도 안 잘리고
예전 인턴 때도 그렇고 토사원 건도 그렇고!
내가 그랬으면 난 예전에 잘렸을 거야
그래도.. 나라도 사원들 편이 되어주고 싶어..
에휴

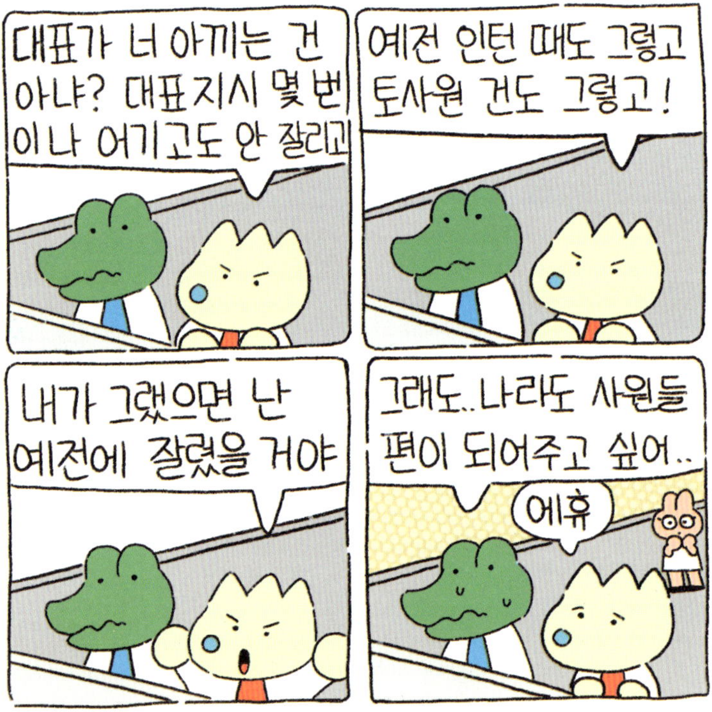

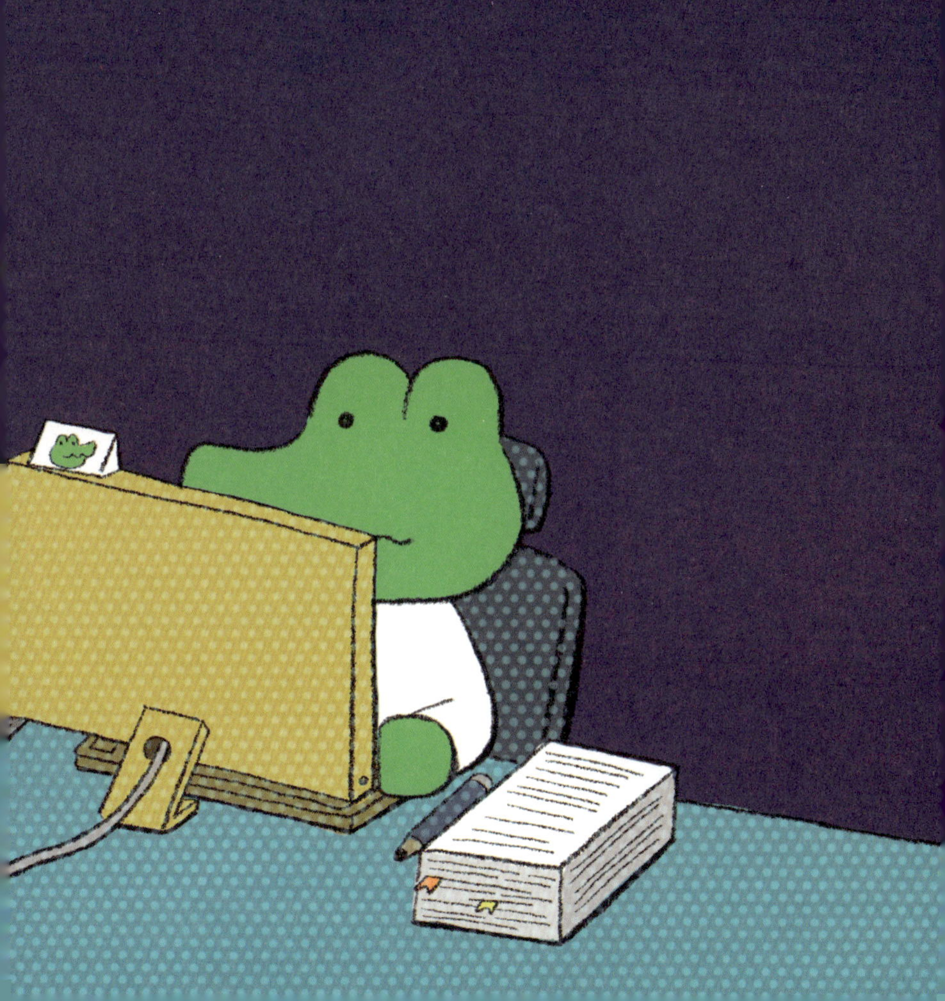

토사원 무단결근하다

악어대리님 너 때문에 진급 못한 거래!
뭐?
팀장님들이 얘기하는거 들었어..너 S⁺받았다며
그께 뭐..
다음날
많이 늦네?
대리님..저 사실은 어제 제가..
?

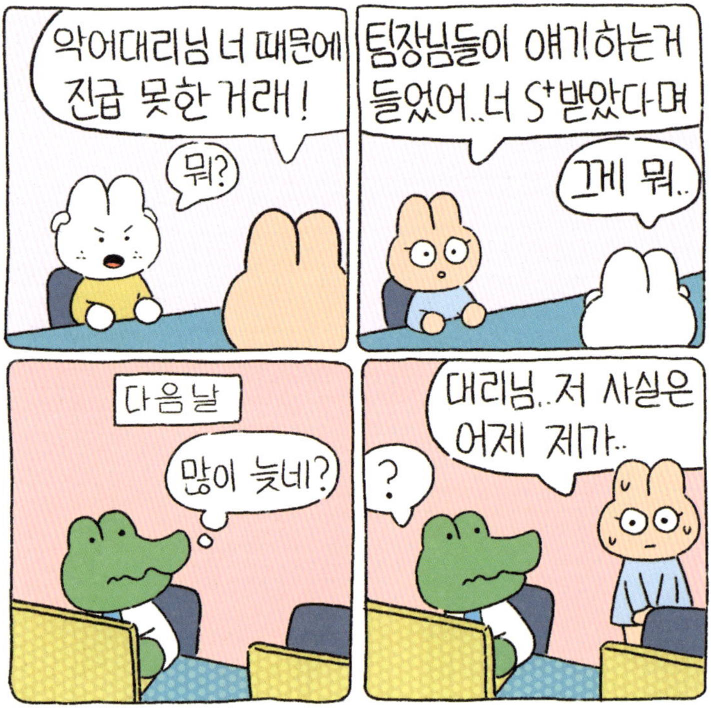

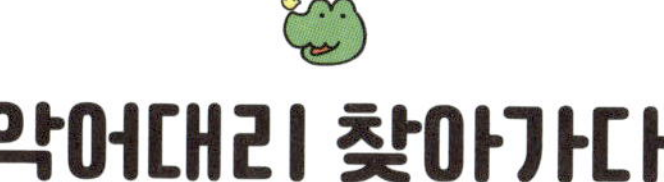

악어대리 찾아가다

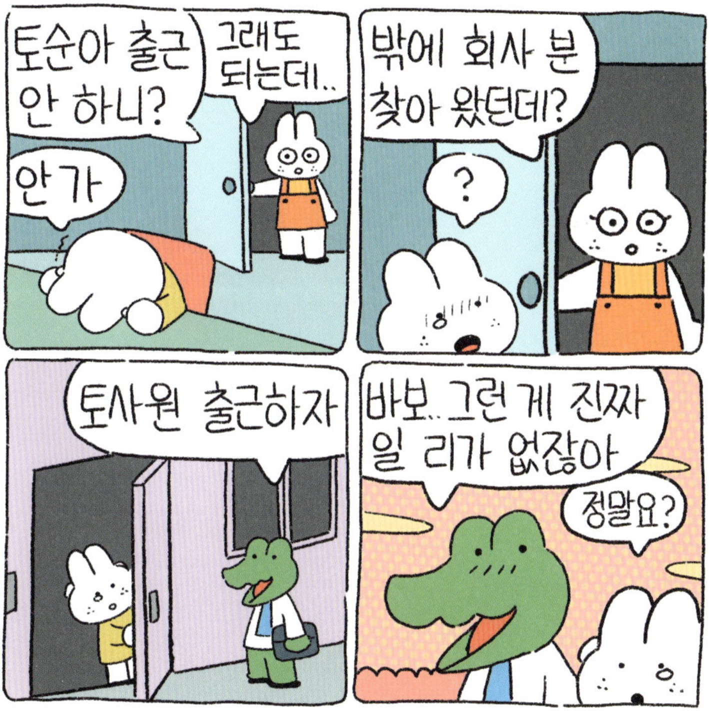

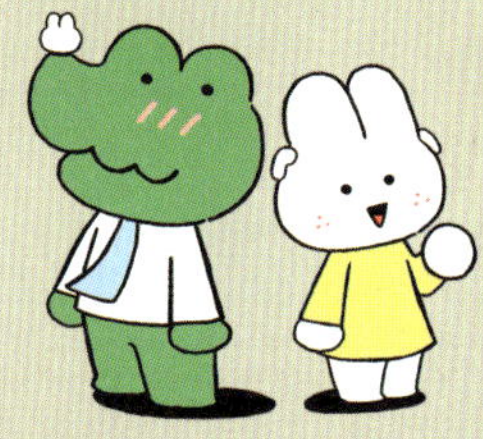

악어대리 편은 대리 시절의 이야기만을 담고 있습니다.

등장인물들은 실제 인물들의 성격과 경험을 바탕으로
어려운 상황 속에서도 희망을 찾고
긍정적인 메시지를 전하고자 노력하고 있습니다.

조금이나마 다양성을 이야기할 수 있는 사회를 꿈꾸며 악어대리를 그립니다.

이를 위해 많은 관심과 따뜻한 응원을 보내주신
모든 분들에게 깊은 감사를 전합니다.
여러분의 응원이 큰 힘이 되었으며,
앞으로도 악어대리의 여정에 계속 함께해 주시기를 바랍니다.

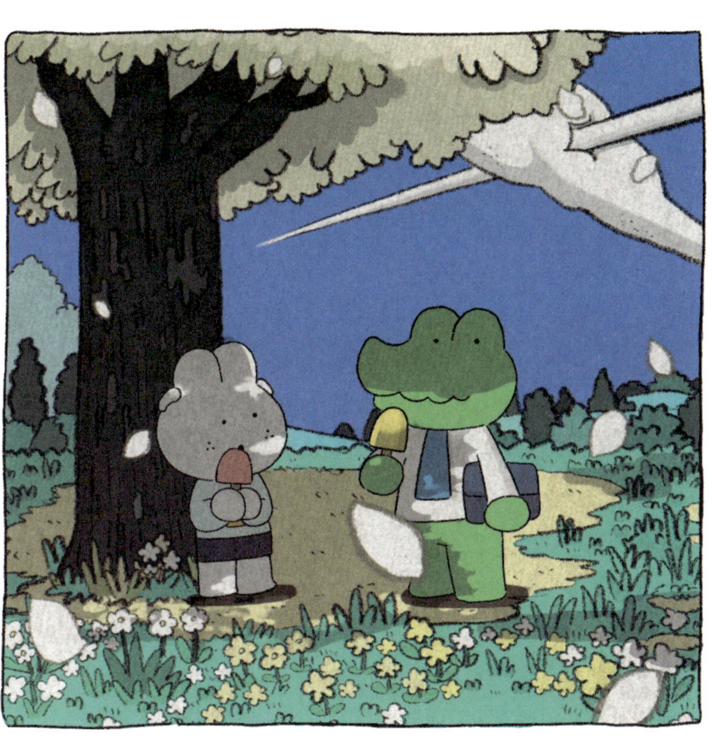

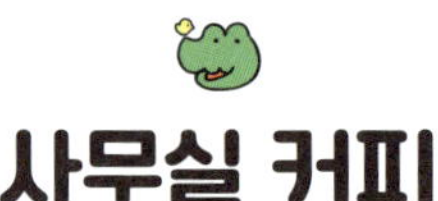

사무실 커피

coffee
대리님 전 여친이네?
토사원 커피 사달라면서 왜 그냥 나와?
딴 데 가요~
저기 가고 싶어 했잖아
갑자기 싫어졌어요
사무실 가서 커피 타 먹어요
좋아

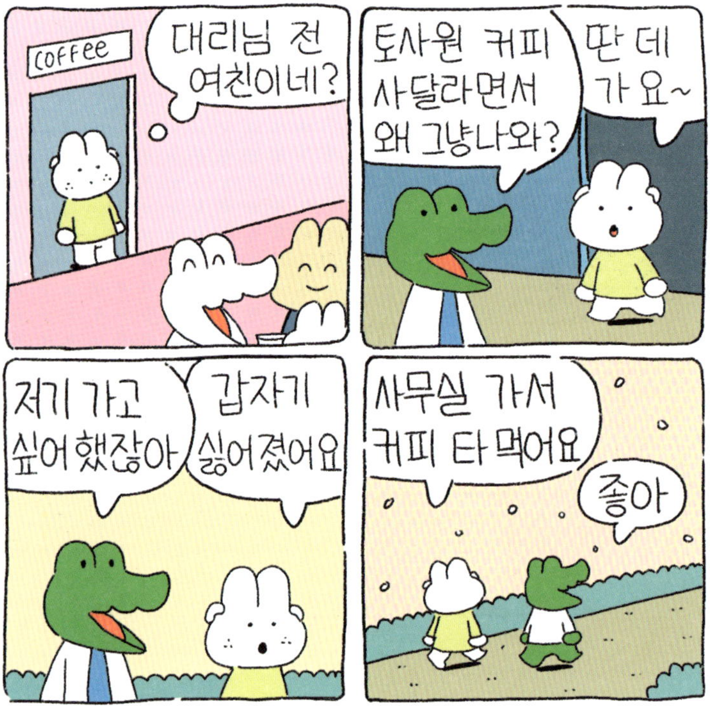

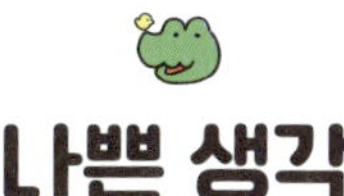

나쁜 생각

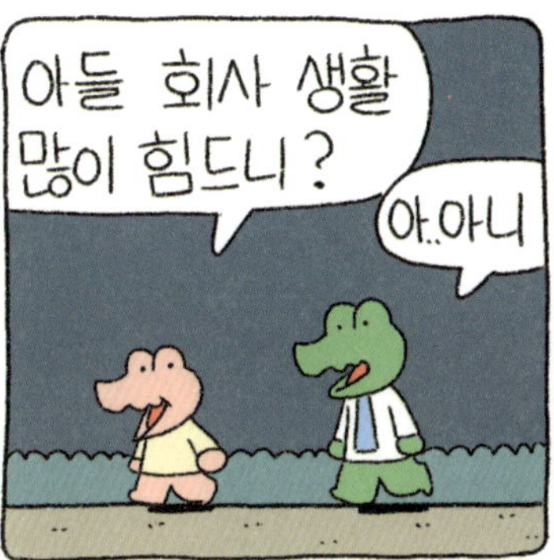

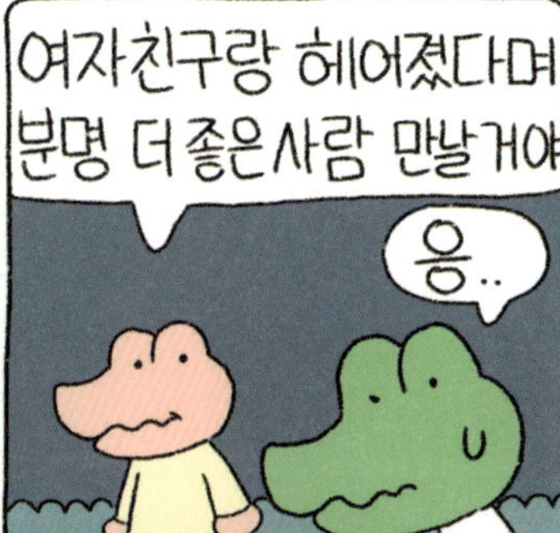

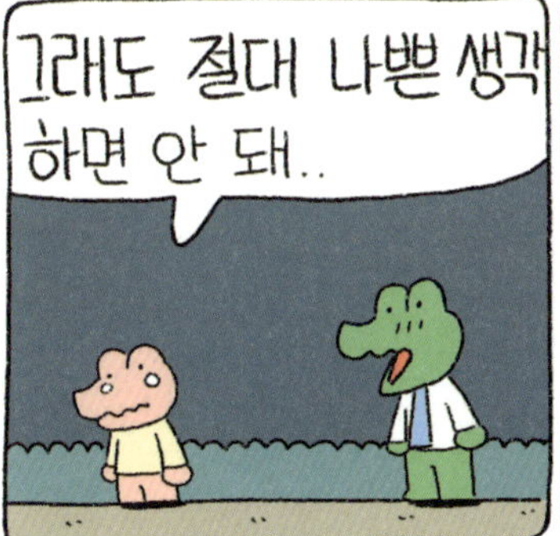

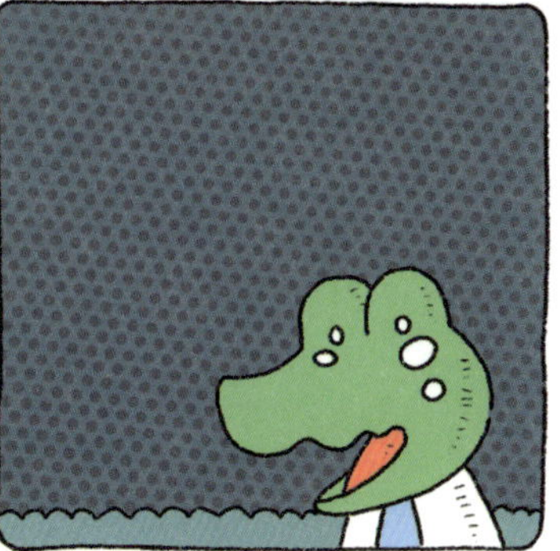

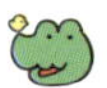

옆 팀 사원 성추행 당하다

팀장님한테 성추행 당했는데.. 오히려
그 팀장 회장 친척 이잖아?
나를 가해자로 소문내고 있어..
악어대리님께 도와달라고 해볼까?
안돼.. 하지마
예감이 안 좋아..

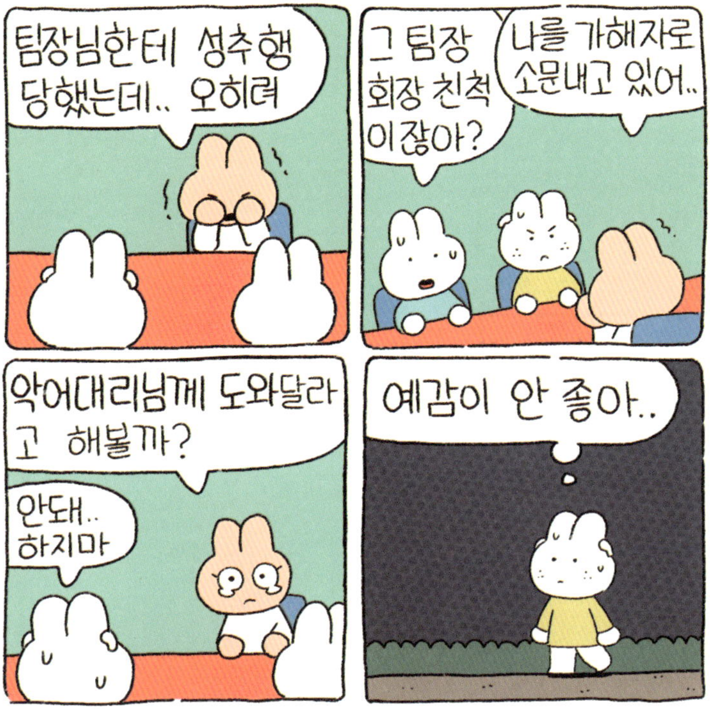

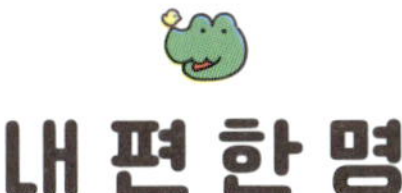

내 편 한 명

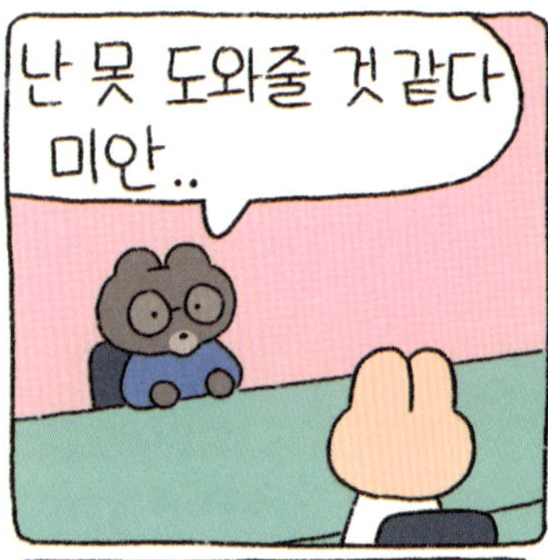

난 못 도와줄 것 같다
미안..

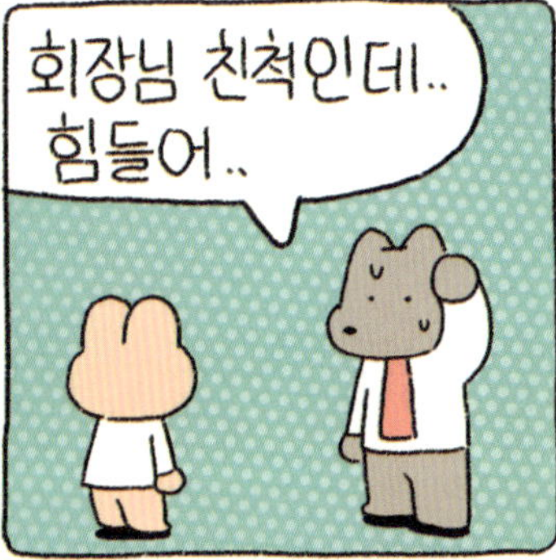

회장님 친척인데..
힘들어..

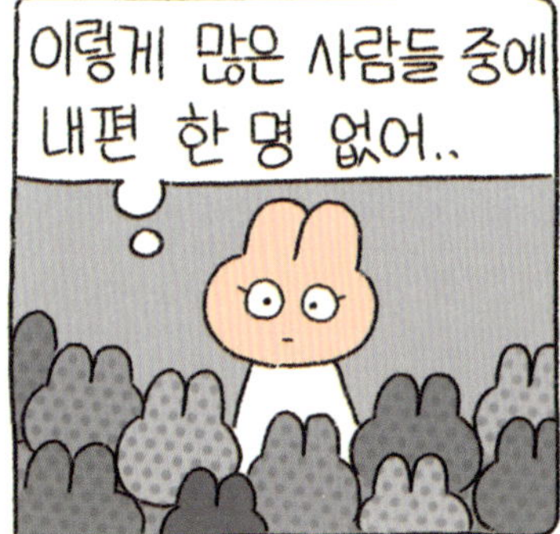

이렇게 많은 사람들 중에
내편 한 명 없어..

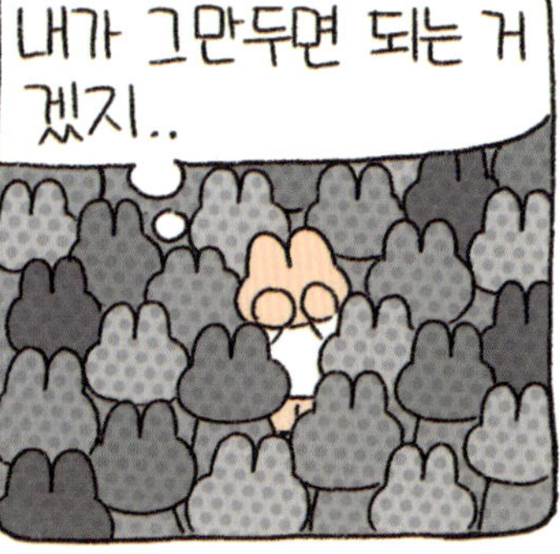

내가 그만두면 되는 거
겠지..

사과를 요구하다

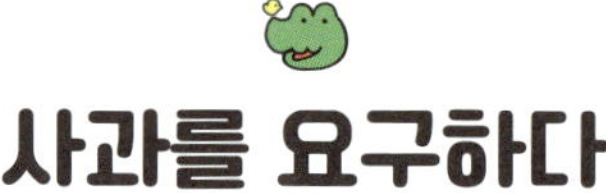

내가 왜?
여직원에게 사과하시죠?
그 여직원이 먼저 날 꼬신 거야.. 그리고
했다 쳐도 나 회장님 친척이야.. 처벌 안 받아~
대리 따위가..
· · ·

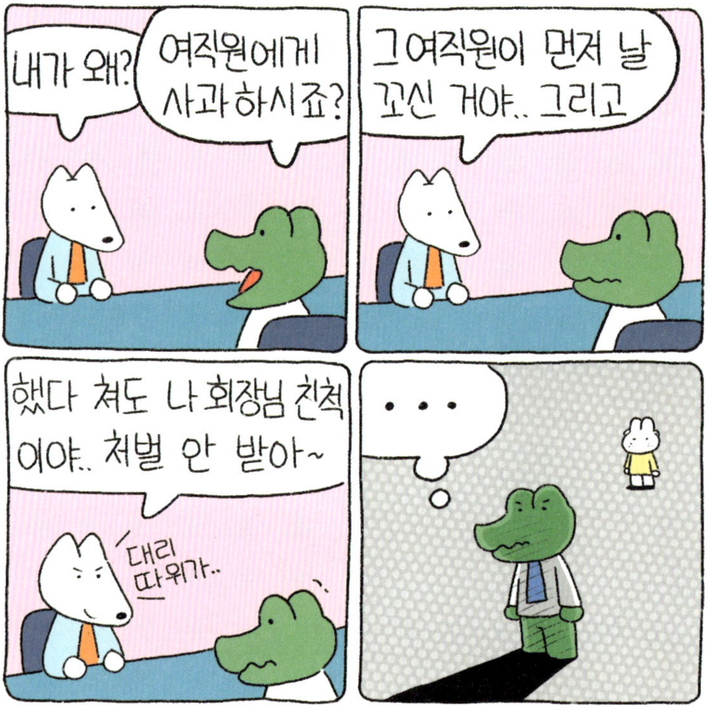

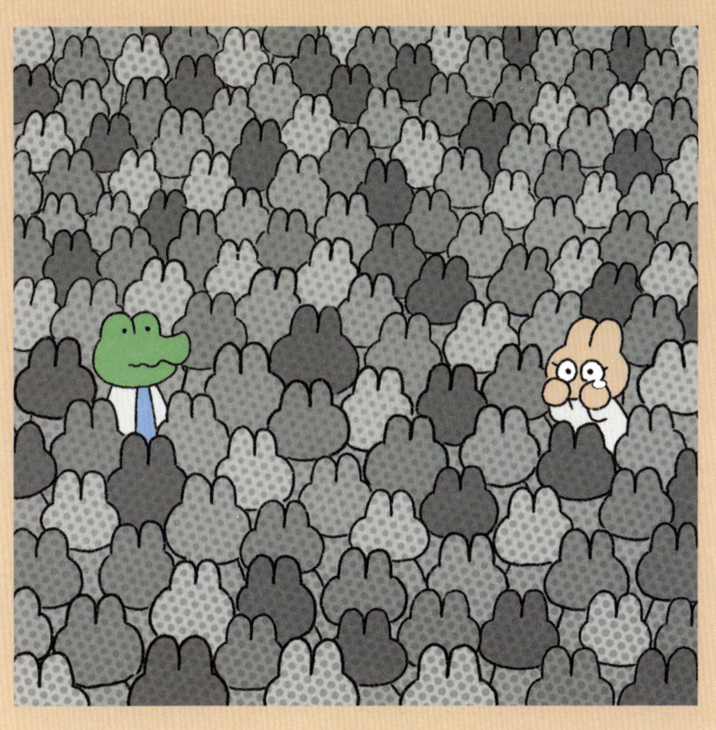

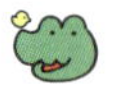

토사원 걱정하다

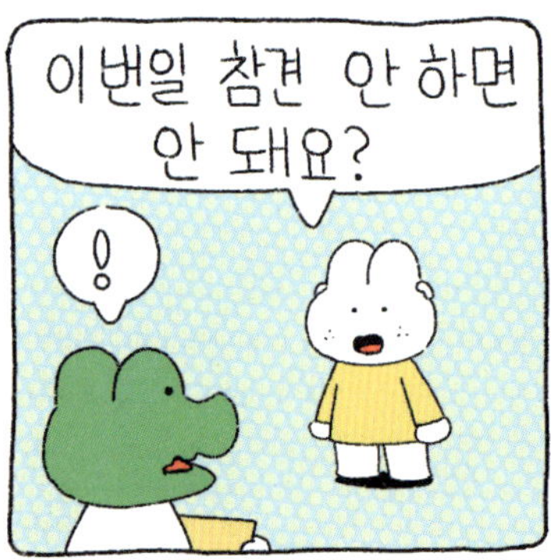

이번일 참견 안 하면 안 돼요?

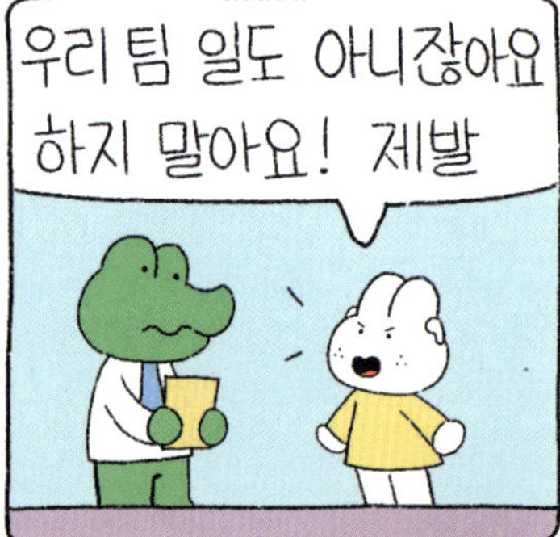

우리 팀 일도 아니잖아요 하지 말아요! 제발

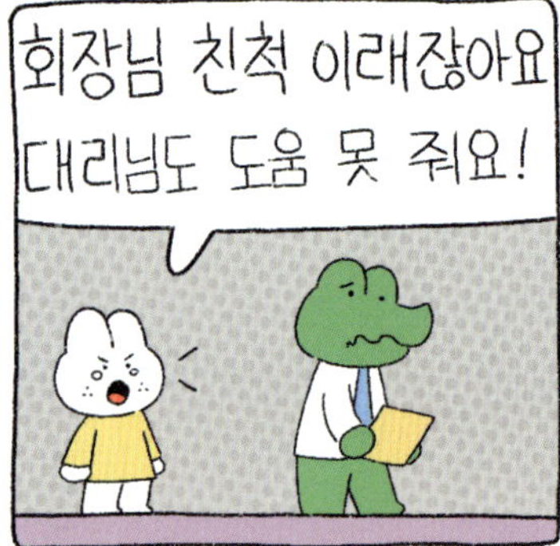

회장님 친척 이래잖아요 대리님도 도움 못 줘요!

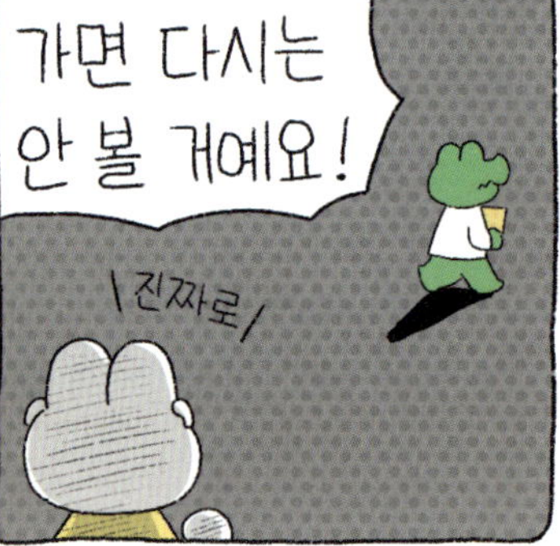

가면 다시는 안 볼 거예요!
진짜로

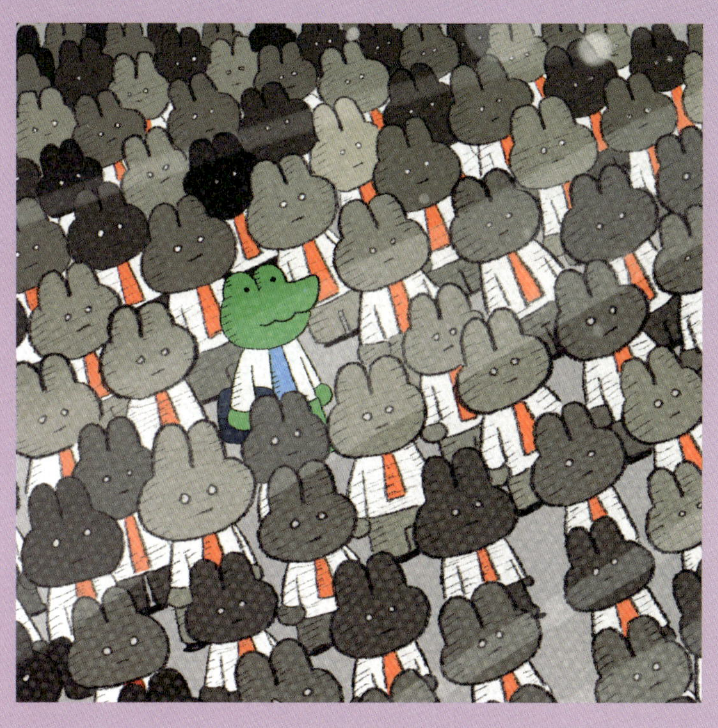

예전에 악어대리의 팀에서
팀장이 같은 팀 사원을 성추행 하는 사건이 발생했습니다.

이 사건으로 인해 팀장은 직장을 떠나게 되었고,
피해를 입은 사원은 그 상처를 극복하지 못하고 결국 퇴사하게 되었습니다.
그로 인해 악어대리는 팀장 없는 팀의 대리로서
새로운 역할을 맡게 되었습니다.

이 경험을 통해 악어대리는 비록 큰 도움은 주지 못하더라도,
같은 편이 있다는 것을 알리기로 결심하게 되었습니다.

이는 타인을 돕기 위한 것이 아닌,
예전 팀원에게 충분한 도움을 주지 못했던 그 시간을 보상하고자 하는
자신을 위한 선택이었습니다.

이 에피소드는 악어대리의 행동이 옳고 그름을 넘어서,
개인적인 부족함과 상처를 솔직하게 드러낸 기록입니다.
과거의 아쉬움과 후회를 마주하며 치유의 과정을 담고 있습니다.

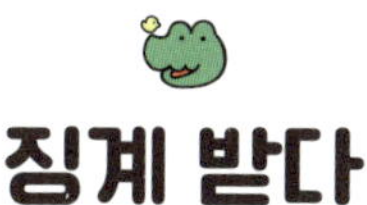

징계 받다

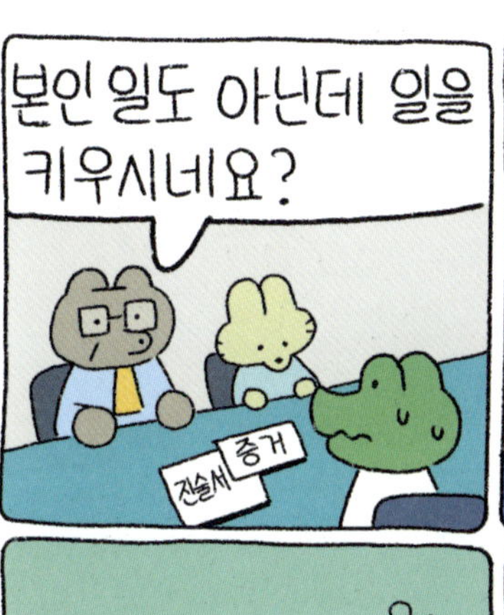

본인 일도 아닌데 일을 키우시네요?
진술서
증거

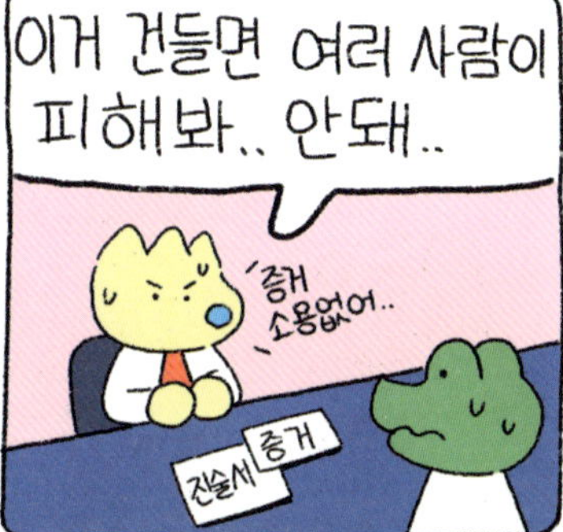

이거 건들면 여러 사람이 피해봐.. 안돼..
증거 소용없어..
진술서
증거

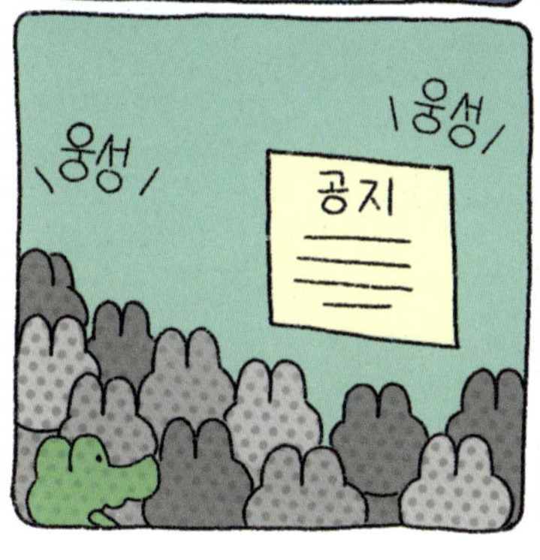

웅성
웅성
공지

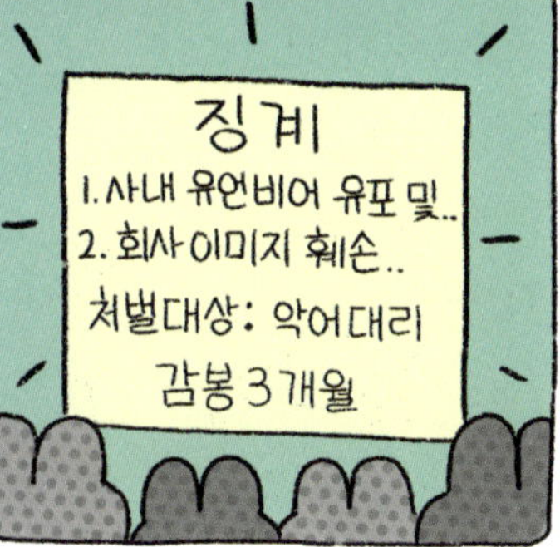

징계
1. 사내 유언비어 유포 및..
2. 회사 이미지 훼손..
처벌대상: 악어대리
감봉 3개월

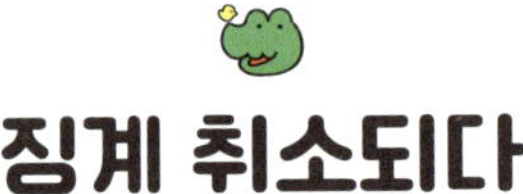

징계 취소되다

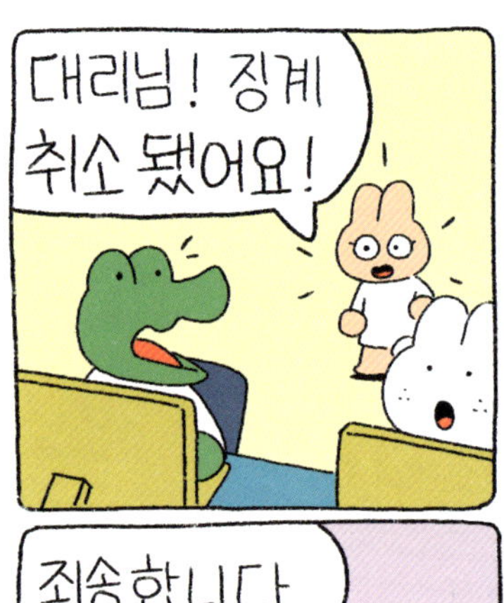

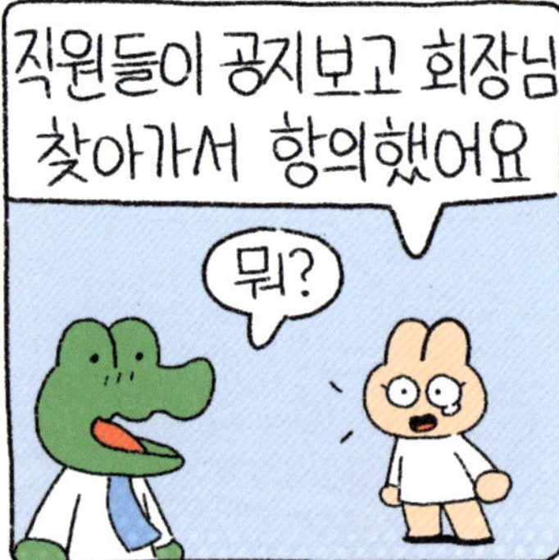

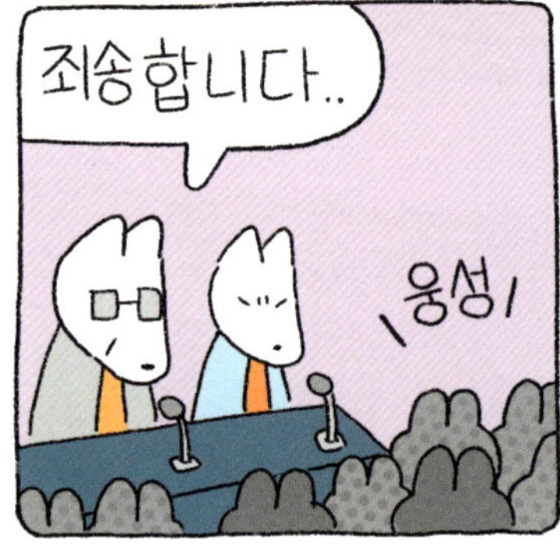

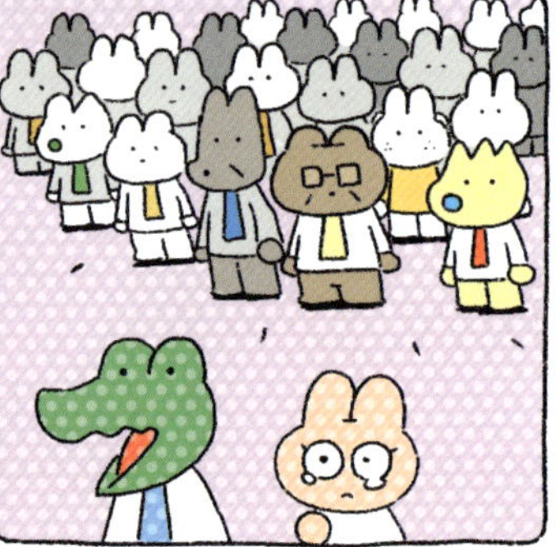

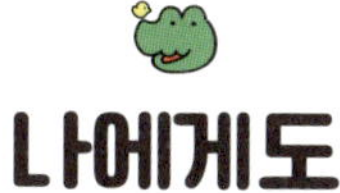

나에게도

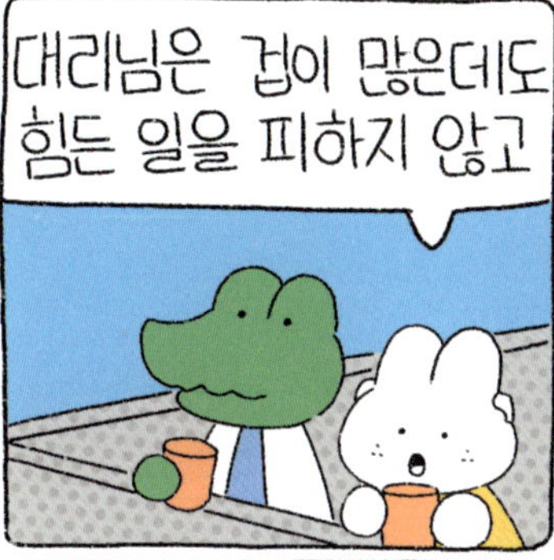

대리님은 겁이 많은데도 힘든 일을 피하지 않고

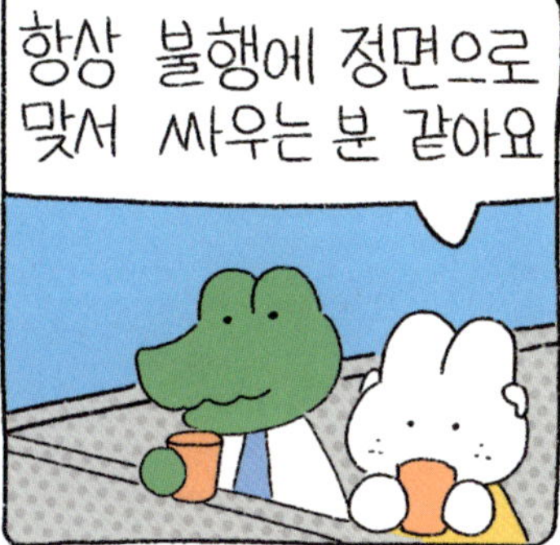

항상 불행에 정면으로 맞서 싸우는 분 같아요

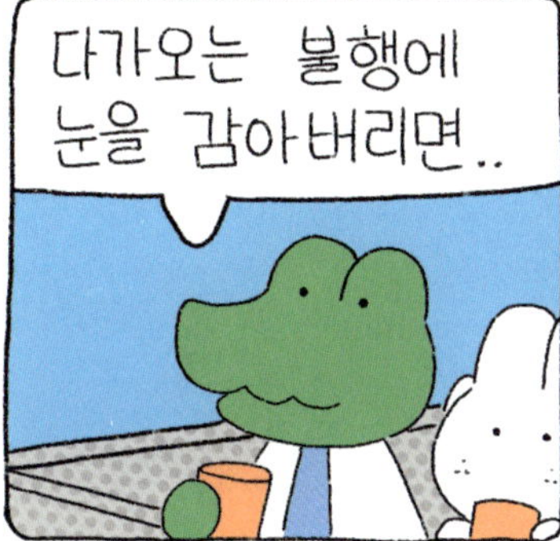

다가오는 불행에 눈을 감아 버리면..

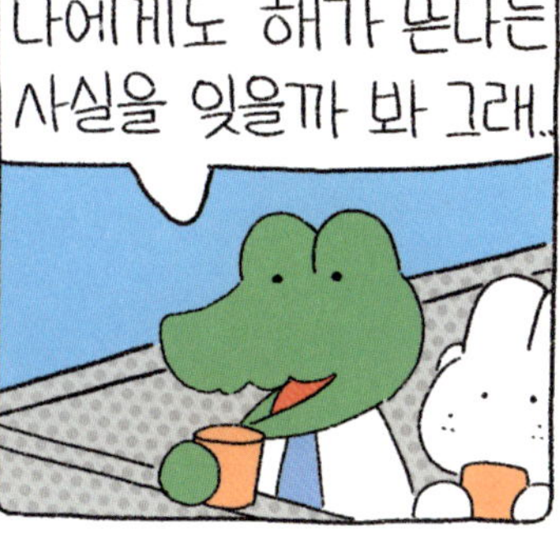

나에게도 해가 뜬다는 사실을 잊을까 봐 그래..

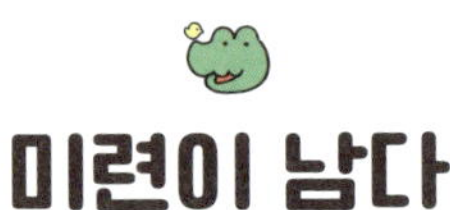

미련이 남다

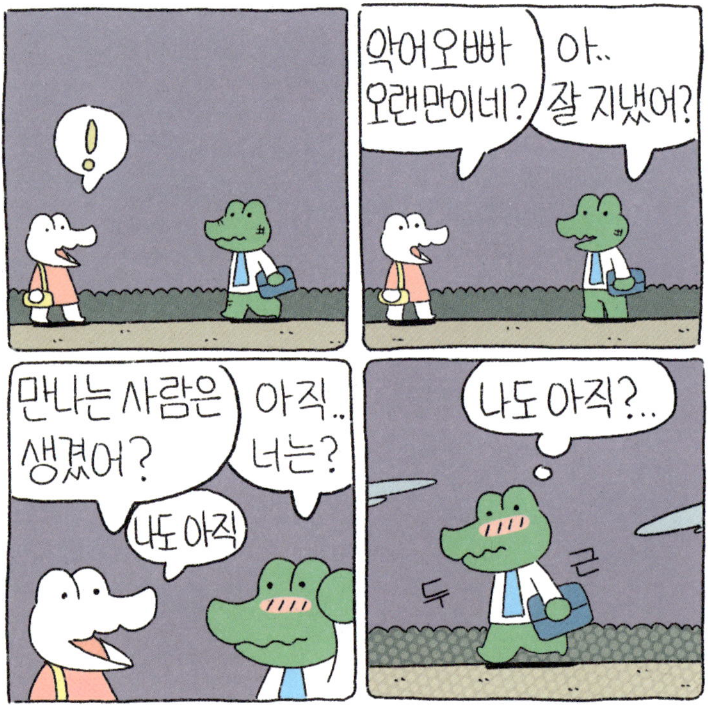

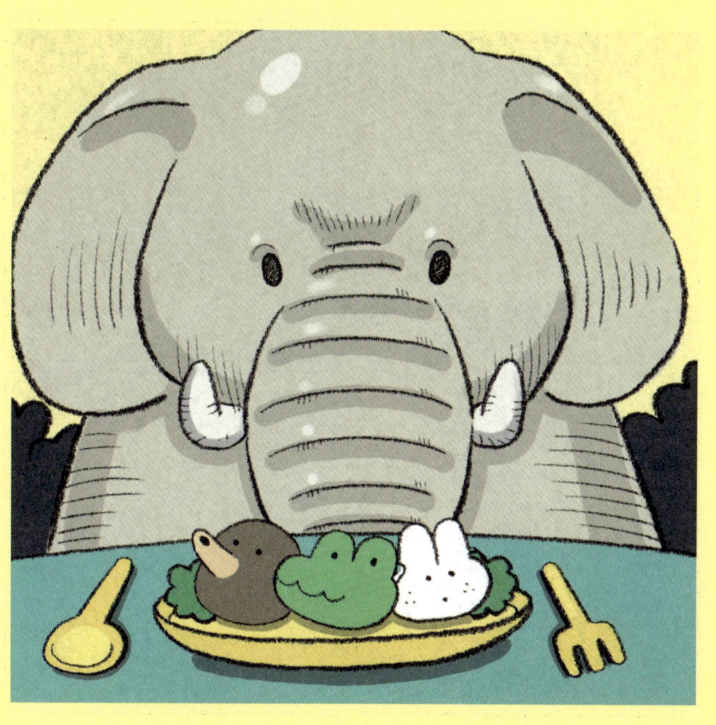

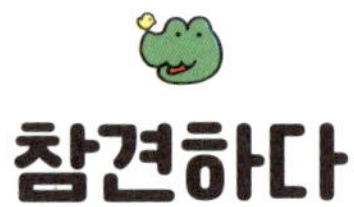

참견하다

악어대리 또 혼자 야근해?
응
그게 아니야
토사원은 매일 칼퇴 하는데?
토사원은 일 처리가 빠르고 나는 느리니까 하는 거야
흥
남의 팀원한테 관심이 많아 !?
또 정색 하니?

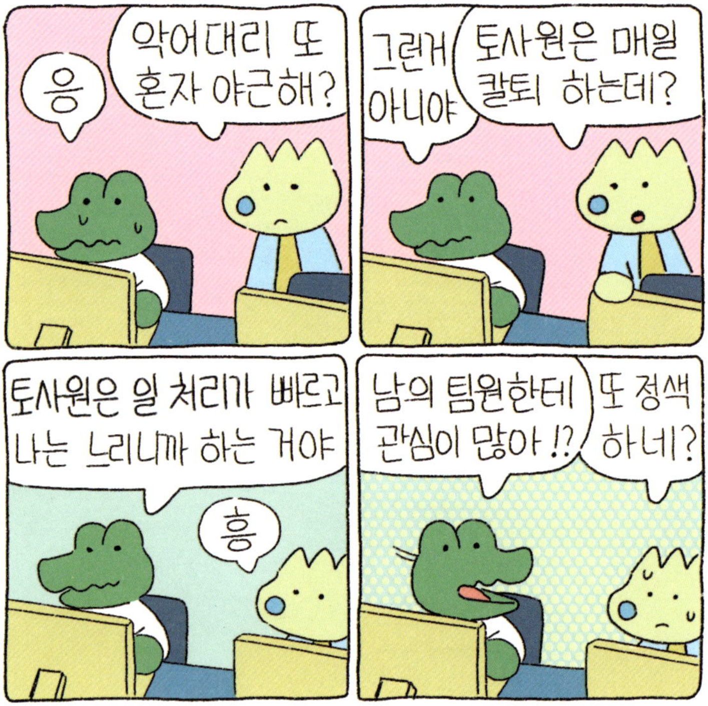

악어대리 진급하다

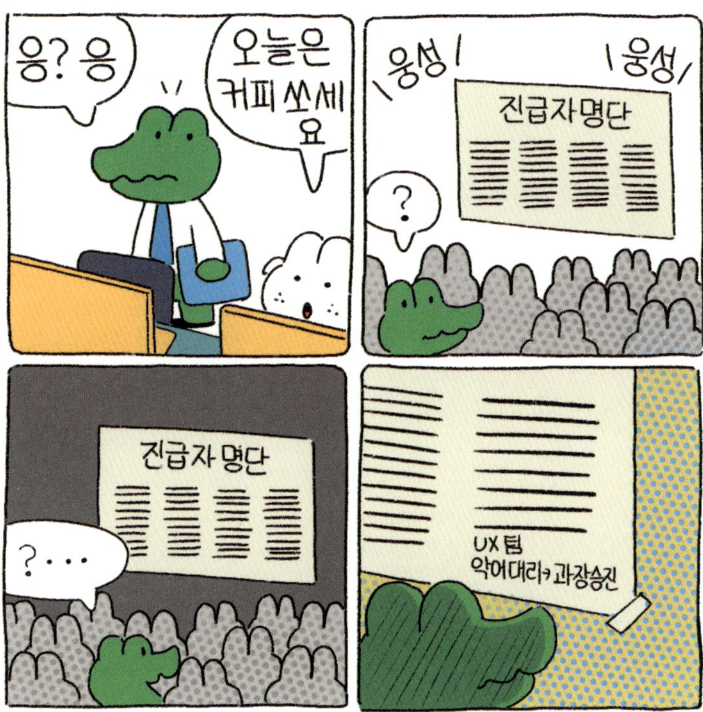

네 번째 만에 악어대리가 과장으로 승진한 그날 밤,
악어 가족은 행복의 눈물을 흘렸습니다.

오랜 시간 동안 힘겹게 견뎌온 날들이
드디어 결실을 맺는 순간이었기 때문입니다.

남들에게는 별것 아닌 승진이었지만,
악어 가족에게는 평생 기억에 남을
세상에서 가장 기쁜 날이 되었습니다.

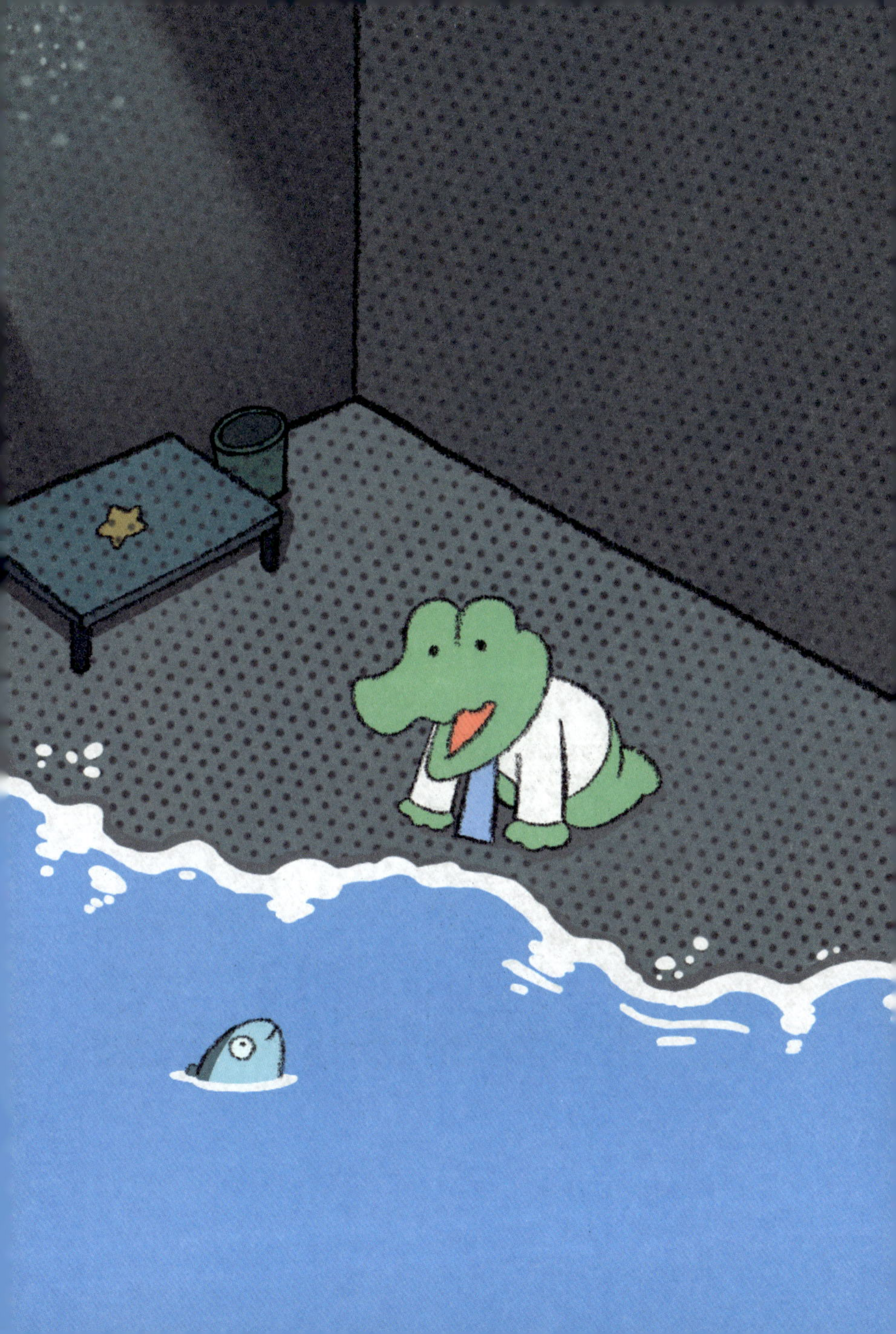

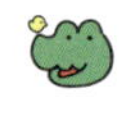

집에서 온 전화

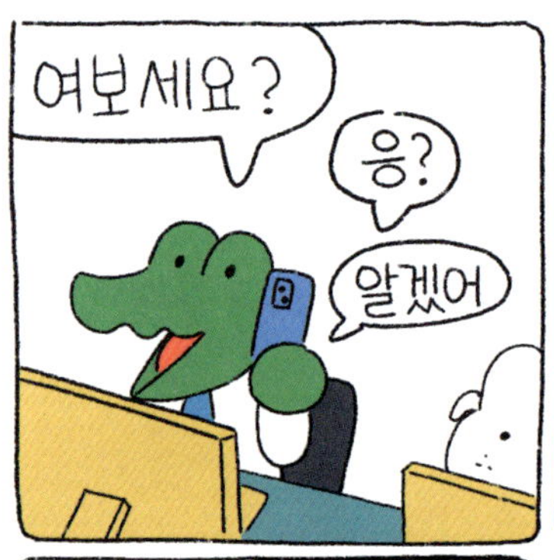

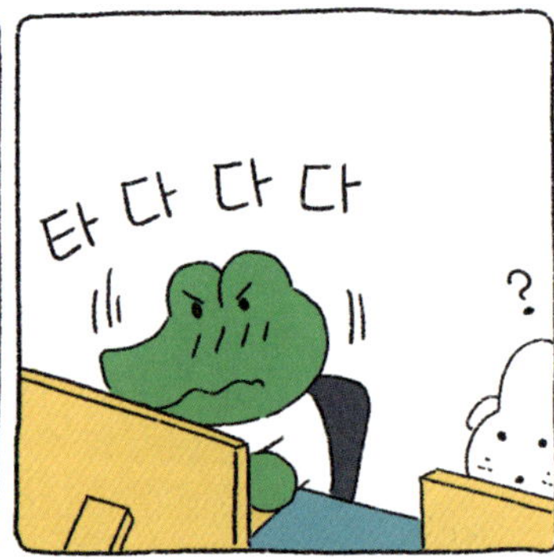

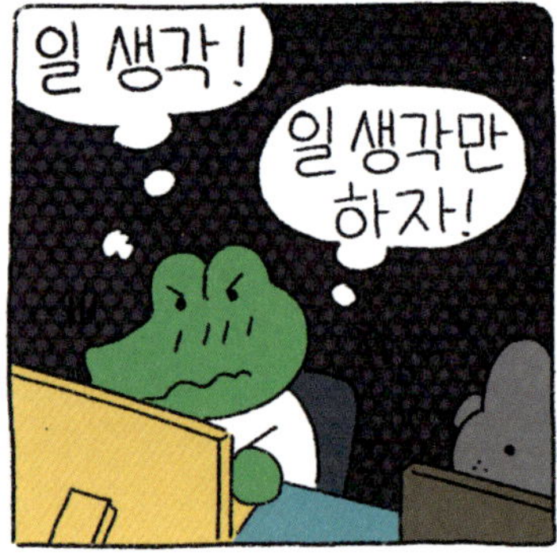

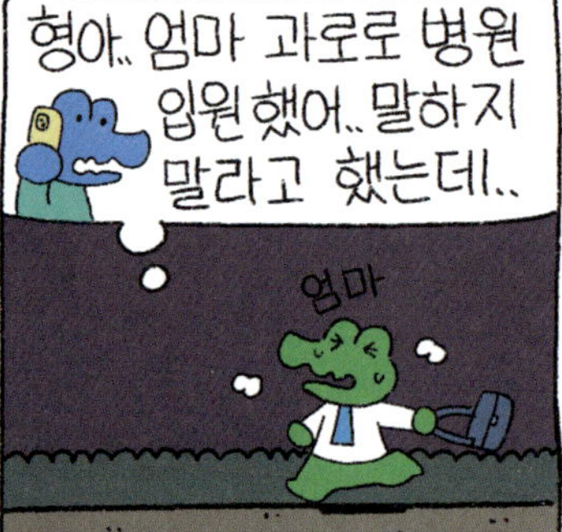

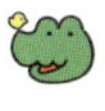

병원에 도착하다

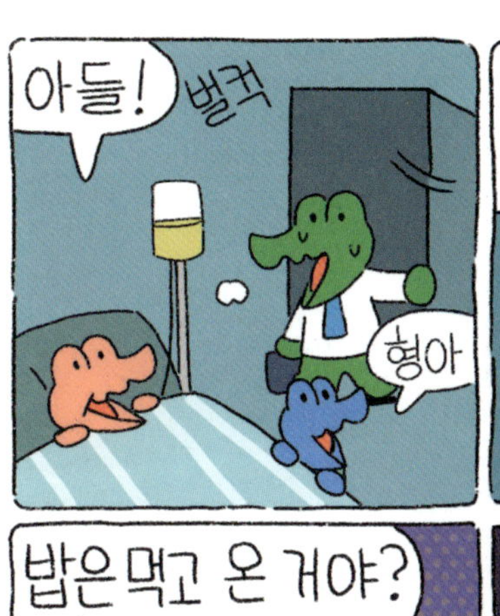

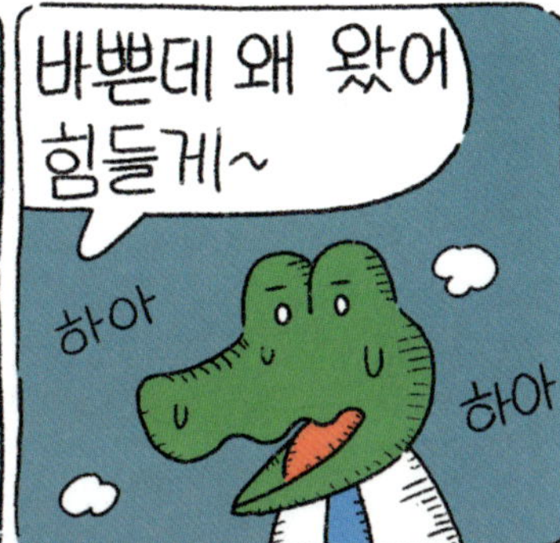

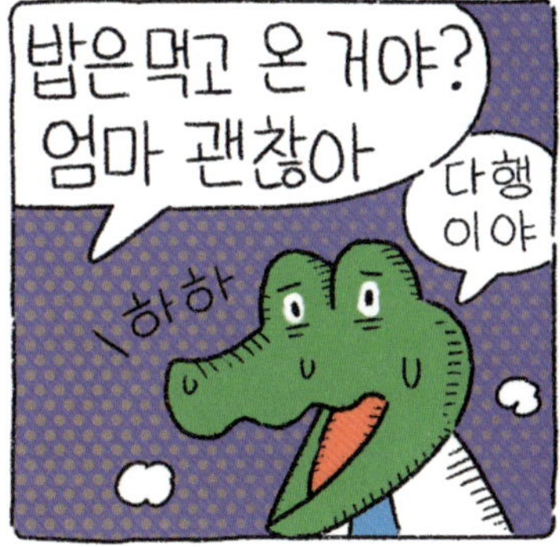

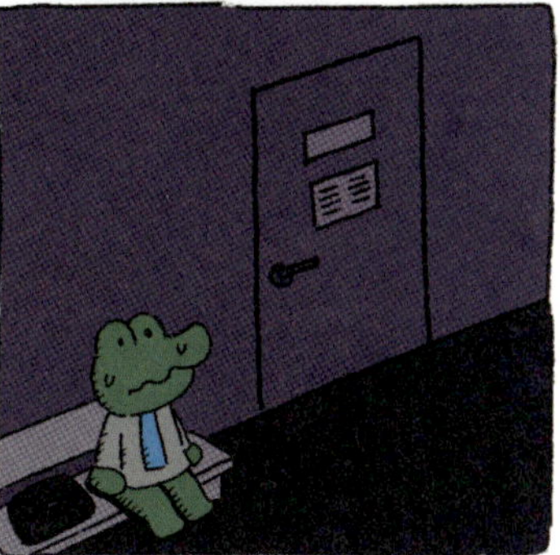

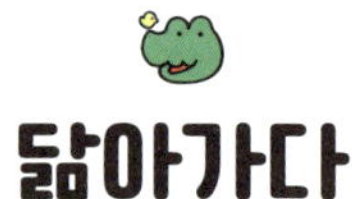

닮아가다

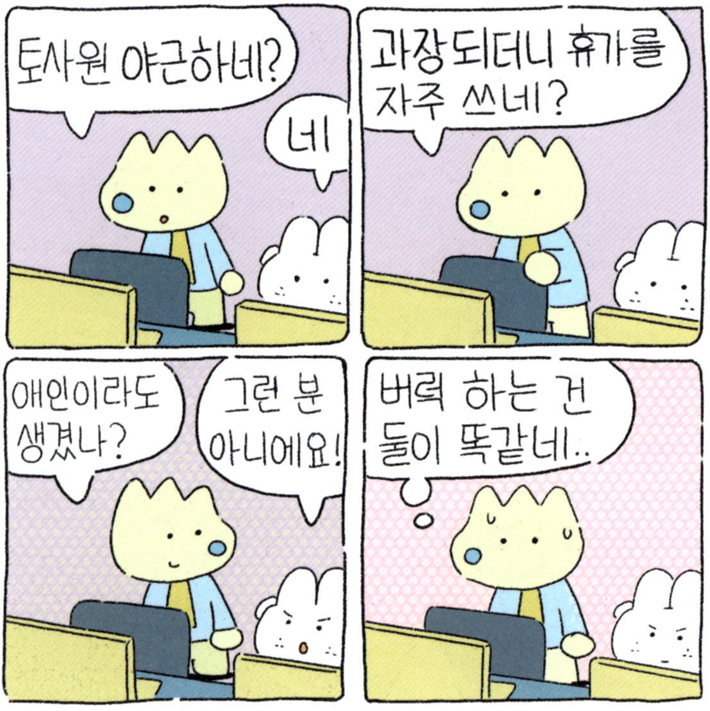

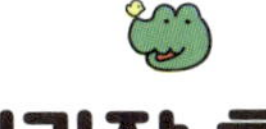

악어과장 휴가 중

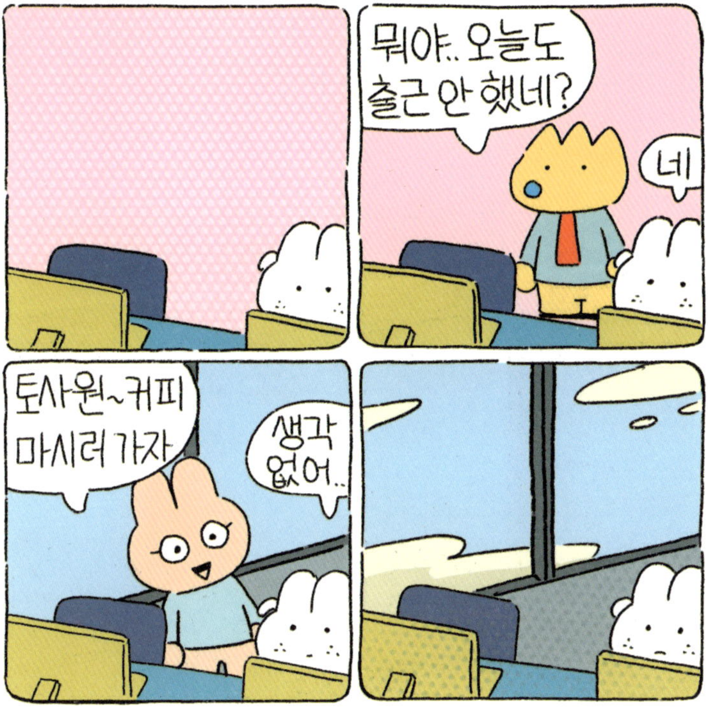

없으면 서운한

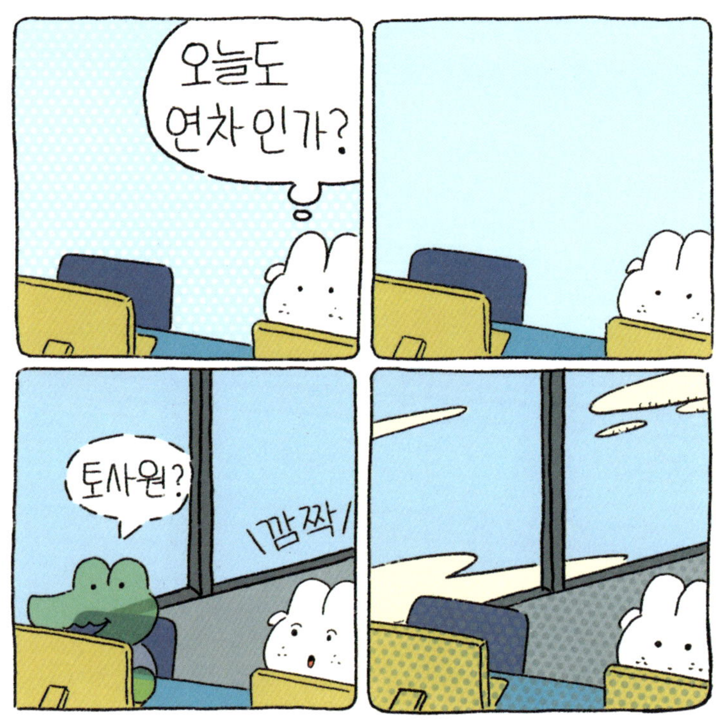

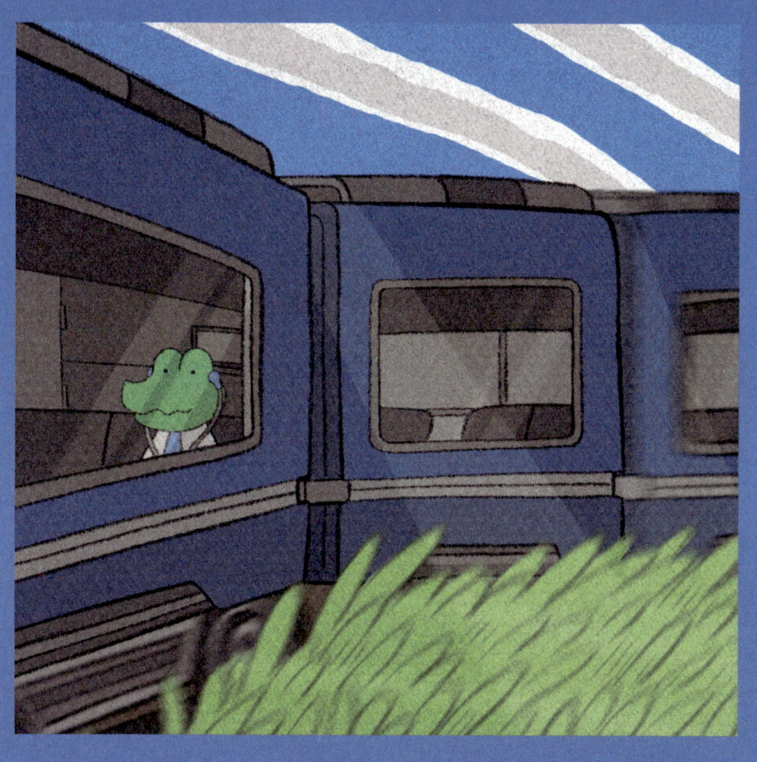

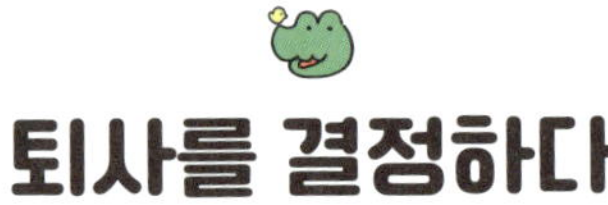

퇴사를 결정하다

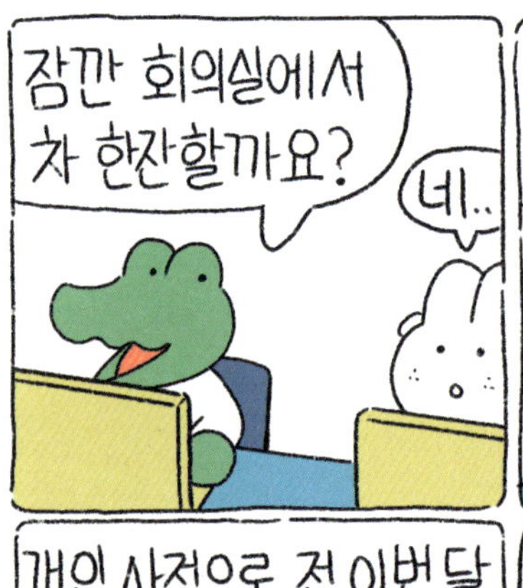

잠깐 회의실에서 차 한잔할까요?
네..

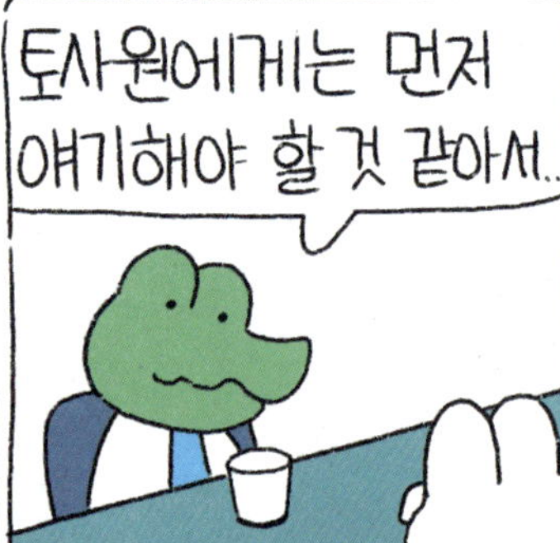

퇴사원에게는 먼저 얘기해야 할 것 같아서..

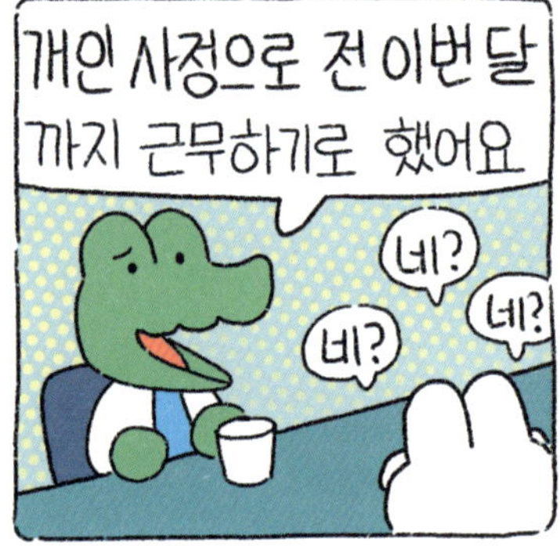

개인 사정으로 전 이번달까지 근무하기로 했어요
네?
네?
네?

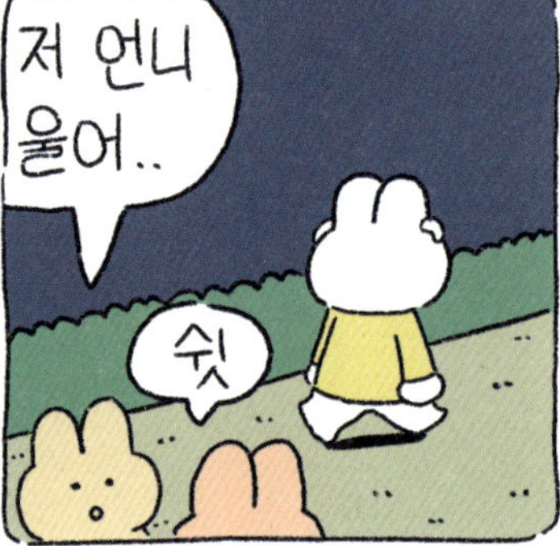

저 언니 울어..
쉿

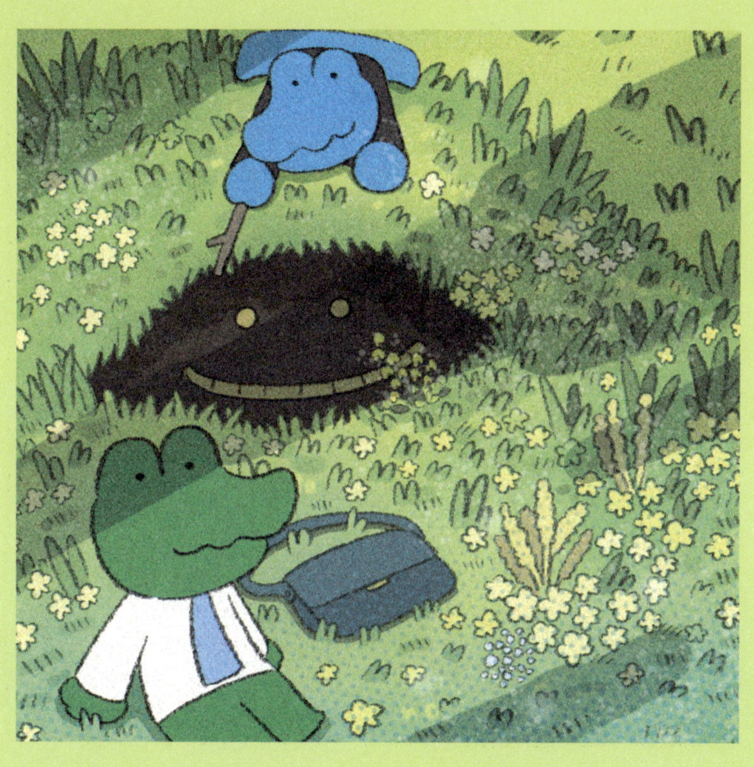

형은 아빠가 아니야!

엄마랑 너는 내가 책임질 거야
넌 공부만 해
뭐?
형은 우리 아빠가 아니야
혼자서 가족의 짐을 모두 짊어지려 하지 마
동생은 내가 없는 곳에서 어른이 되어가고 있었다

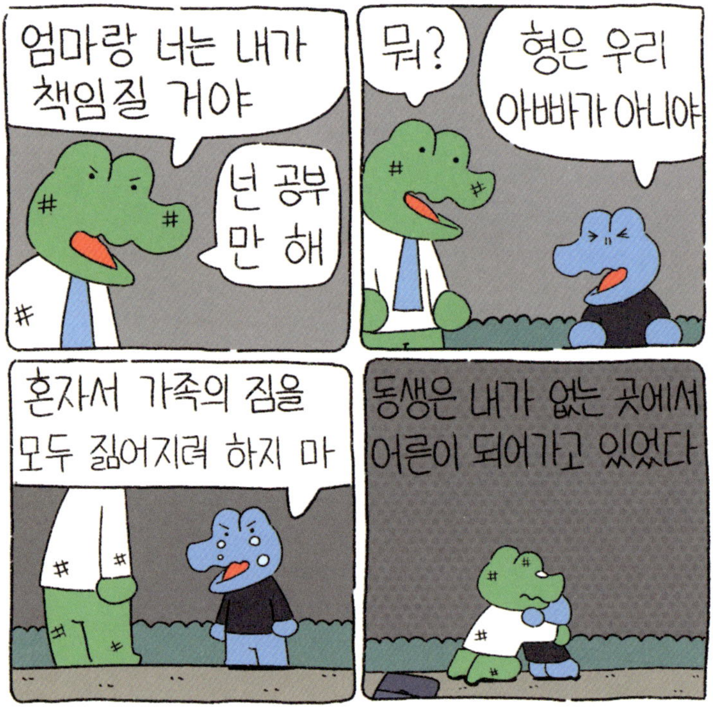

신입 사원의 과거를 생각하다

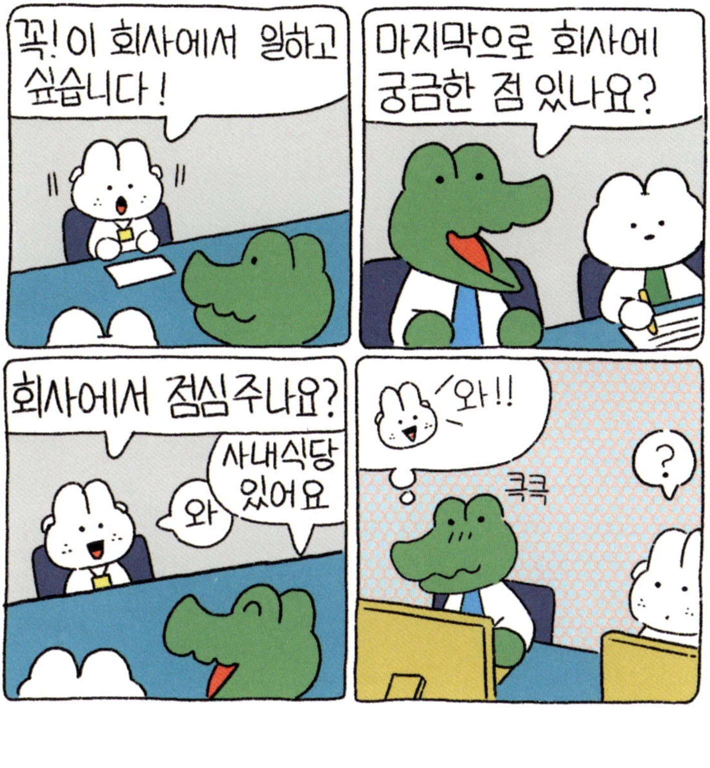

스스로 위로하다

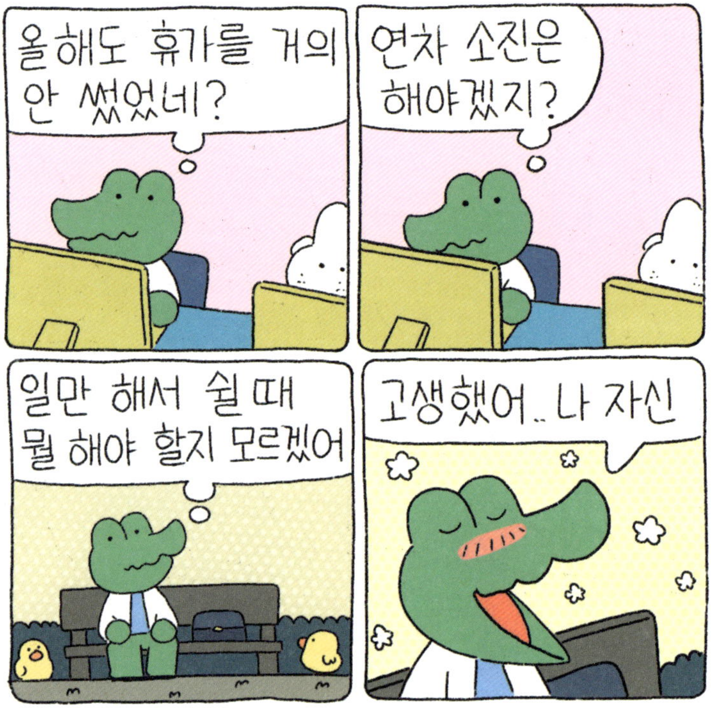

악어대리는 어렵게 과장으로 승진했지만,
그 기쁜 날의 여운도 잠시, 가족과의 소중한 시간을 보내기 위해
회사를 떠나 고향으로 돌아가는 큰 결정을 내렸습니다.

토사원은 신입 시절 세 차례 해고된 경험으로 인해
사회에 대한 깊은 경계심을 품고 있었고,
악어대리는 세 차례 승진에 실패하고 이성과의 이별까지 겹쳐
마음이 무너진 상태였습니다.

이런 악어대리가 토사원 덕분에
서울에 올라오신 엄마와 만나 큰 위로를 받을 수 있었습니다.

서로 보이지 않는 배려와 이해를 통해
두 사람은 깊은 유대감을 형성하게 되었고,
친한 사이보다 서로의 존재가 더 큰 힘이 되는
관계로 발전하게 되었습니다.

조용히 퇴사하다

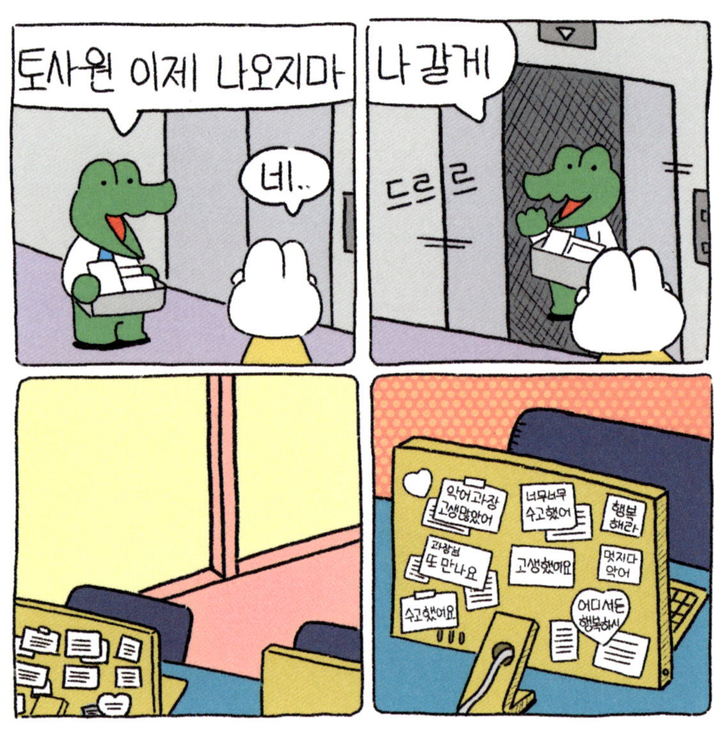
토사원 이제 나오지마
네..
나 갈게
드르르
악어과장 고생많았어
너무너무 수고했어
행복해라
과장님 또 만나요
고생했어요
멋지다 악어
수고했어요
어디서든 행복하시

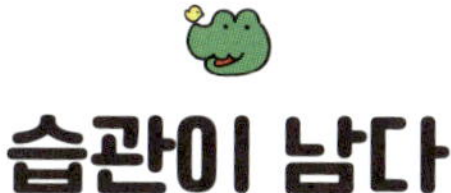

습관이 남다

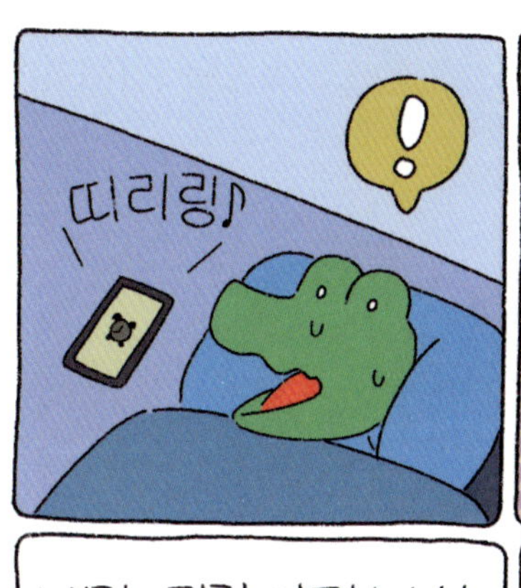

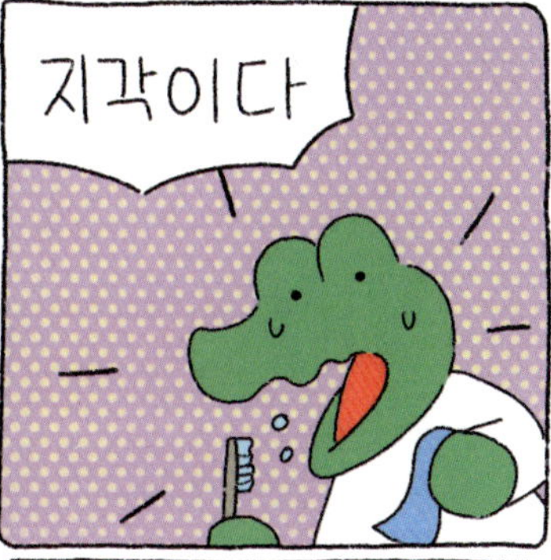

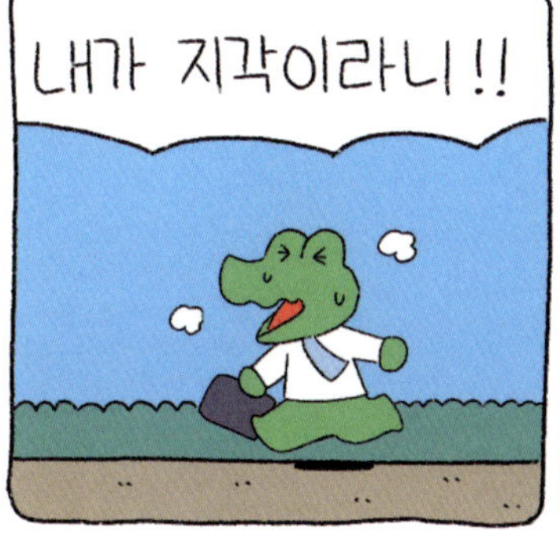

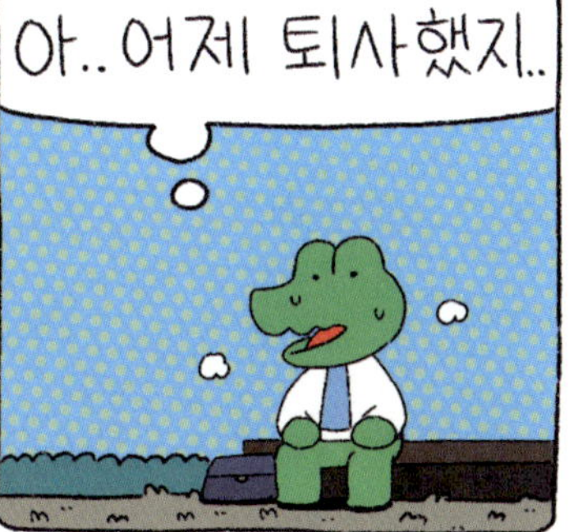

어머니의 시간

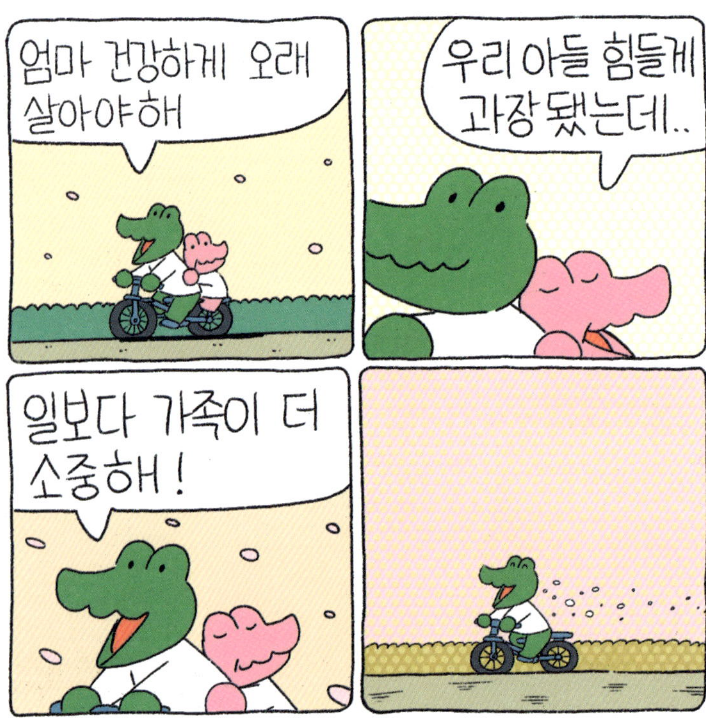

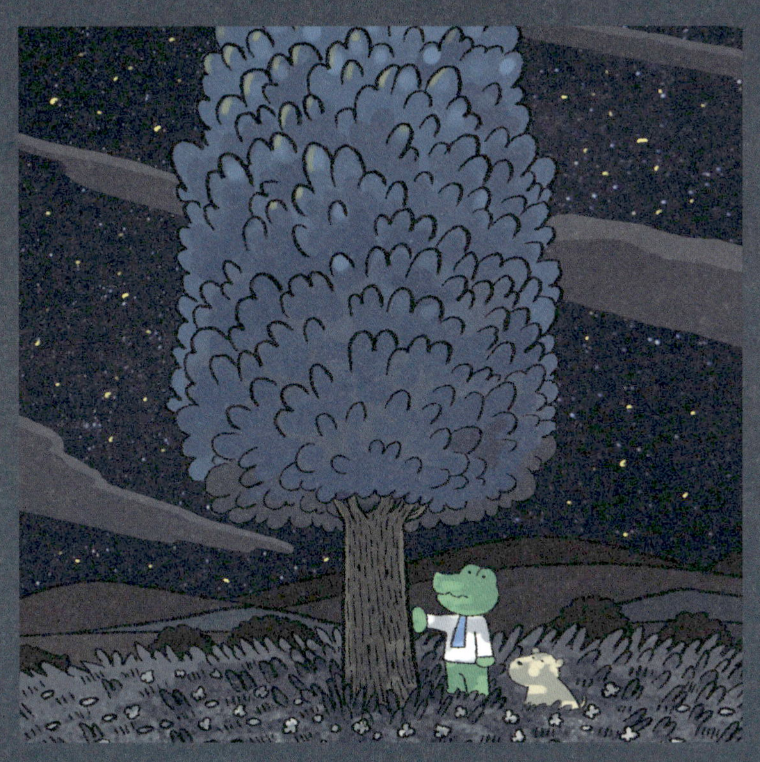

곰대표의 추천서

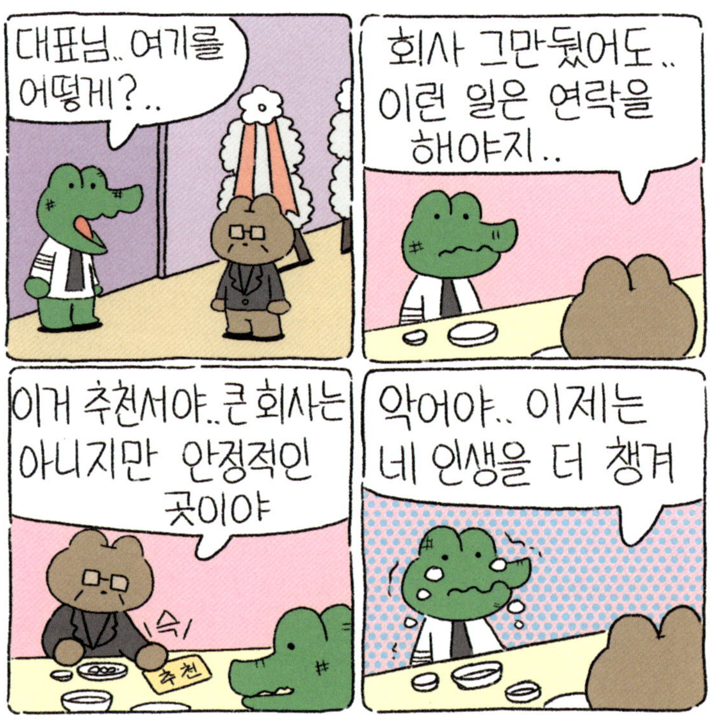

대표님.. 여기를 어떻게?..
회사 그만뒀어도.. 이런 일은 연락을 해야지..
이거 추천서야.. 큰 회사는 아니지만 안정적인 곳이야
추천
악어야.. 이제는 네 인생을 더 챙겨

추천서

악어과장은 평소 품행이 단정하고
어떤 업무를 맡겨도 꼼꼼히 해결하는
능력이 있으며 타의 모범이 됩니다.. (중략)

.

.

.

제 40년 직장 생활 명예를 걸고
이 직원을 추천합니다.

○○ 회사 곰대표

토사원 찾아오다

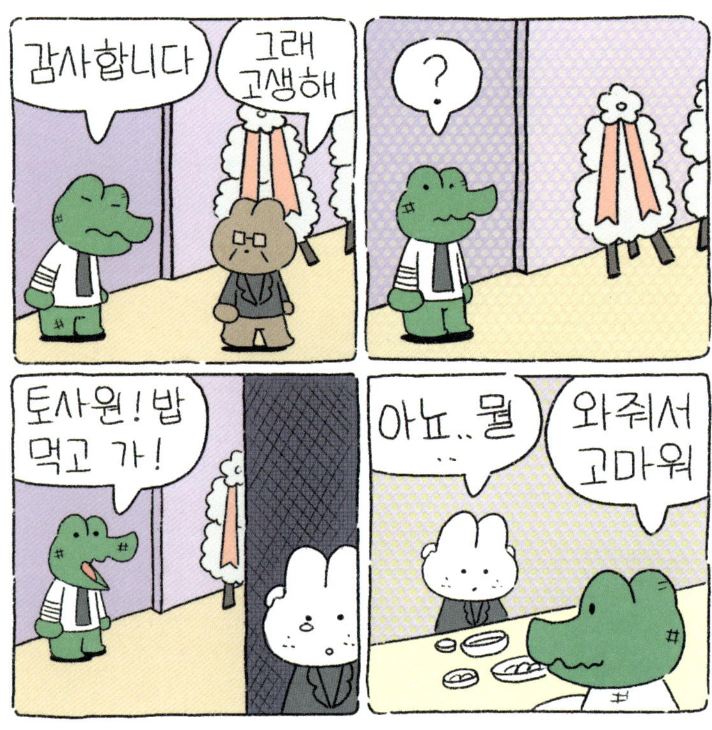

두더지 밥과 토사원

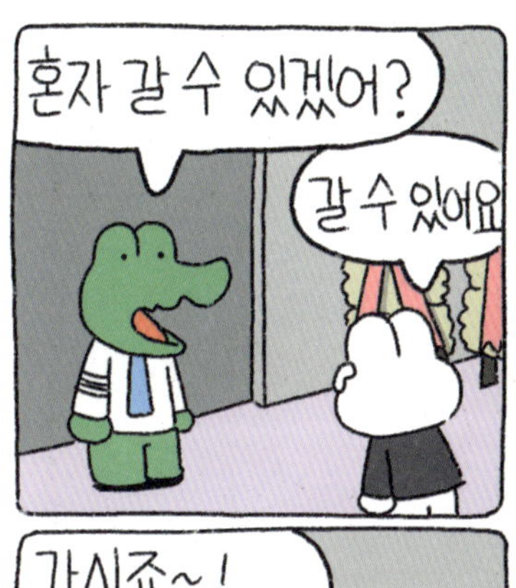

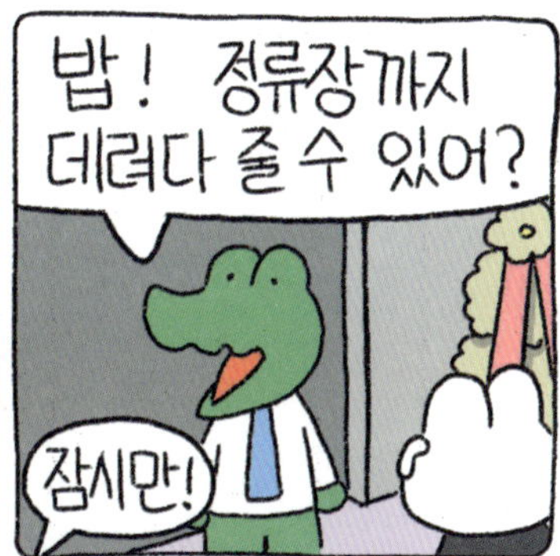

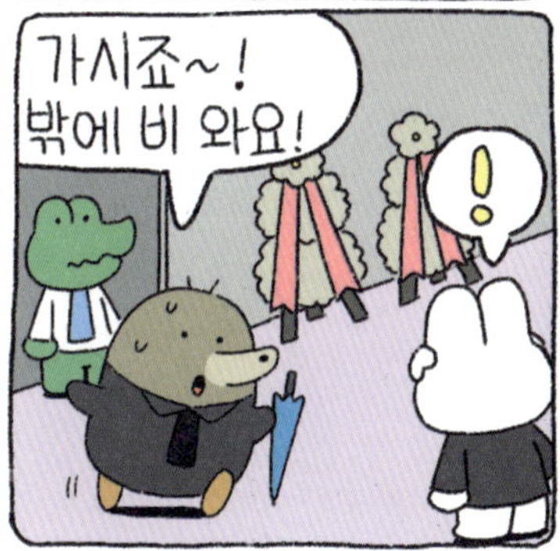

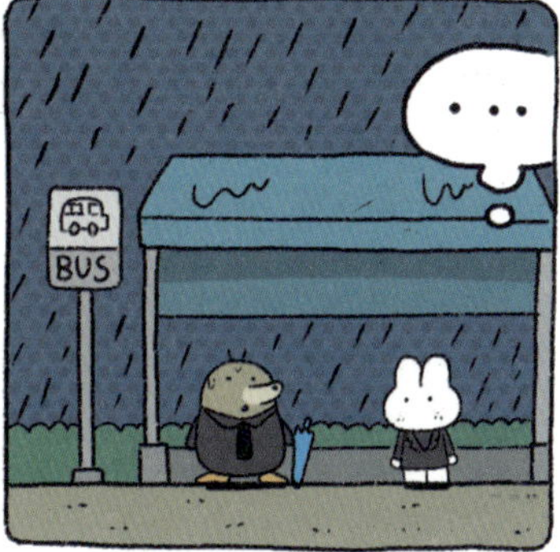

마지막 장면

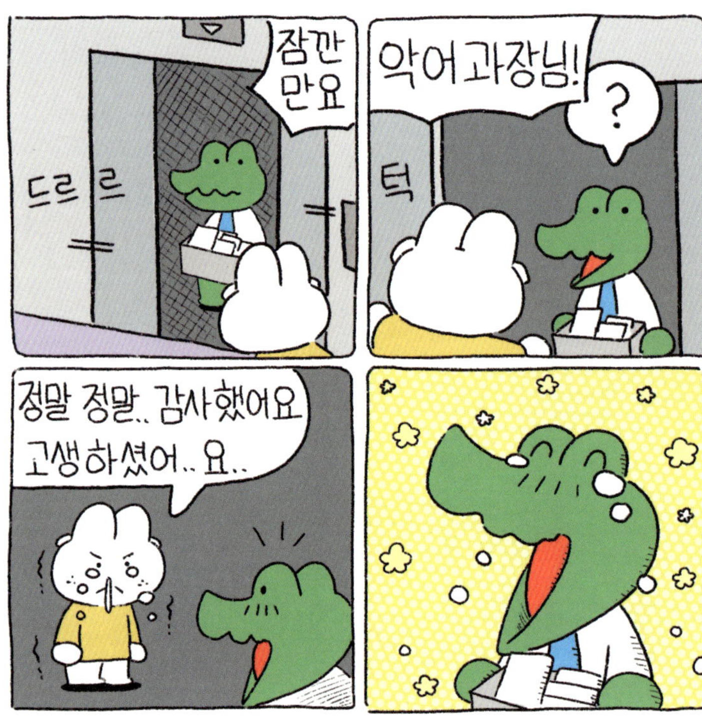

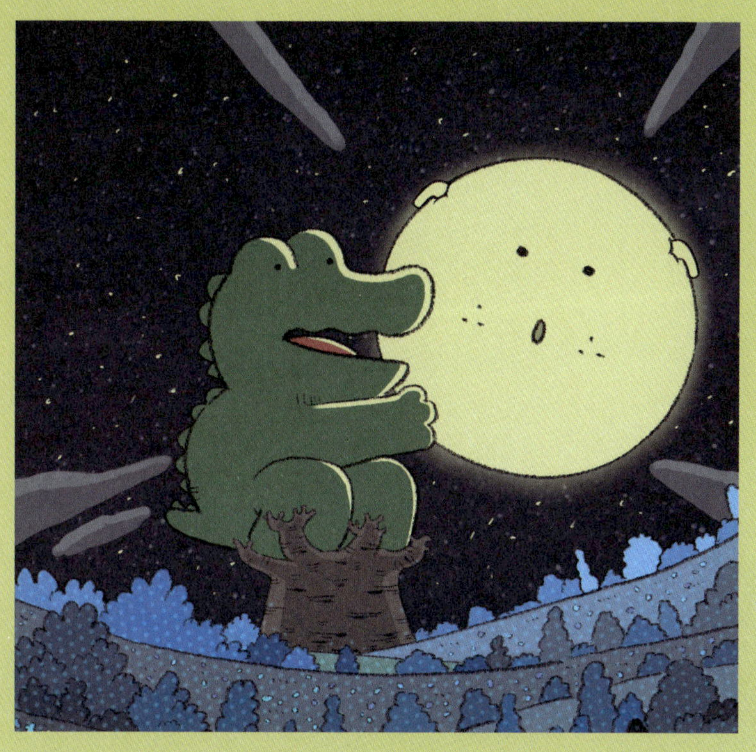

악어대리의 숨겨진 이야기

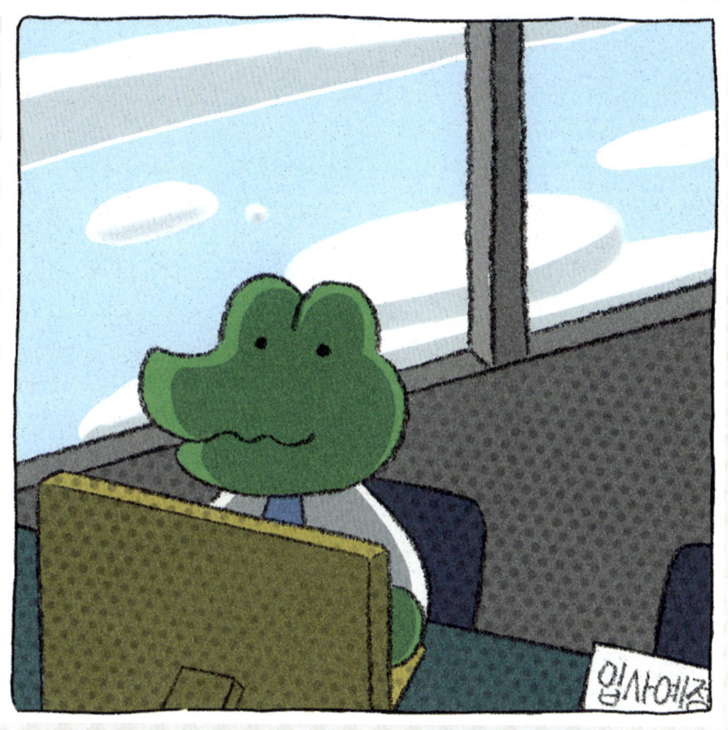
입사예정

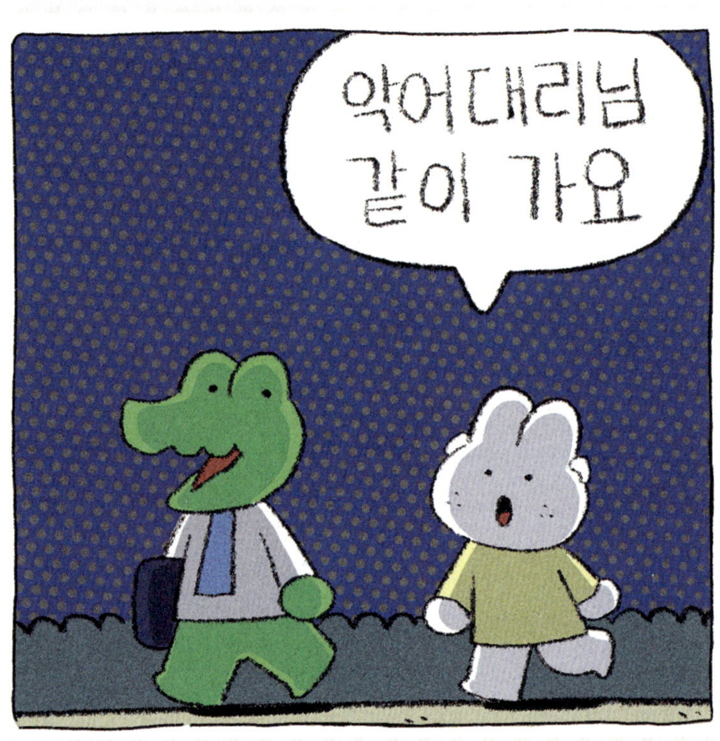
악어대리님
같이 가요

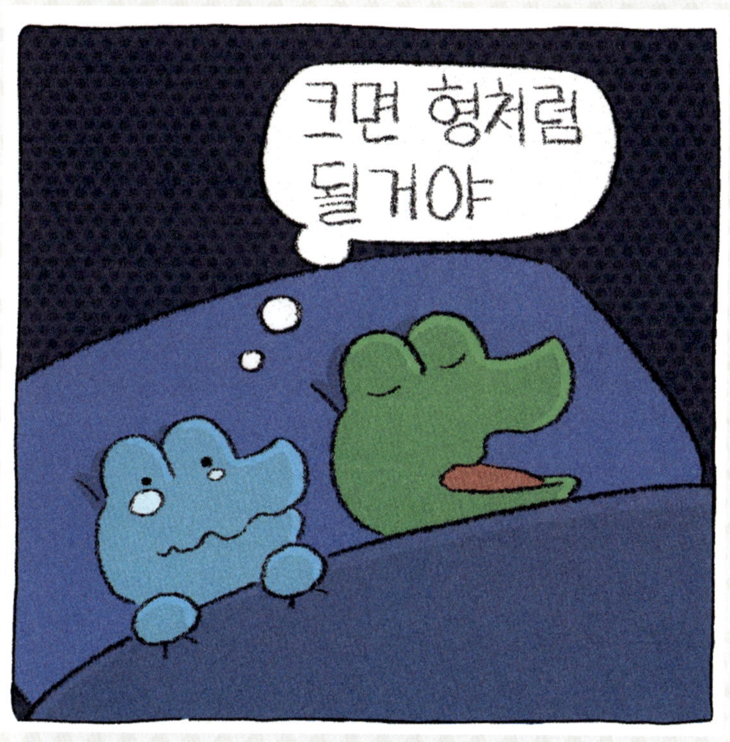
크면 형처럼
될거야

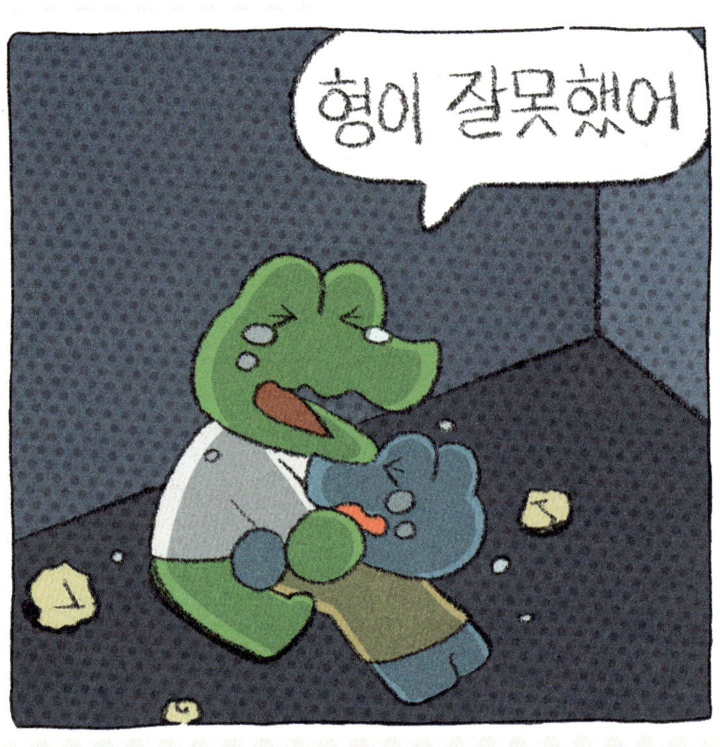
형이 잘못했어

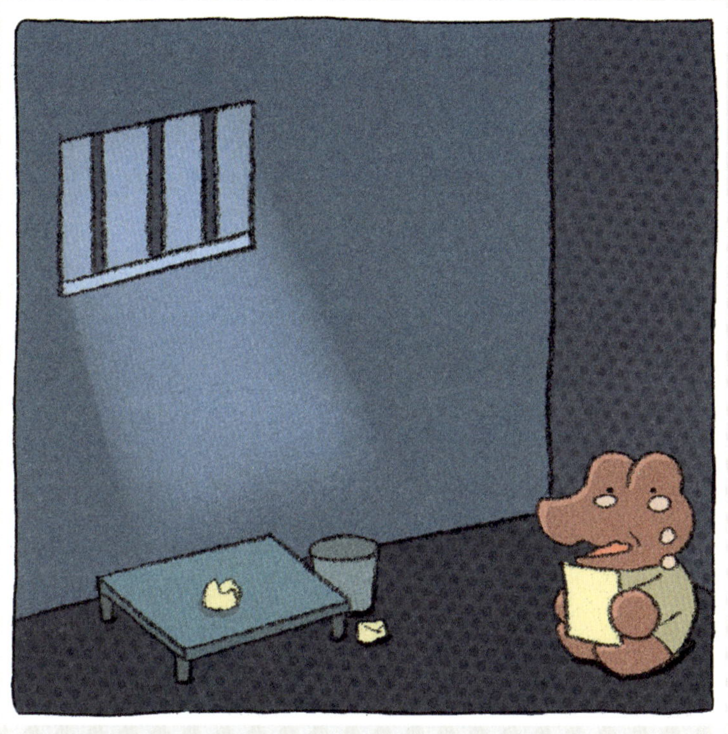

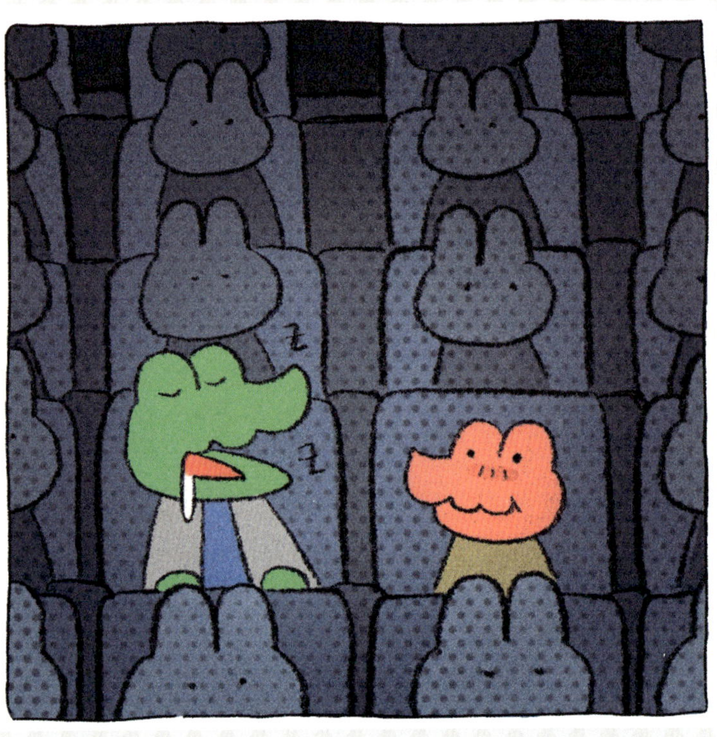

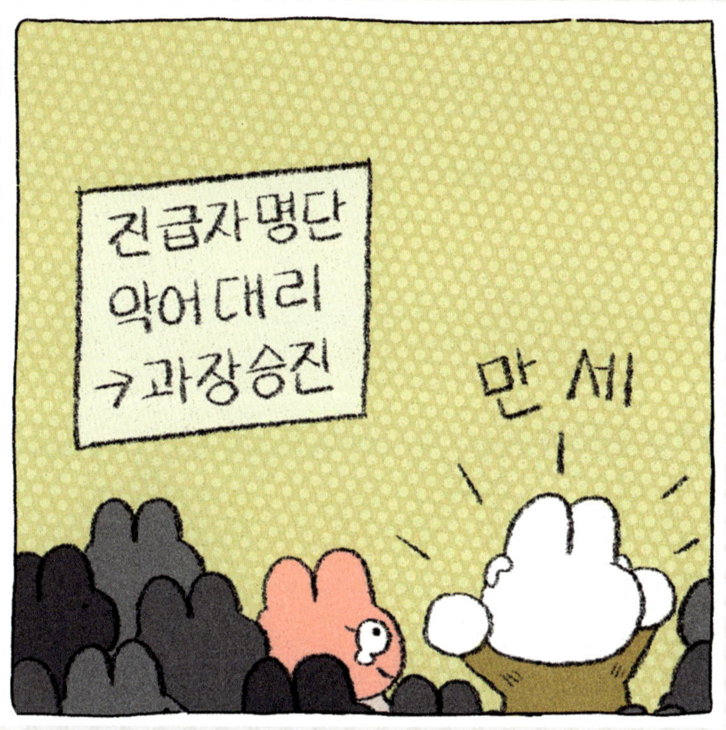
진급자명단
악어대리
→과장승진
만세

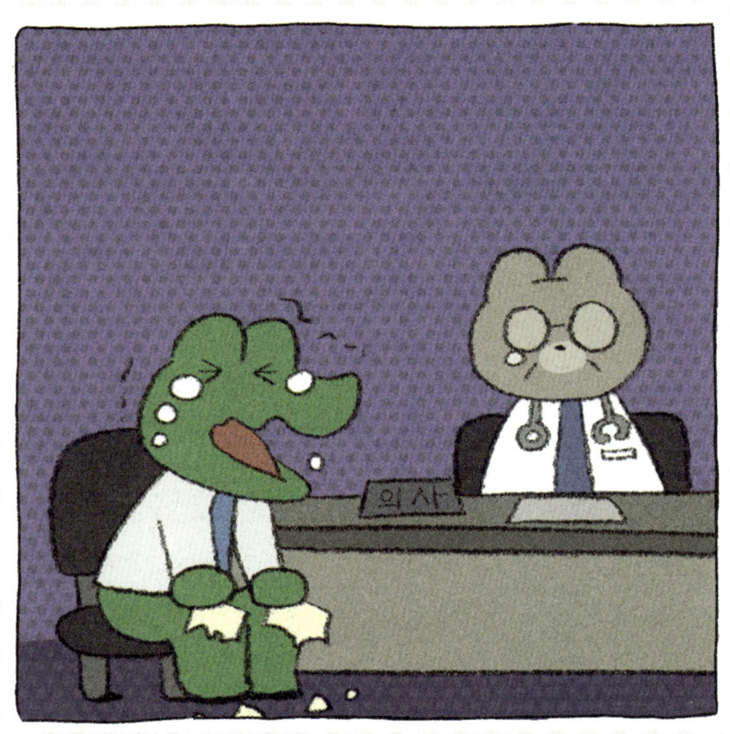
의사

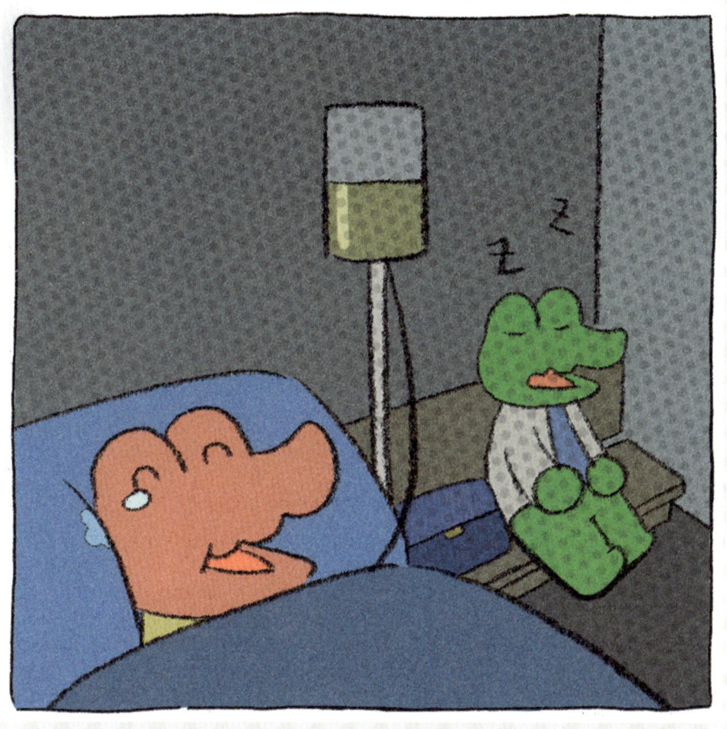

Z
Z

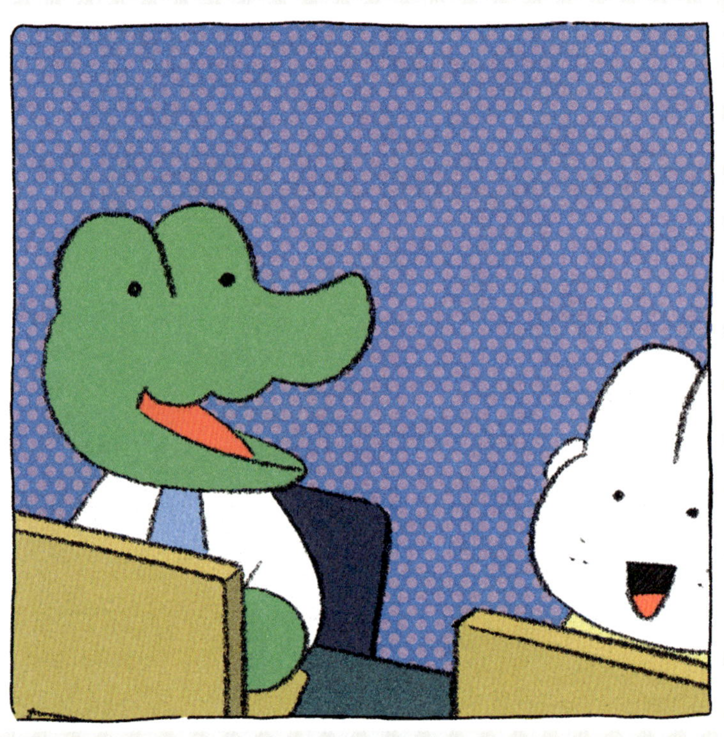

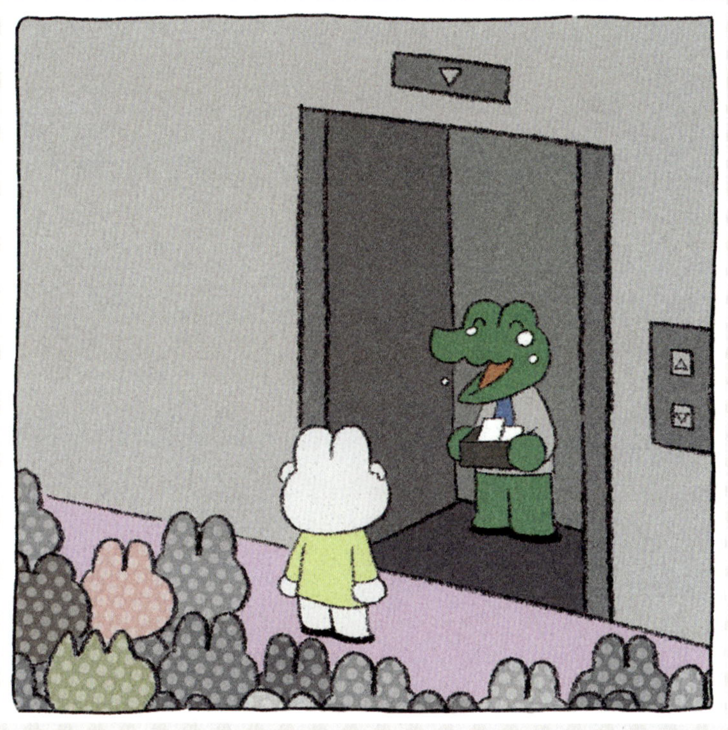

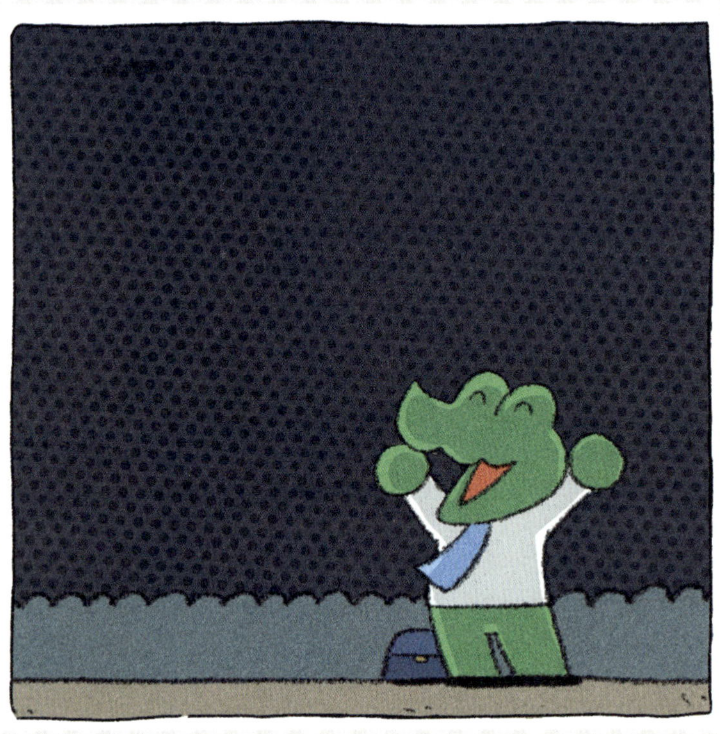

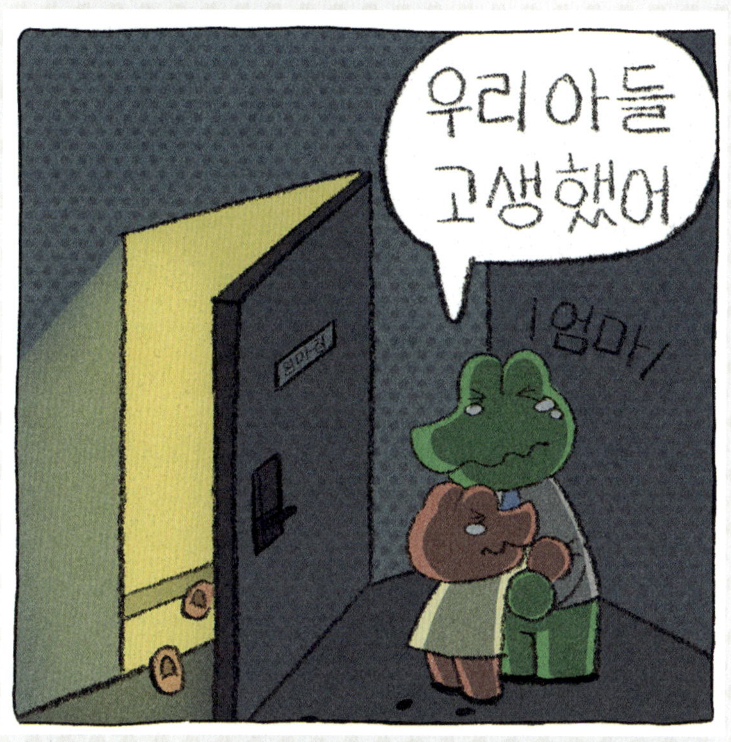

우리 아들
고생했어
엄마

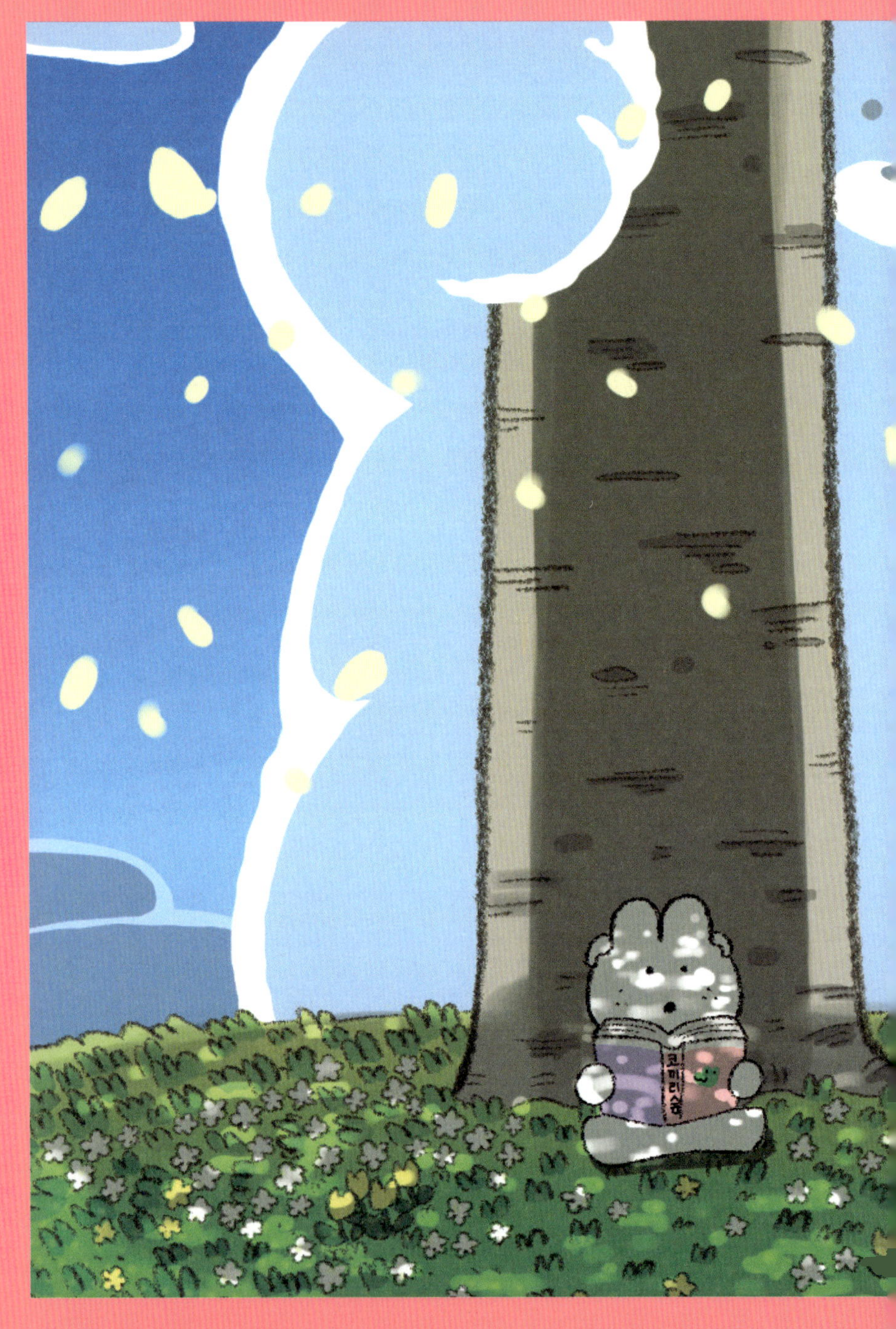

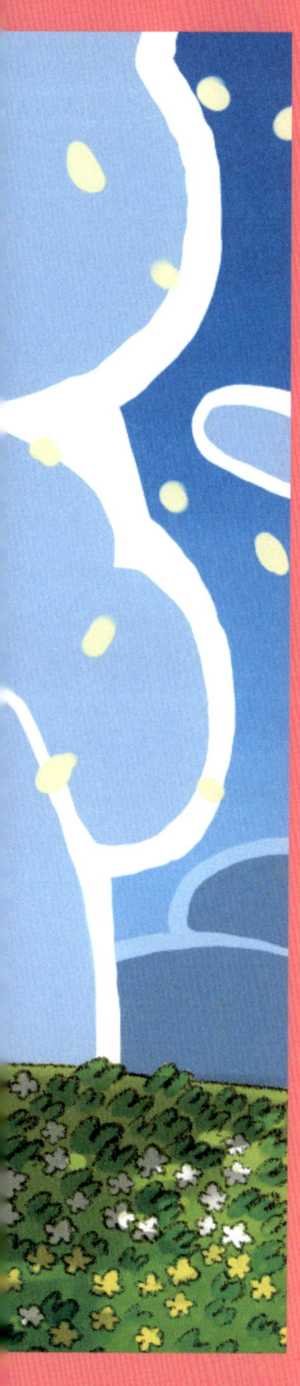

2장

토사원

이제 악어과장님은 돌아오시지 않아
나도 강해져야 해 할 수 있다

첫 면접을 보러 가다

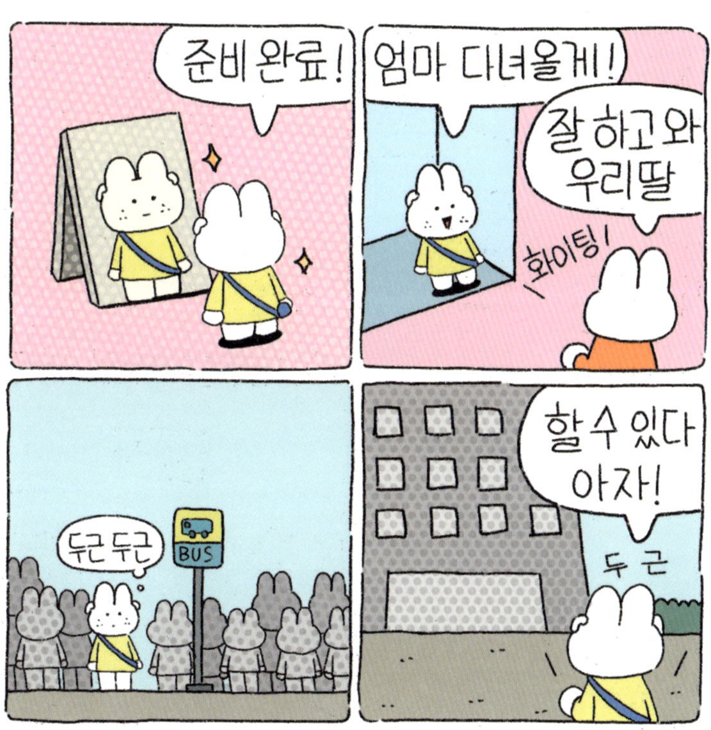

면접 시간

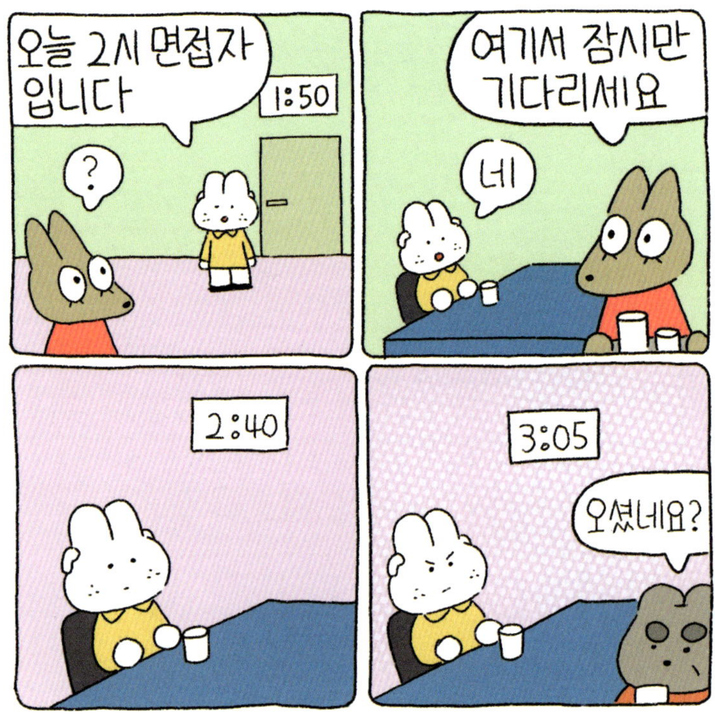

외모 평가받다

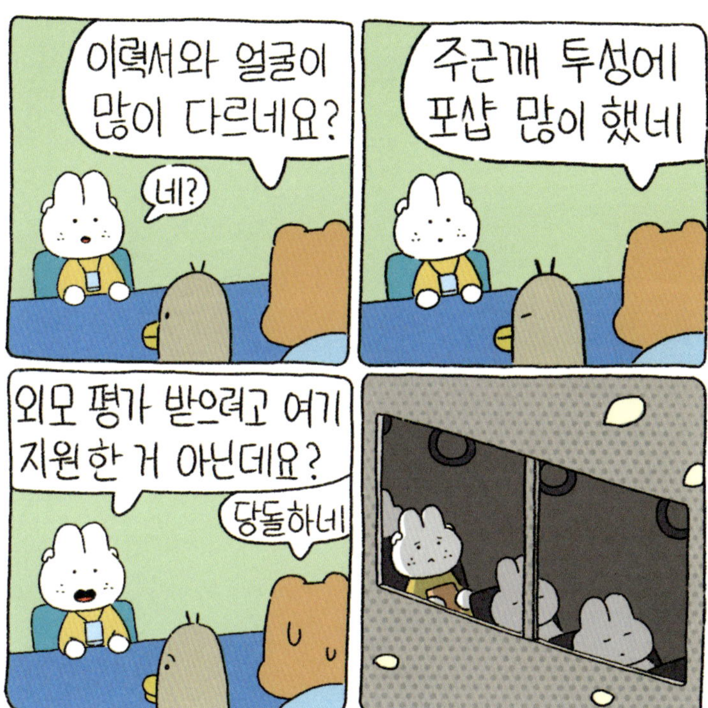

첫 번째 퇴사

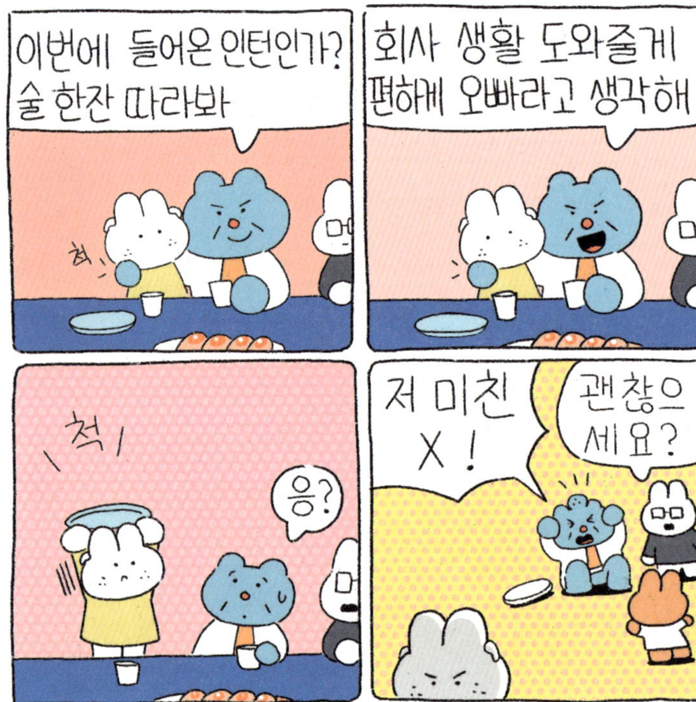

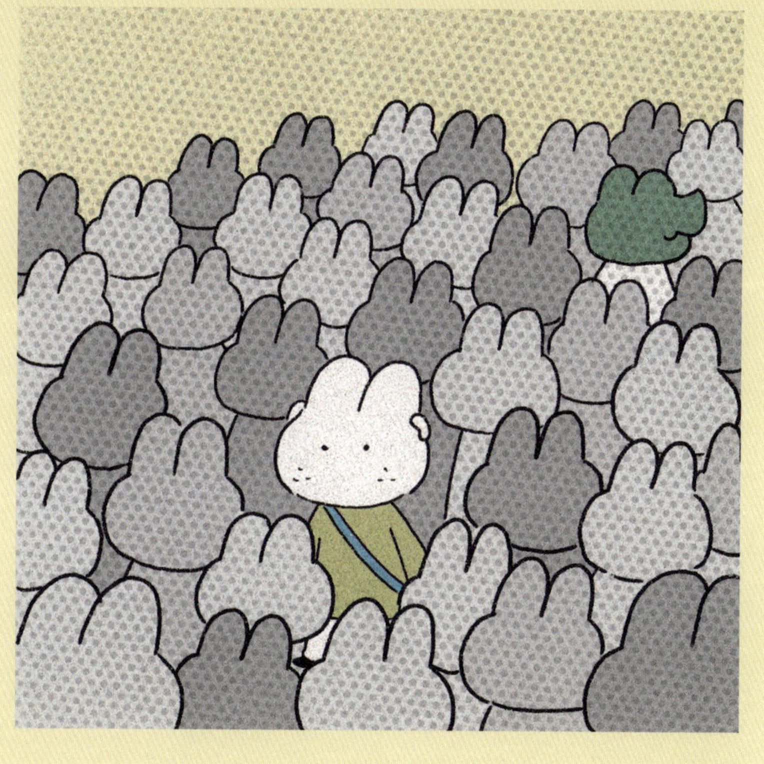

혼날수록 더 혼나다

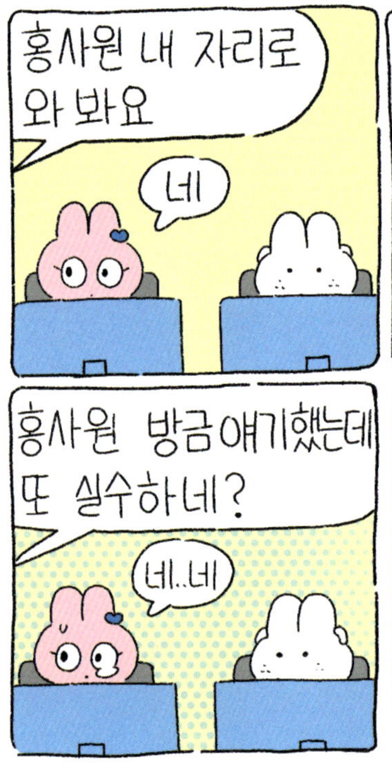

홍사원 내 자리로 와 봐요
네
홍사원 방금 얘기했는데 또 실수하네?
네..네

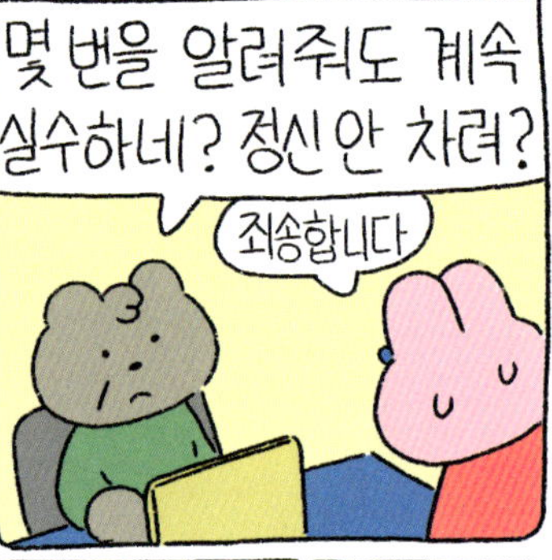

몇 번을 알려줘도 계속 실수하네? 정신 안 차려?
죄송합니다

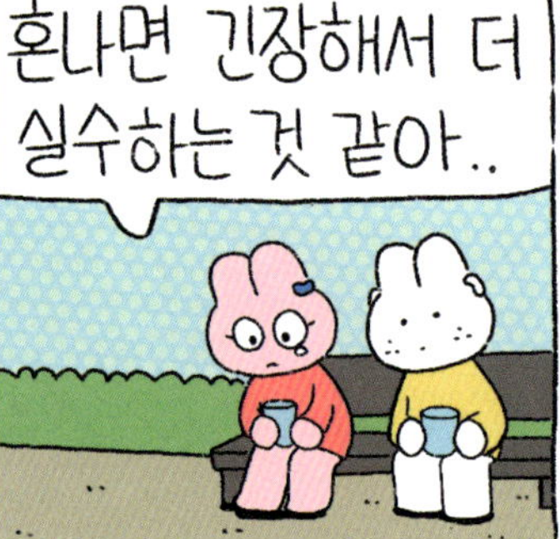

혼나면 긴장해서 더 실수하는 것 같아..

두 번째 퇴사

저 입사 한 달 됐는데 휴가 써도 될까요?
써요~ 써!
정말이요? 감사합니다
네..
휴가를 진짜 쓸 줄 몰랐네요.. 내일부터 나오지 마세요.
네?
다음주

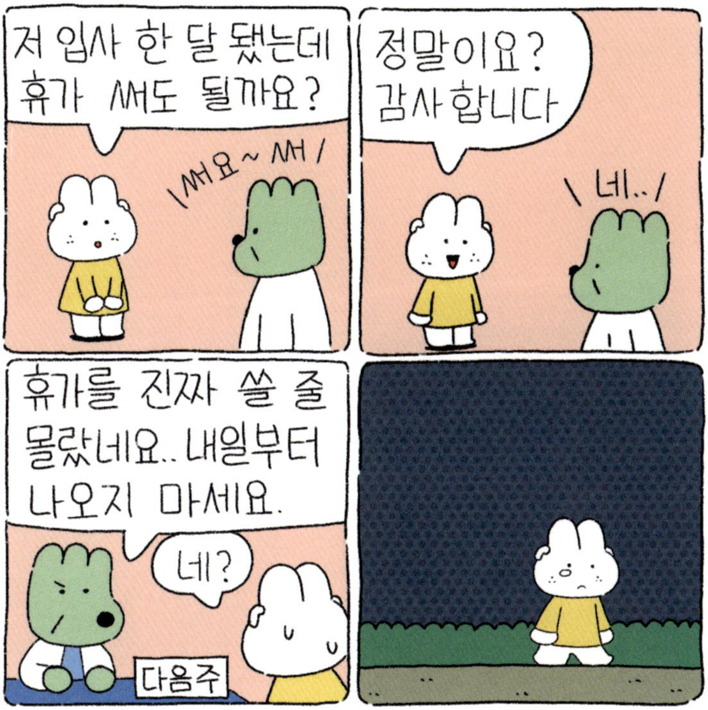

세 번째 퇴사

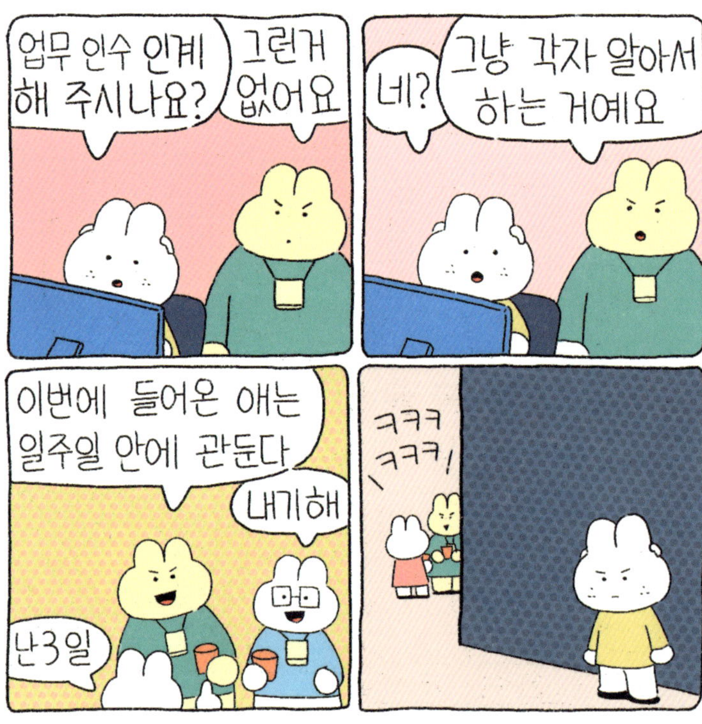

업무 인수 인계 해 주시나요?
그런거 없어요
네?
그냥 각자 알아서 하는 거예요
이번에 들어온 애는 일주일 안에 관둔다
내기해
난 3일
ㅋㅋㅋ ㅋㅋㅋ!

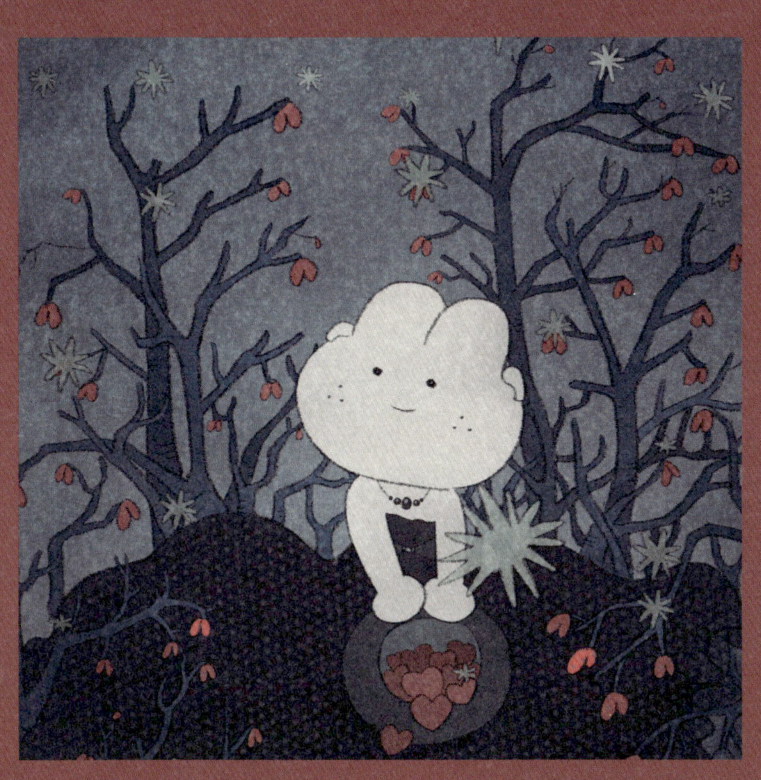

토사원은 세 번의 퇴사 후 악어대리의 회사에
새로 입사하게 되었습니다.

이전 직장에서 겪었던 어려움으로 인하여
회사에 대한 큰 경계심을 가지고 있었지만,
악어대리의 진심 어린 태도와 배려를 통해
점차 마음을 열게 되었습니다.

악어대리와의 관계를 통해 갈등과 오해를 겪으면서도
신뢰를 쌓고 믿음의 힘으로 성장하는 과정을 담고 있습니다.

홀로 제자리를 걷다

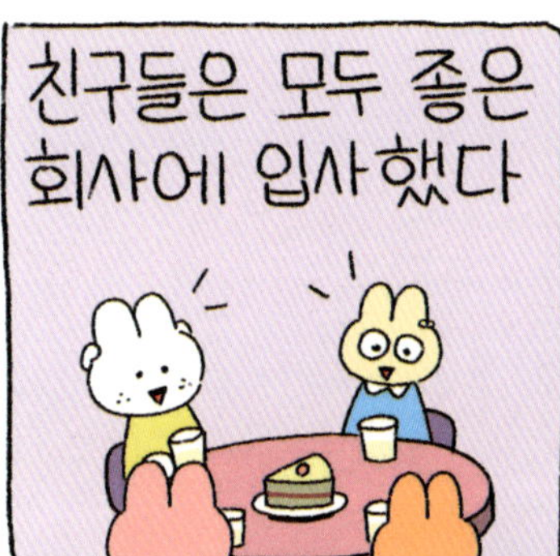

친구들은 모두 좋은 회사에 입사 했다

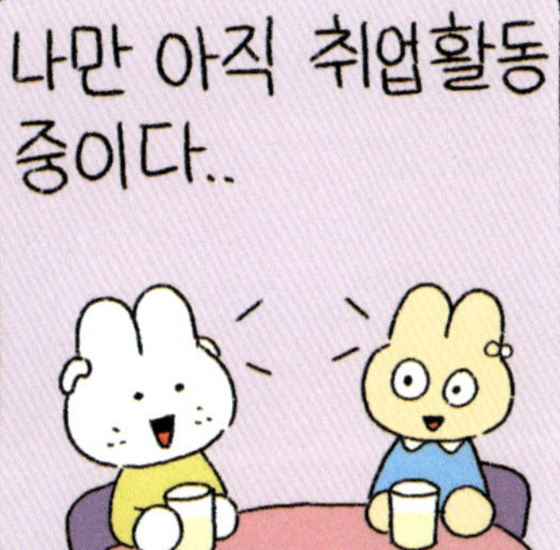

나만 아직 취업활동 중이다..

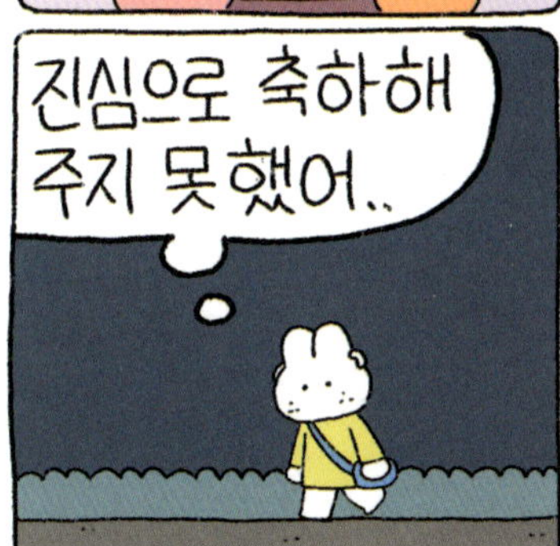

진심으로 축하해 주지 못했어..

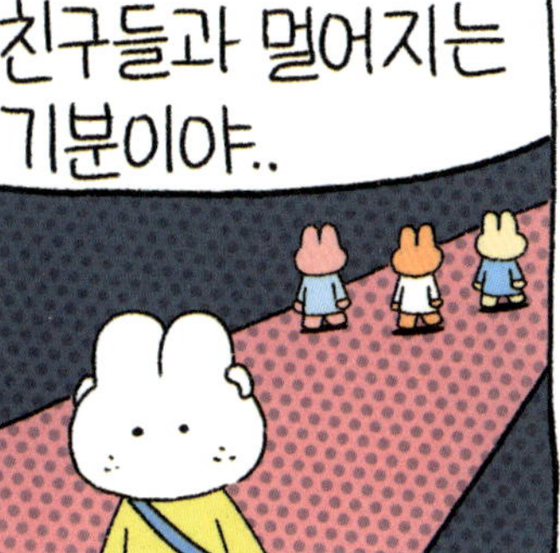

친구들과 멀어지는 기분이야..

어려운 취업

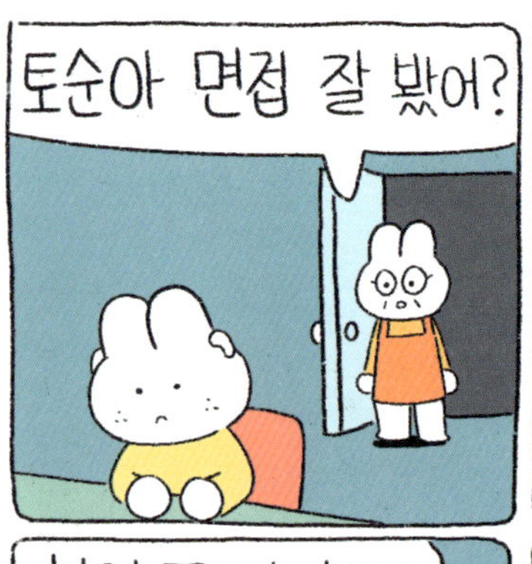

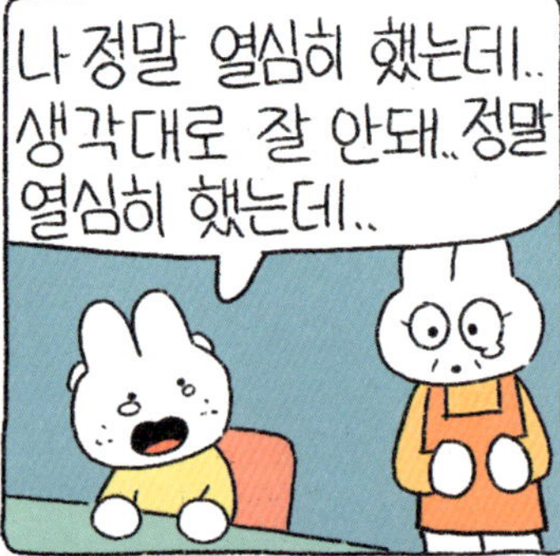

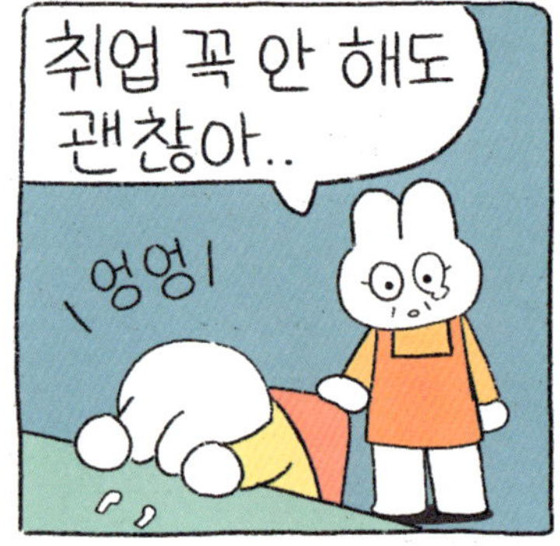

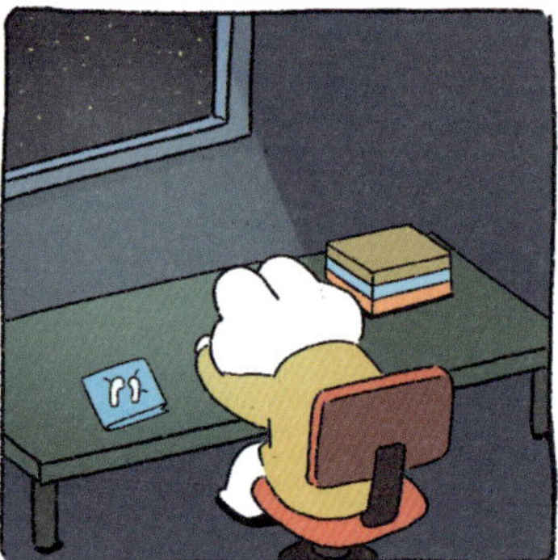

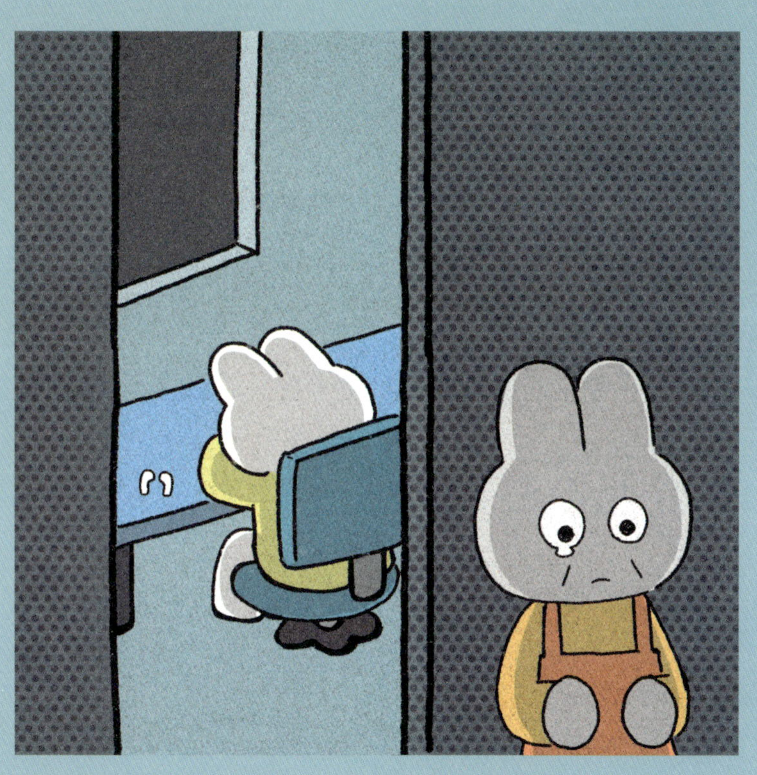

서류전형 합격

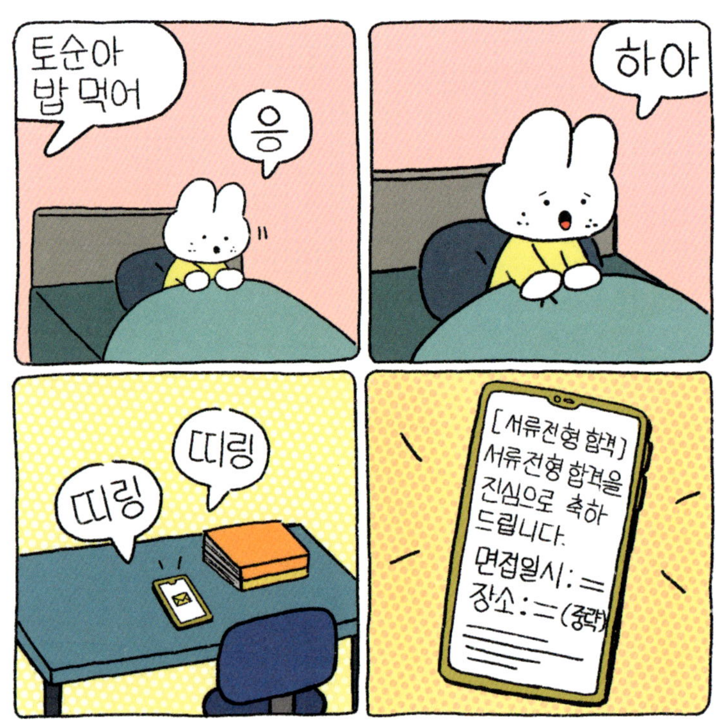

면접 장소에서 만나다

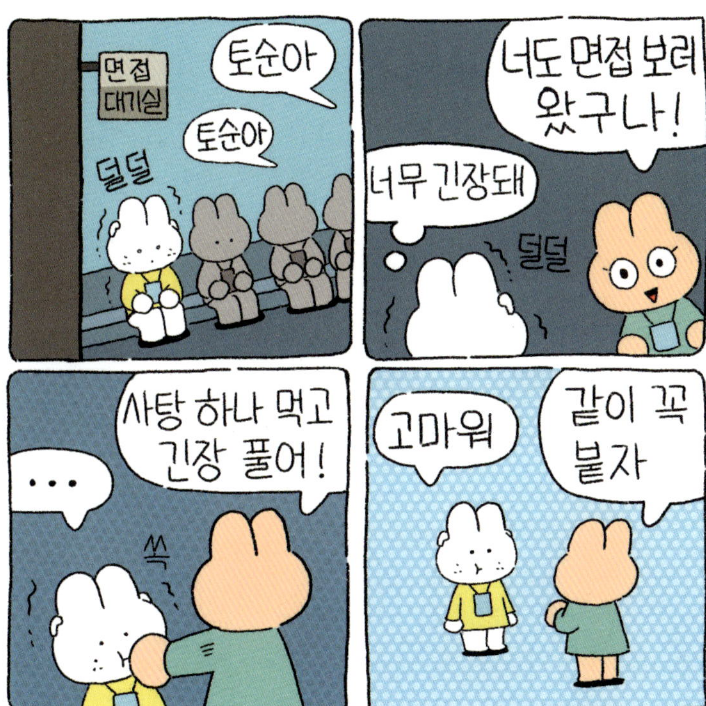

악어대리와 만나다

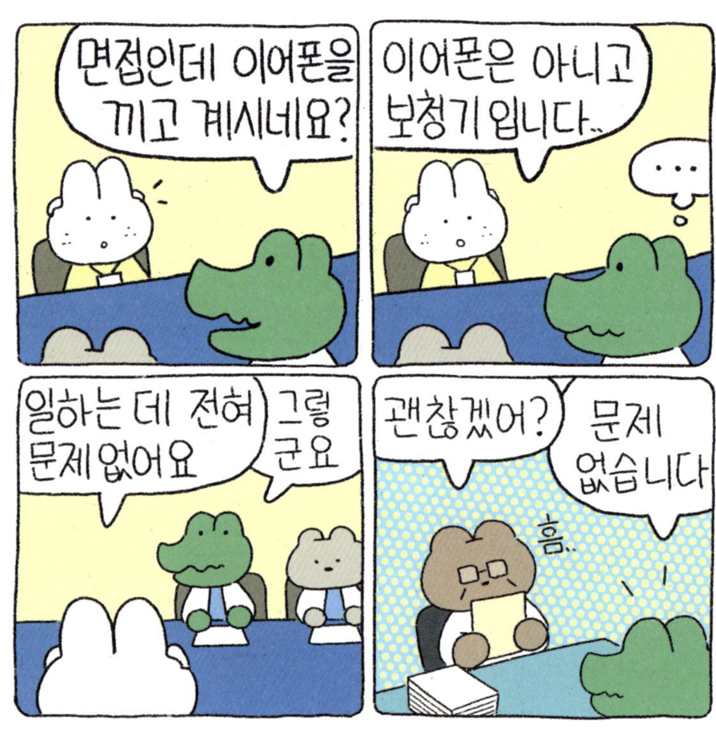

면접인데 이어폰을 끼고 계시네요?
이어폰은 아니고 보청기 입니다..
...
일하는 데 전혀 문제 없어요
그렇군요
괜찮겠어?
문제 없습니다
흠..

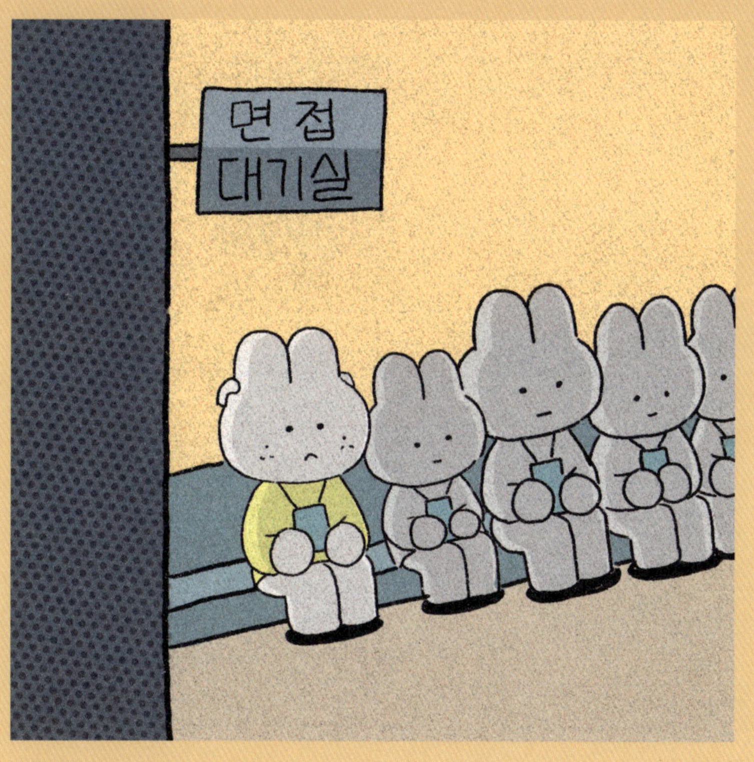

면 접
대기실

서로의 배려

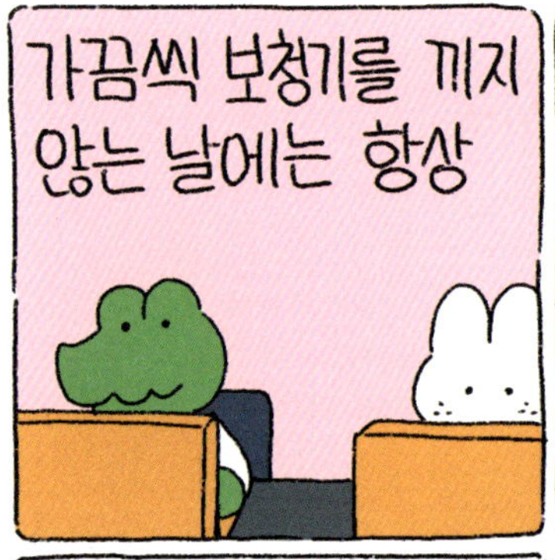

가끔씩 보청기를 끼지 않는 날에는 항상

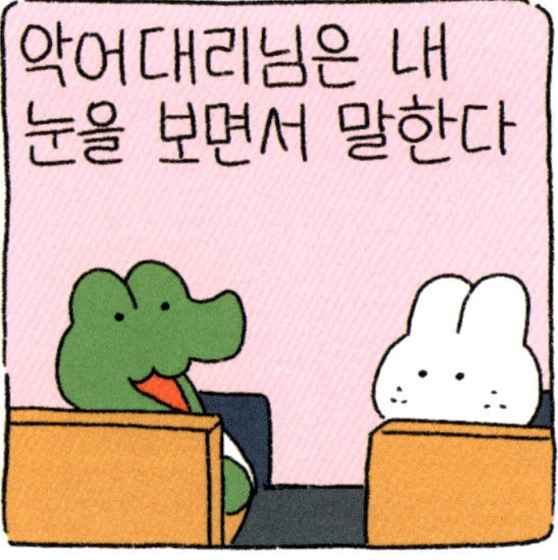

악어대리님은 내 눈을 보면서 말한다

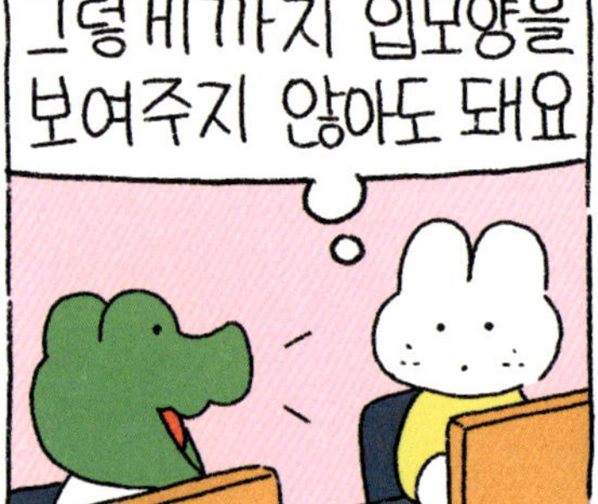

그렇게까지 입모양을 보여주지 않아도 돼요

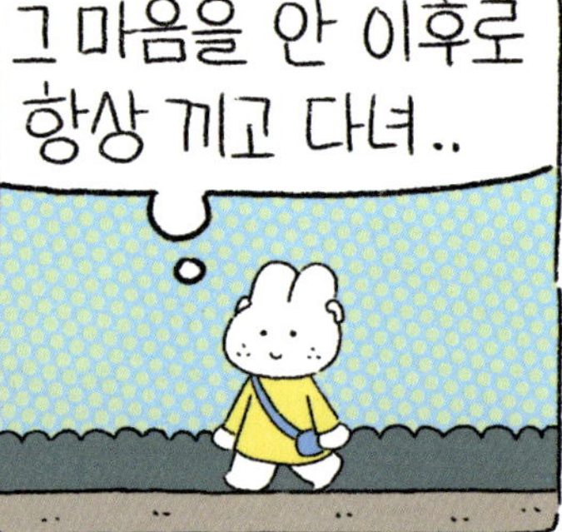

그 마음을 안 이후로 항상 끼고 다녀..

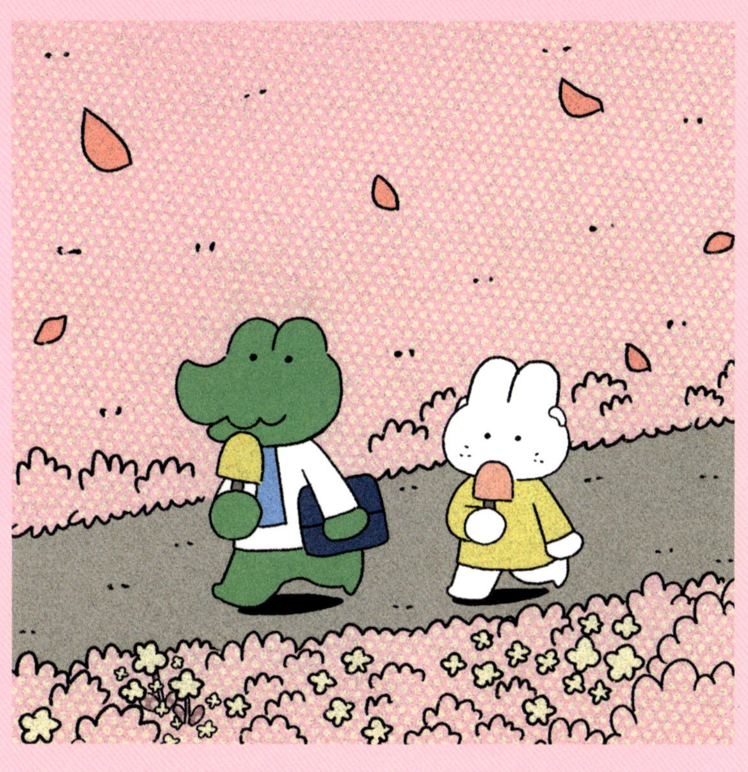

이유를 묻다

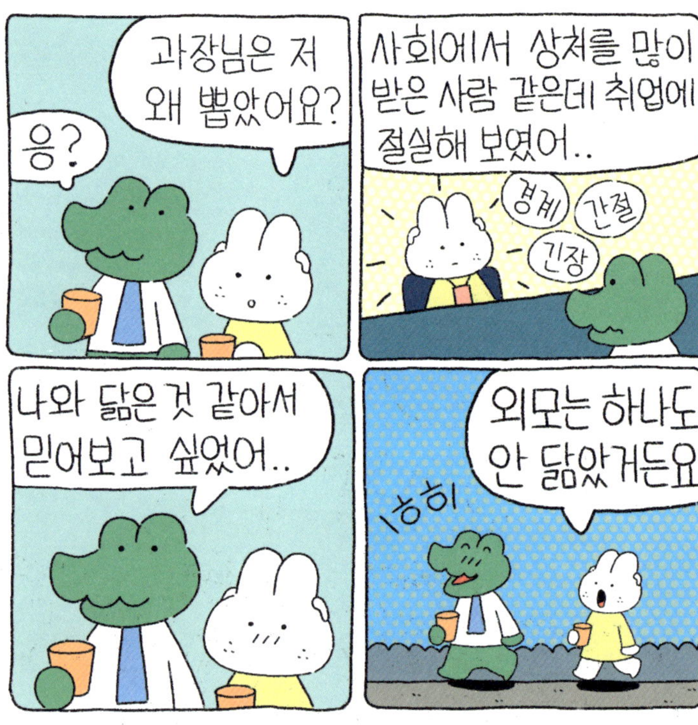

과장님은 저 왜 뽑았어요?
응?
사회에서 상처를 많이 받은 사람 같은데 취업에 절실해 보였어..
경계
간절
긴장
나와 닮은 것 같아서 믿어보고 싶었어..
외모는 하나도 안 닮았거든요
능히

악어과장 퇴사 이후

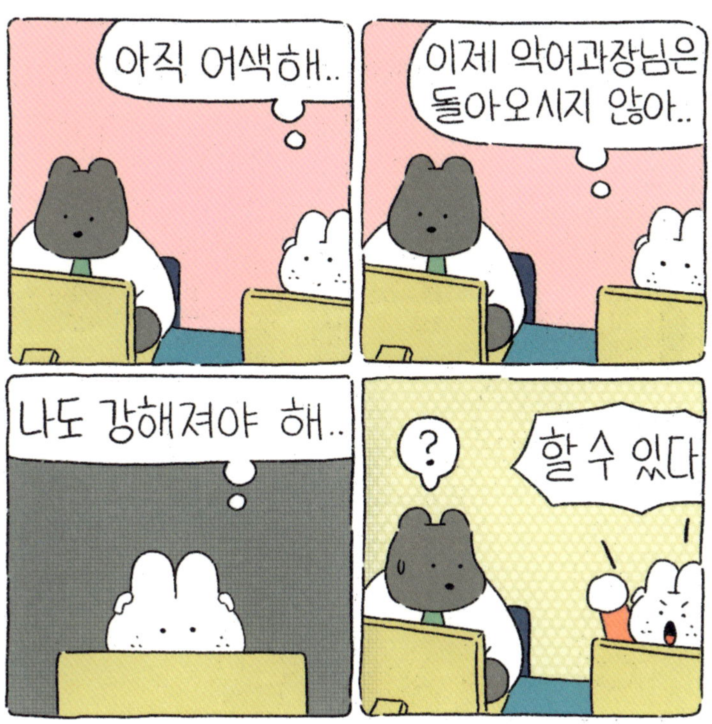

친구 모임

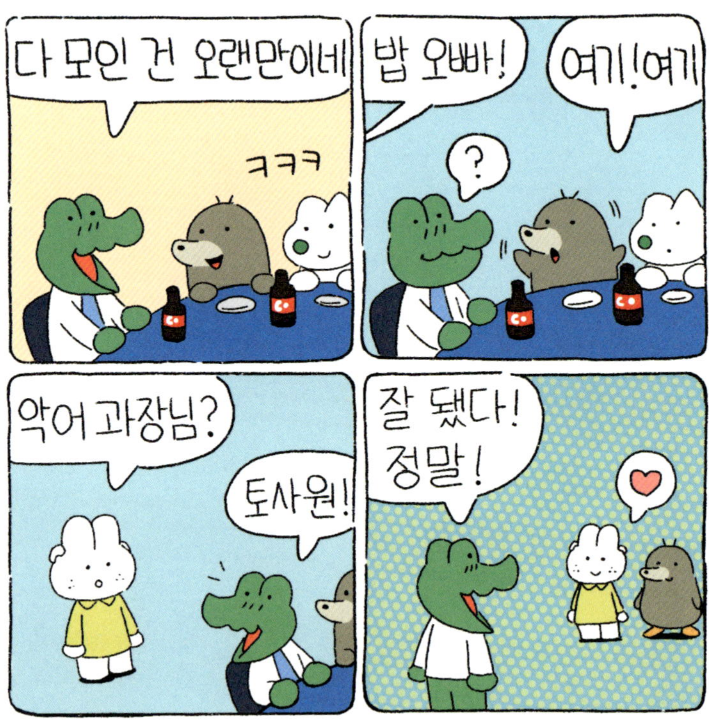

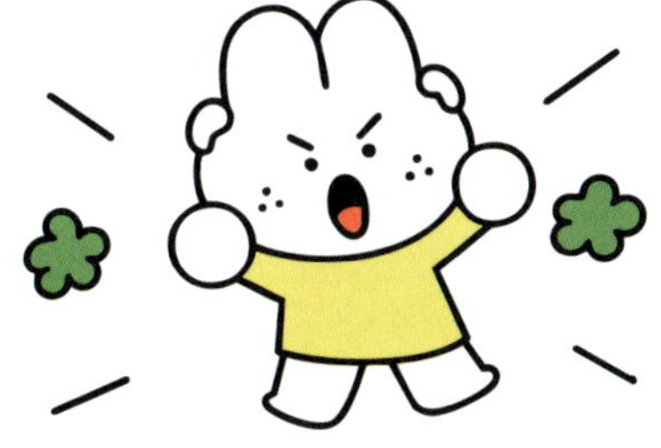

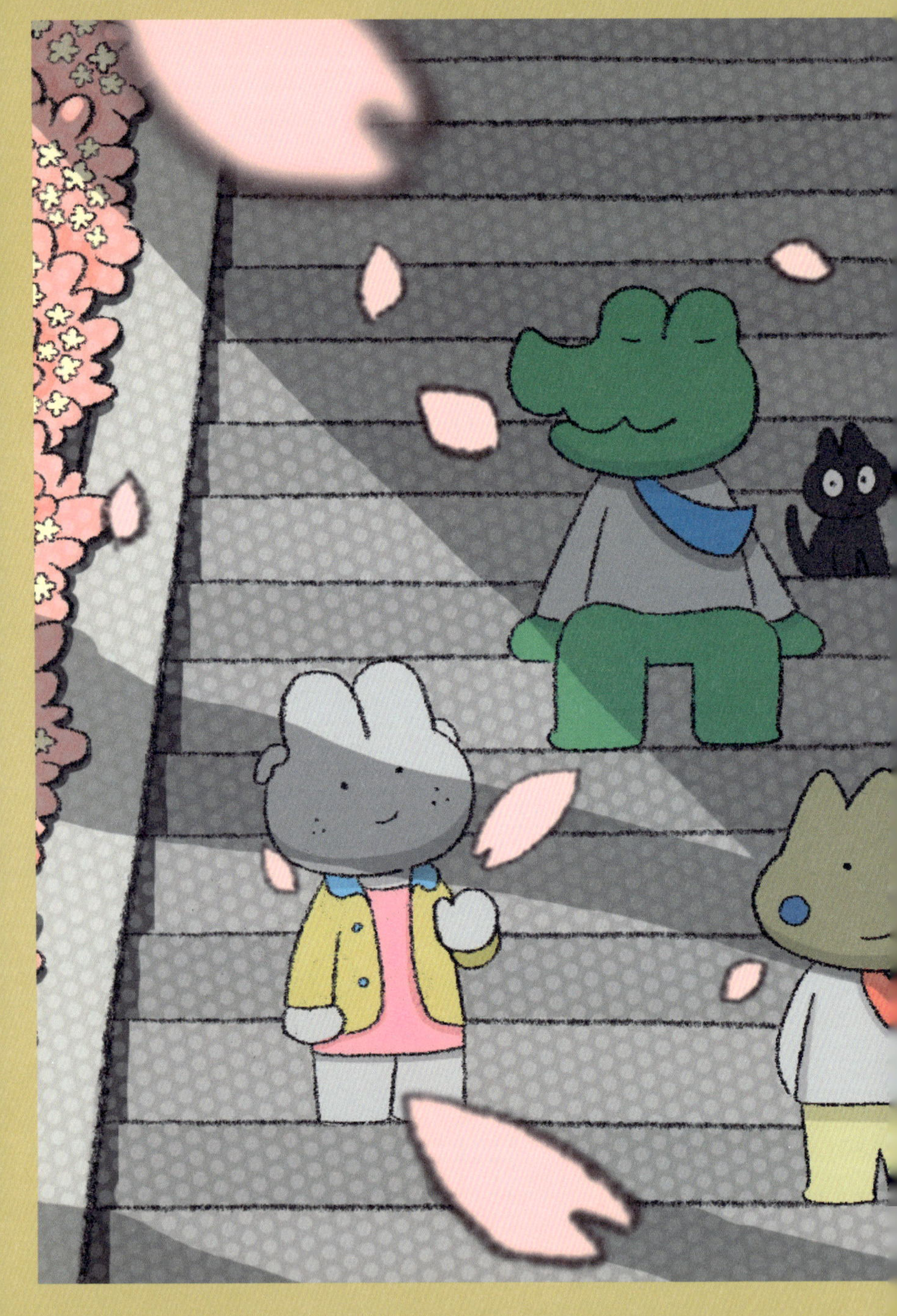

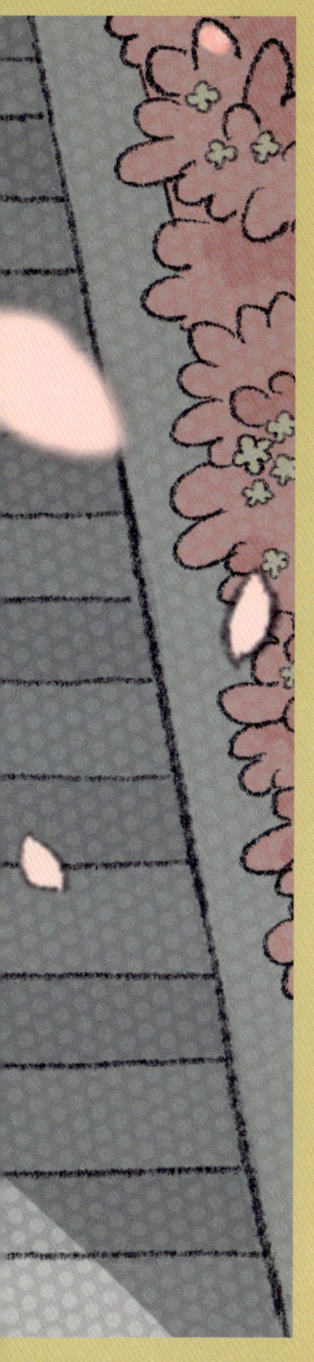

3장

도치대리

팀장이 된 후 아부하는 직원들이 늘어났다
싫지는 않지만, 자만에 빠져서도 안 돼

열심히 말고 잘!

맡겨만 주시면 다 열심히 하겠습니다!
열심히는 필요 없고 잘 해야지
네.. 네!
사우나 가자
네?
우리는 사무실에 앉아 있는 게 노는 거야
네

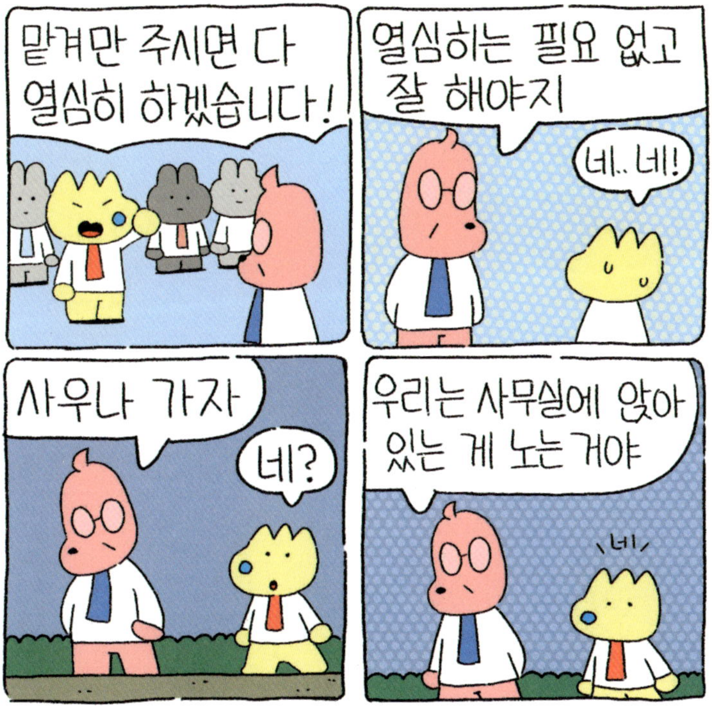

모두가 경쟁자

넵!
다들 힘 내라!
?
뭐 하냐?
신입사원 교육 중입니다
나중에 다 경쟁자가 될 애들이야.. 신경 꺼
하지만..
영리한 줄 알았는데 꽤 멍청하네?

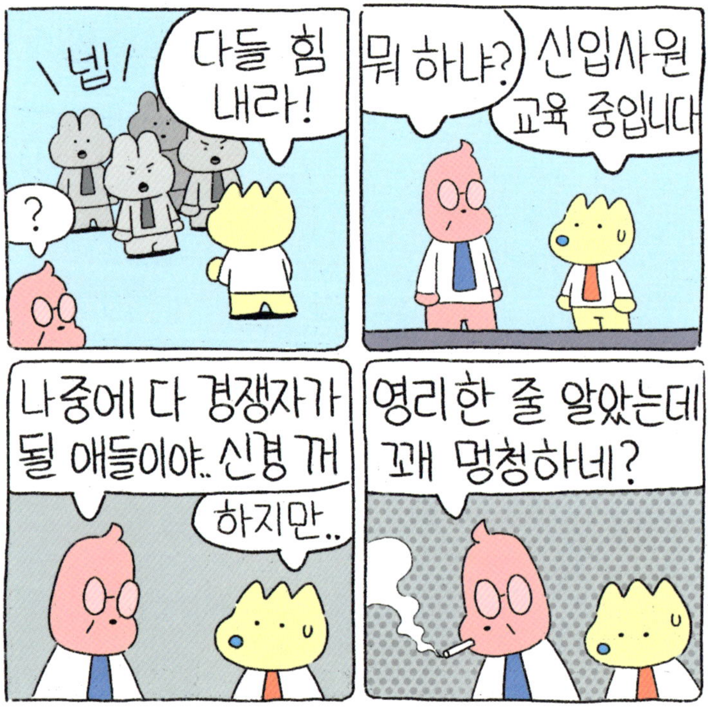

성과를 뺏기다

도치대리 이번 달 계약 12건이나 해냈어
와!
와!
제법이네? 12건이나 하다니..
감사합니다
6건은 내 앞으로 돌린다 불만 없지? 관례야
싫어?
네?
꼬우면 네가 팀장 하던가?
아닙니다
가봐
슉

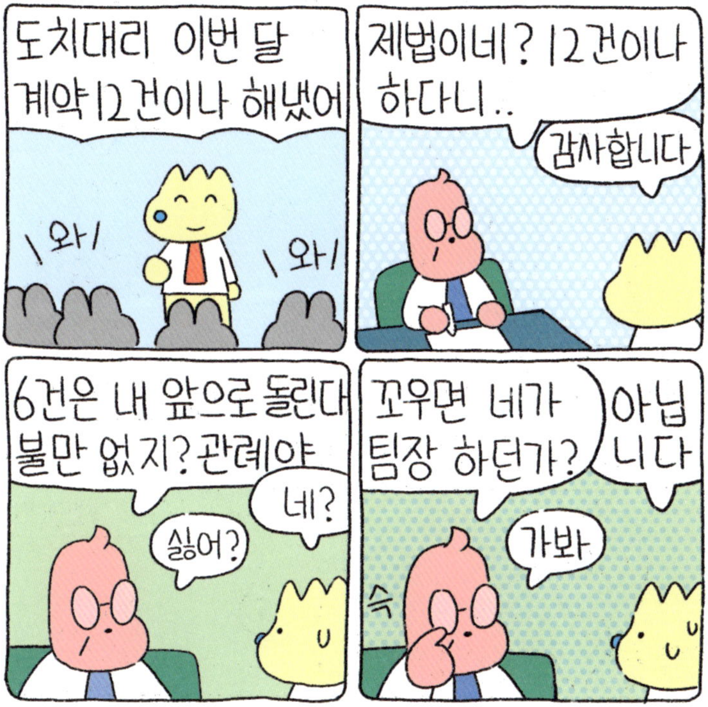

거래처를 끊다

제발 부탁합니다! 올해도 납품하게 해주세요
ㅣ그게../
꽉
거래 끊기면 처자식 다 굶어 죽어요ㅠ
회사가 자선단체냐! 다시가서 거래 끊고 와
짝
아니면 네 돈으로 메꾸던가
다시 가겠습니다

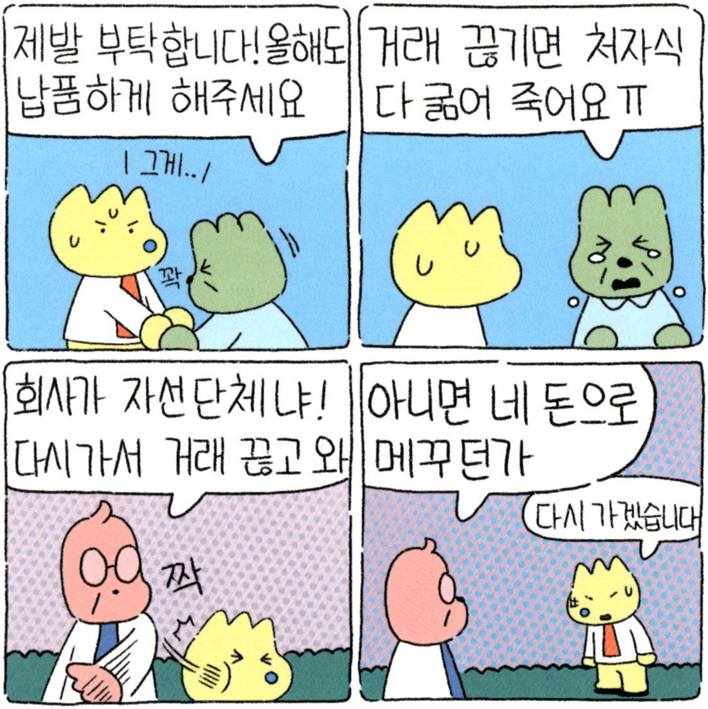

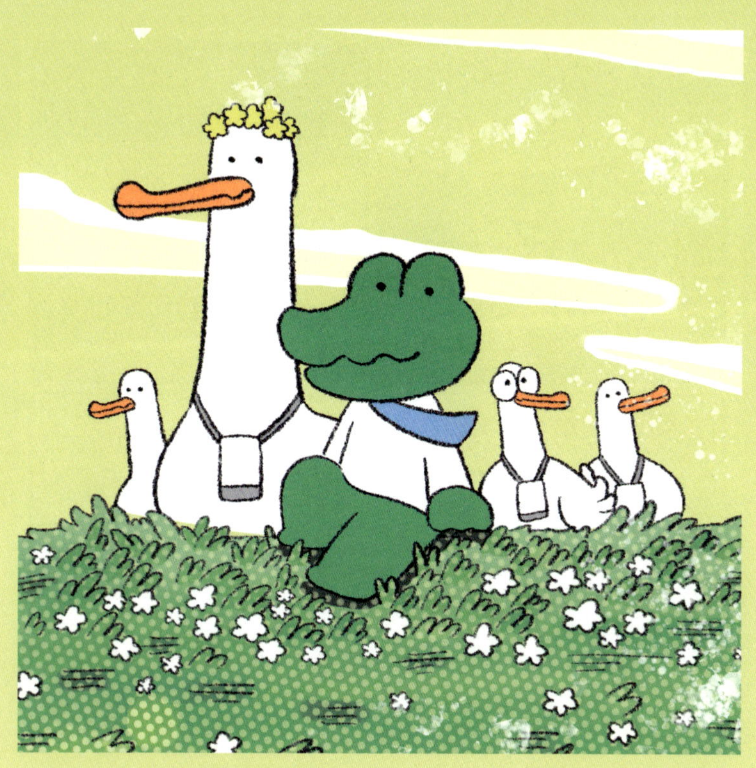

충분히 잘하고 있어

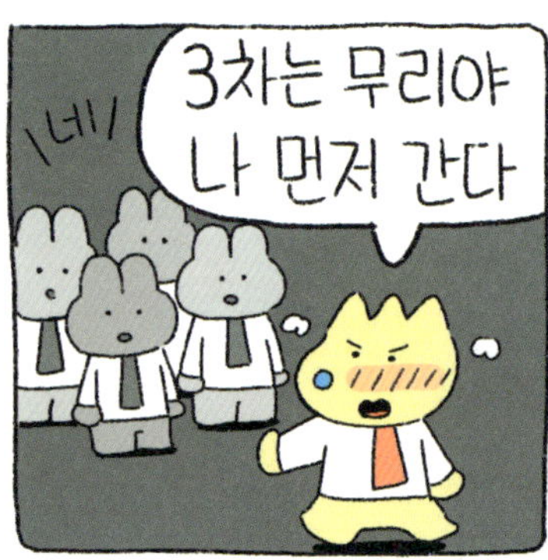

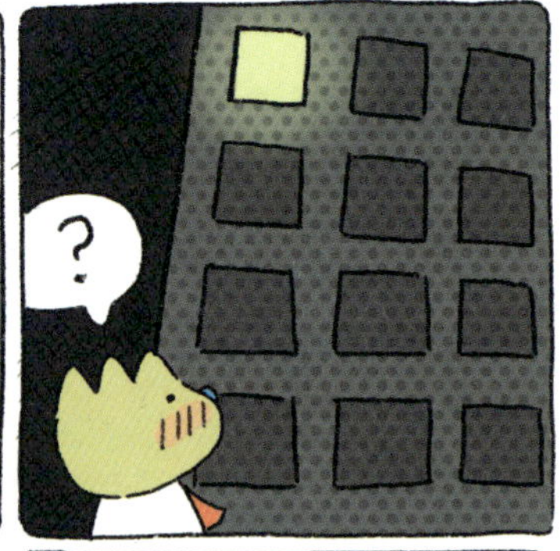

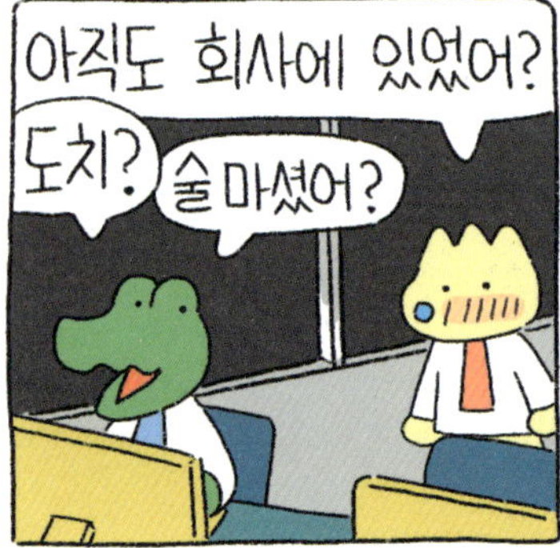

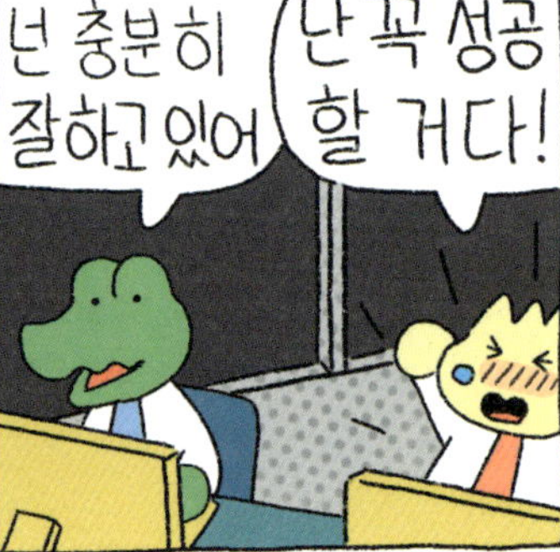

폭언과 욕설

이 X 신들아 이번 달 실적이 이게 뭐냐?
매일 회의 시간에 쏟아지는 폭언과 욕설
XXX
XXX
모두가 부당함에 침묵하면
XXX
···
XXX
그 부당함은 당연함이 된다
XXX
XX

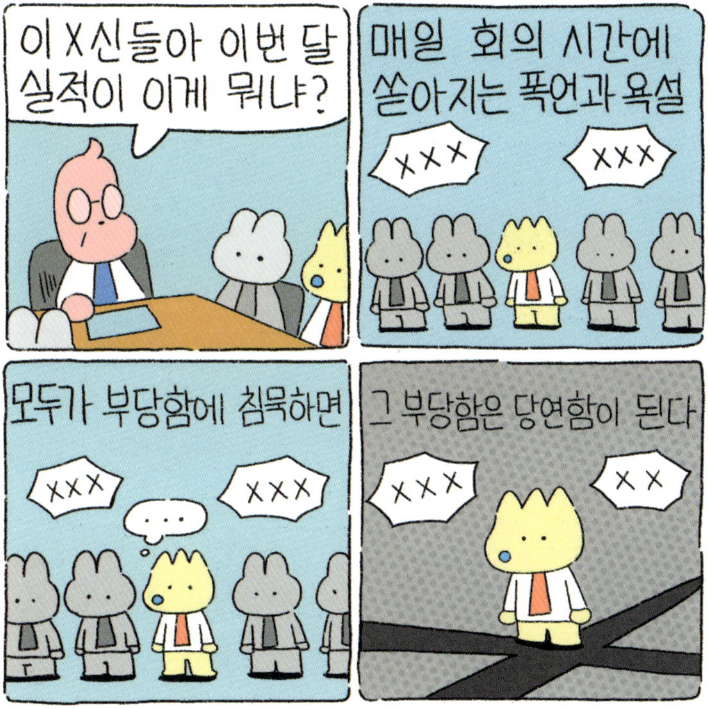

실적과 부정

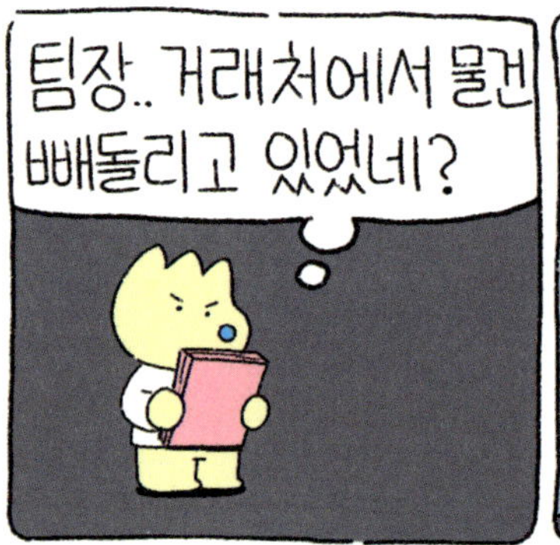

팀장.. 거래처에서 물건 빼돌리고 있었네?

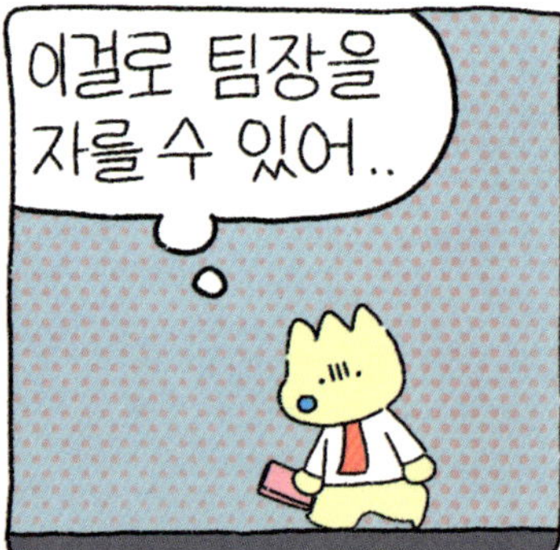

이걸로 팀장을 자를 수 있어..

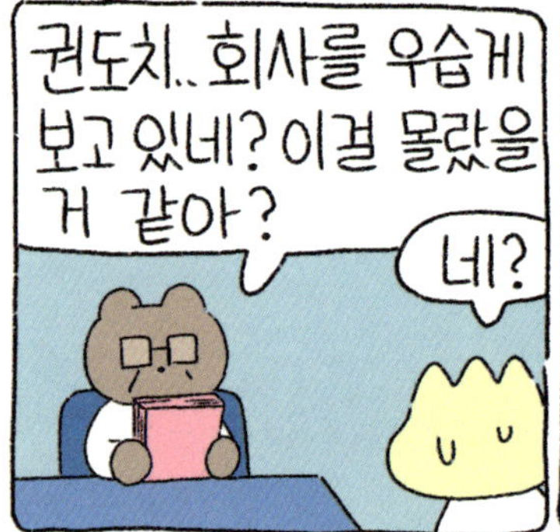

권도치.. 회사를 우습게 보고 있네? 이걸 몰랐을 거 같아?
네?

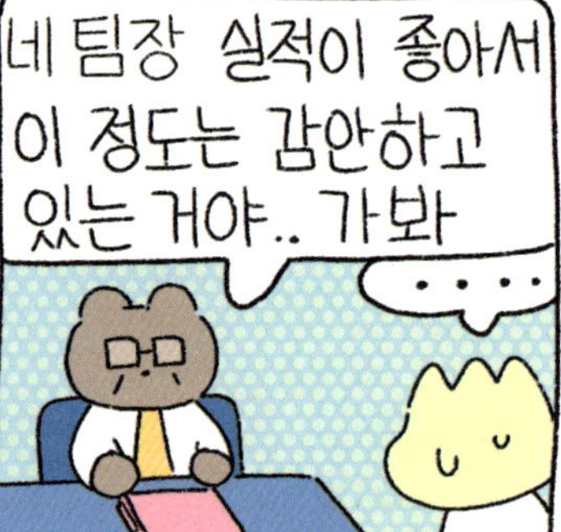

네 팀장 실적이 좋아서 이 정도는 감안하고 있는 거야.. 가봐
....

선을 넘다

대표보다 실세인 팀장을 막을 방법은 없었다
하지만 그 자만심으로 팀장은 스스로 무너졌다
거래처 사람들을 데리고 독립하려다 발각되어
나도 사장 한번 해보자..
회사와 소송 끝에 패소하고 소식이 끊겼다
눈감아 주니까 선을 넘었어..

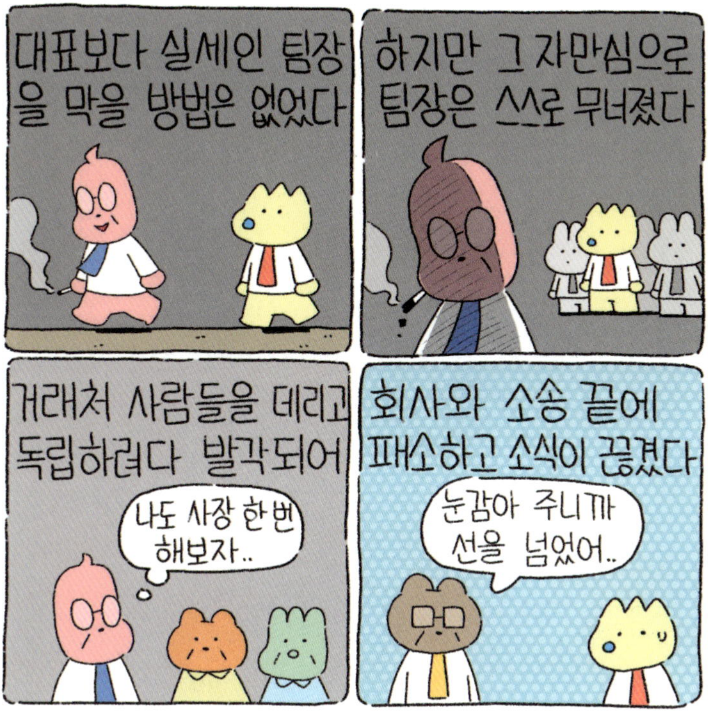

구조 조정 대상자들

송별회니까 많이 먹어 다들!
팀장님 정말 너무하세요 우리 개처럼 일했는데!
뭐?
그만해
회사 지시 사항인데 내가 무슨 힘이 있냐고
너도 그렇지?
구조조정 명단 난 안 냈어
뭐? 미쳤어?

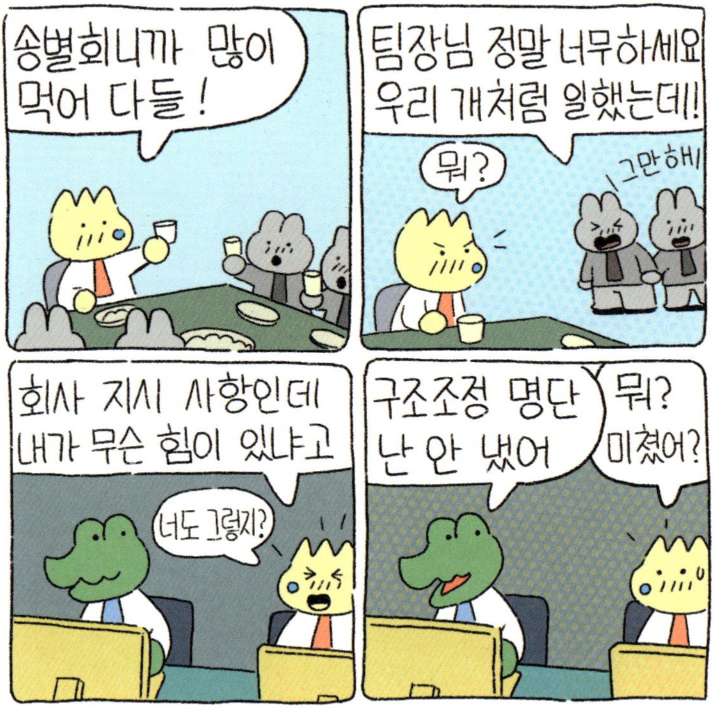

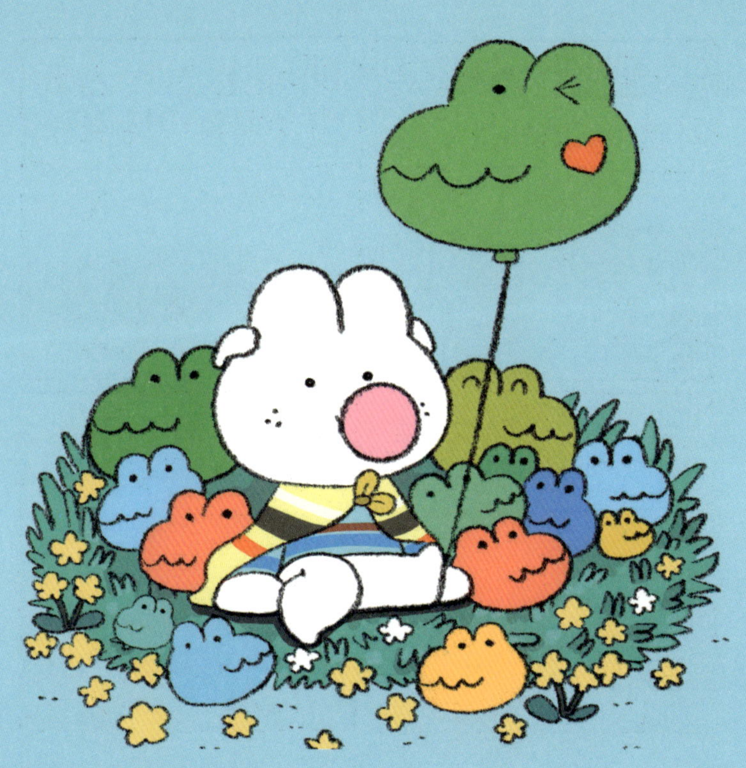

친구를 위해

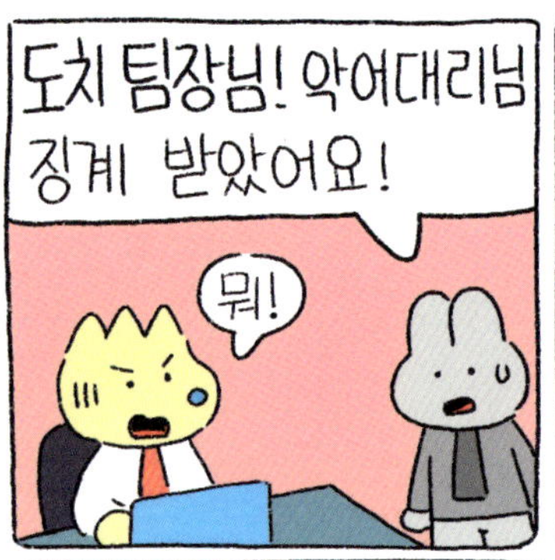

도치 팀장님! 악어대리님 징계 받았어요!
뭐!

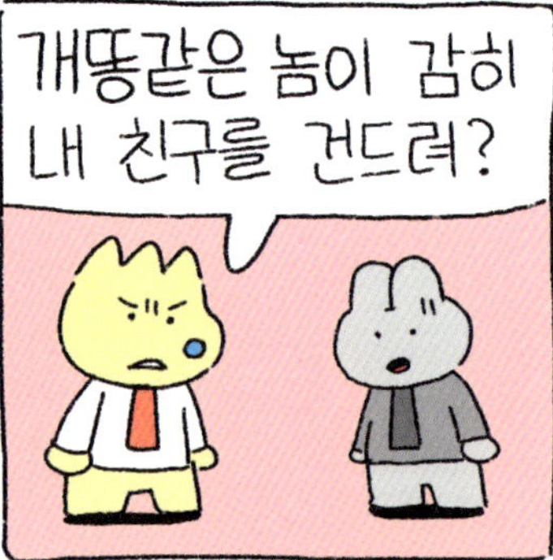

개똥같은 놈이 감히 내 친구를 건드려?

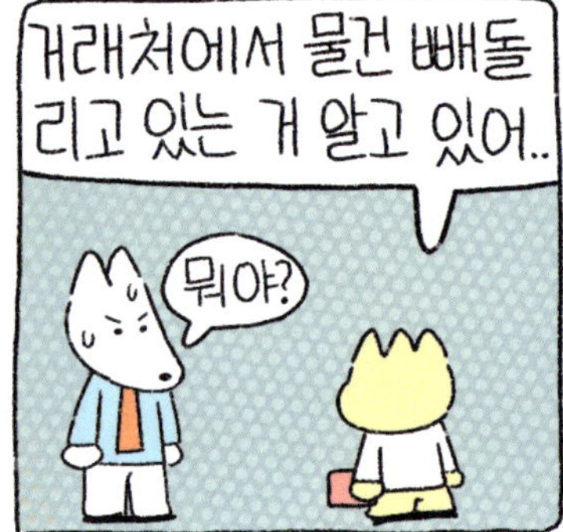

거래처에서 물건 빼돌리고 있는 거 알고 있어..
뭐야?

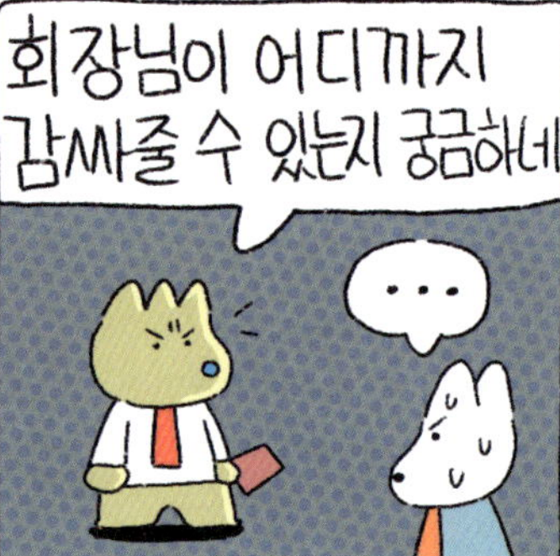

회장님이 어디까지 감싸줄 수 있는지 궁금하네
...

자만심을 버리다

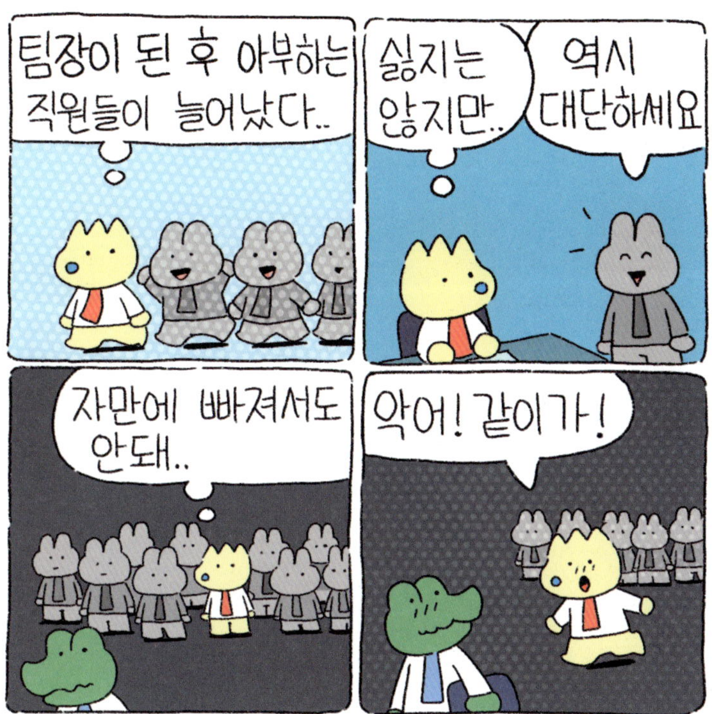

휴식 같은 친구

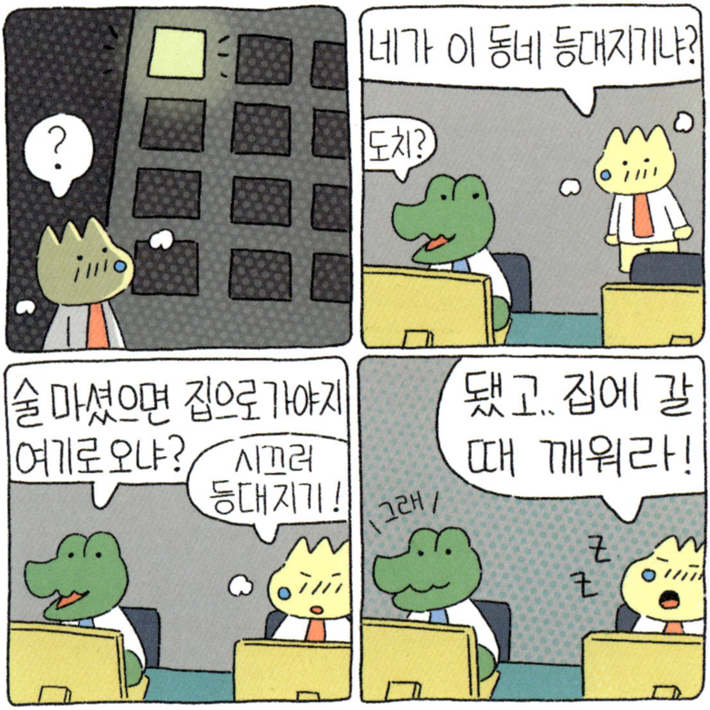

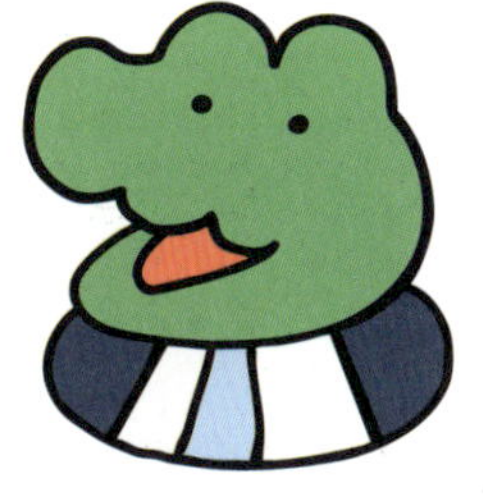

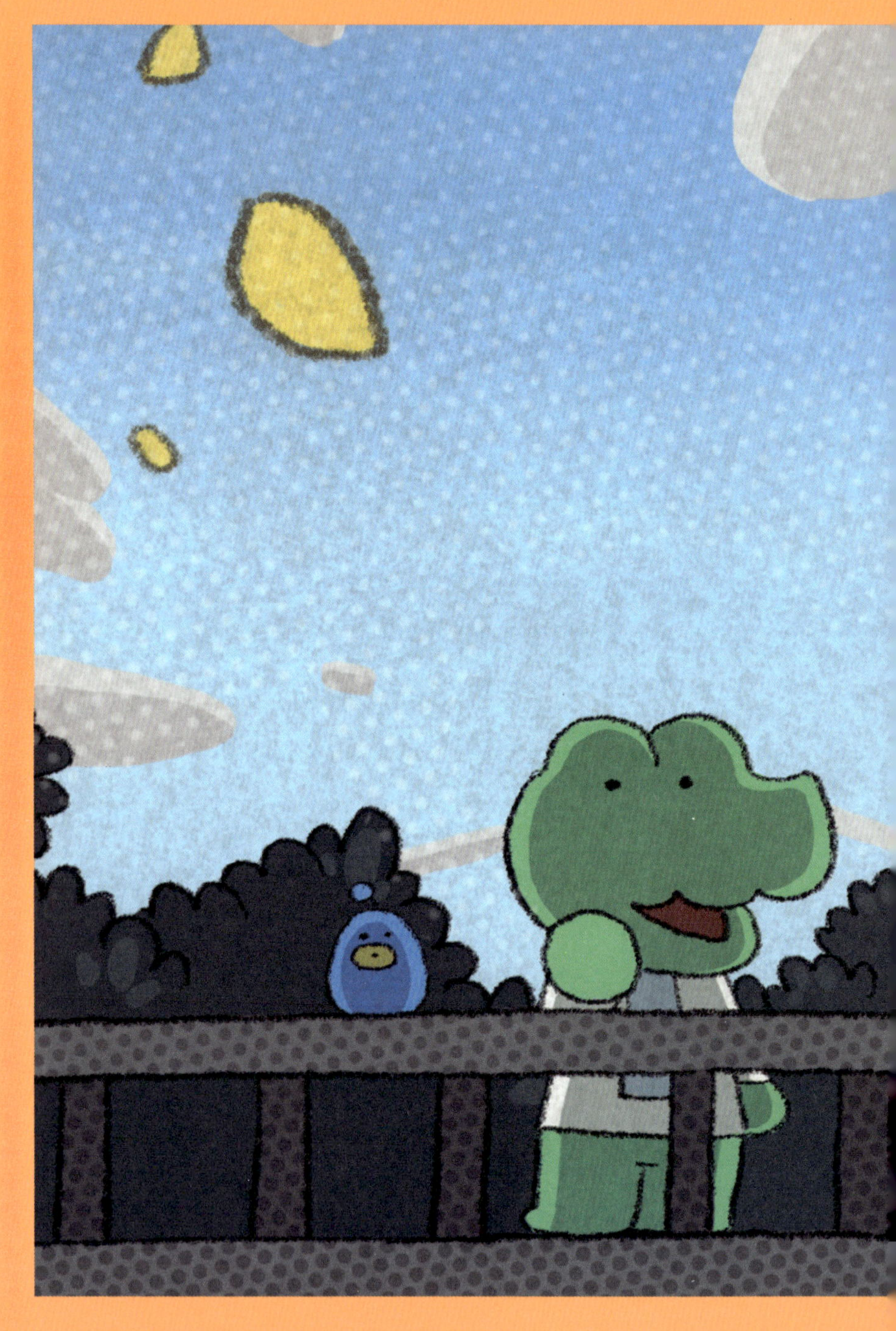

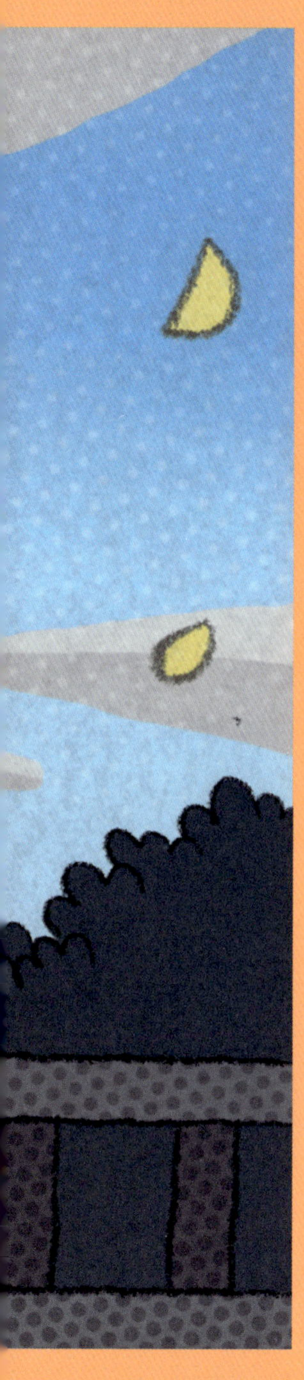

4장

공대표

이게 내가 원하던 삶이었던가?
나도 꿈이 있었어

곰대표 넘어지다

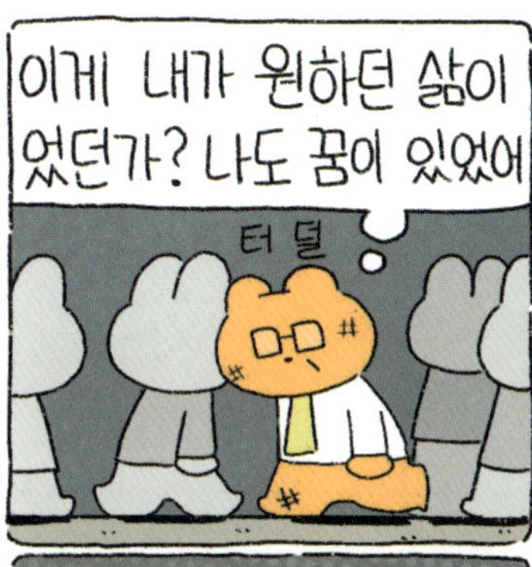

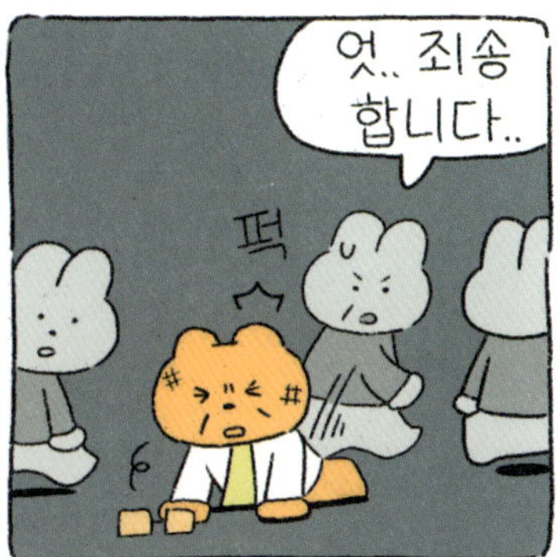

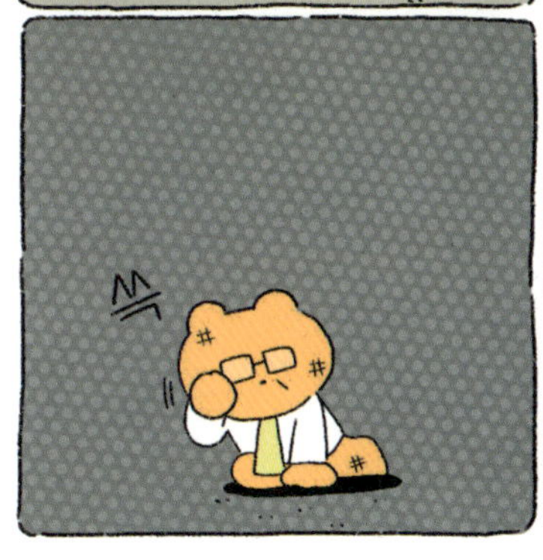

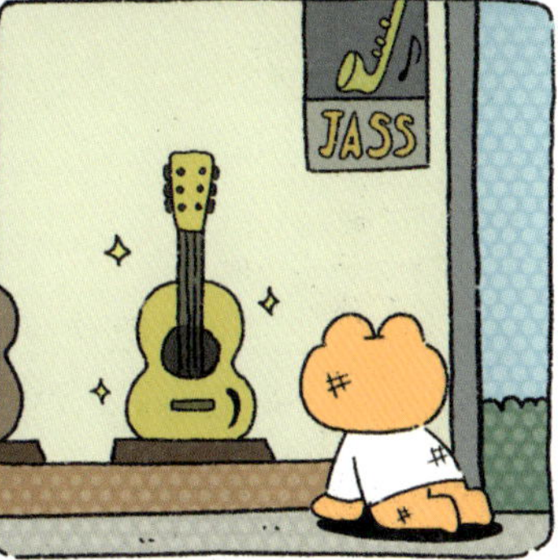

 꿈을 떠올리다

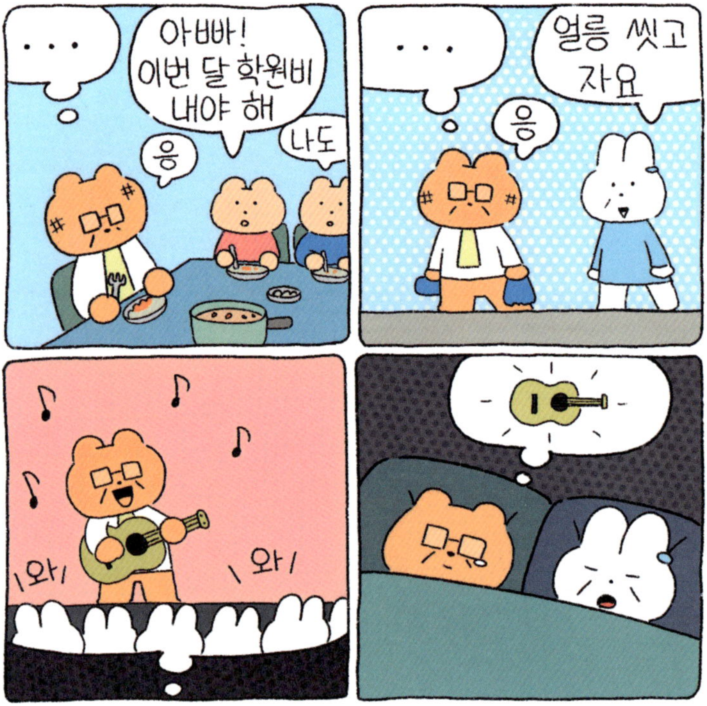

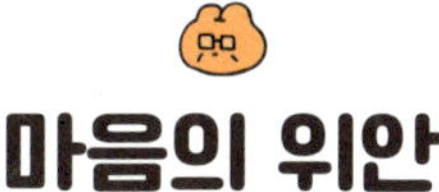

마음의 위안

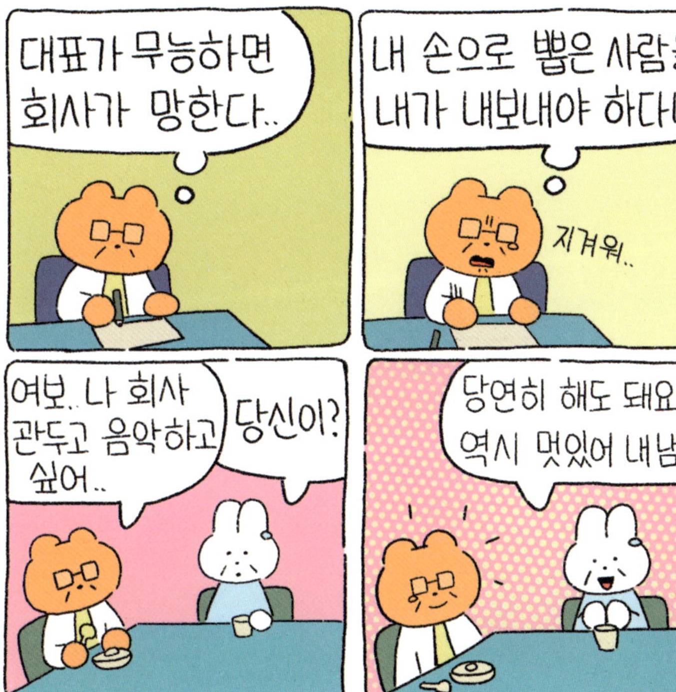

대표가 무능하면 회사가 망한다..
내 손으로 뽑은 사람을 내가 내보내야 하다니..
지겨워..
여보.. 나 회사 관두고 음악하고 싶어..
당신이?
당연히 해도 돼요 역시 멋있어 내 남편

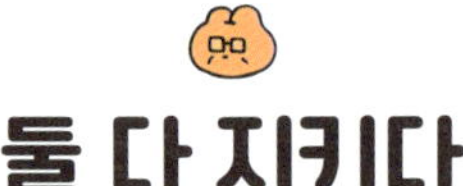

둘 다 지키다

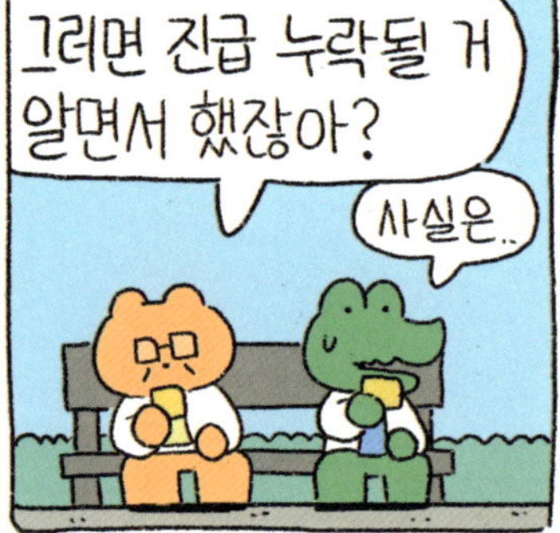
악어대리.. 토사원을 그렇게 감싸는 이유가 뭐지?
?
그러면 진급 누락될 거 알면서 했잖아?
사실은..

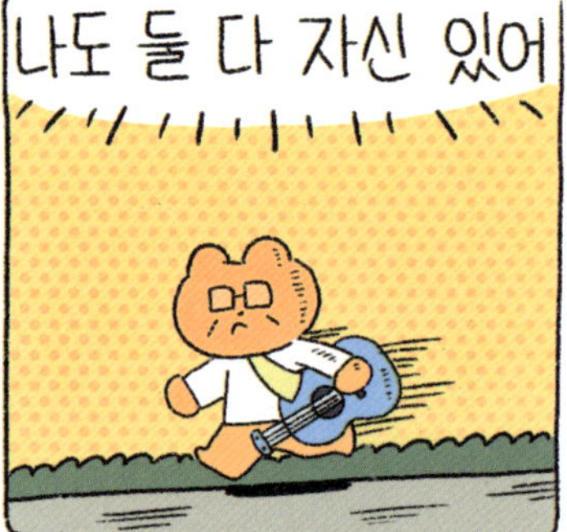
진급도 사원을 지키는 일도 자신 있었어요
바보녀석
나도 둘 다 자신 있어

친구들을 설득하다

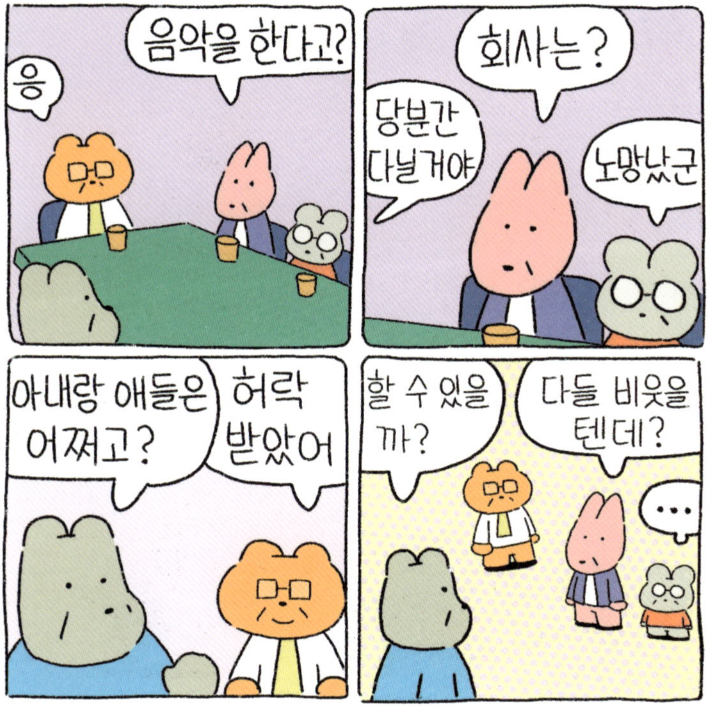

실행을 보여주다

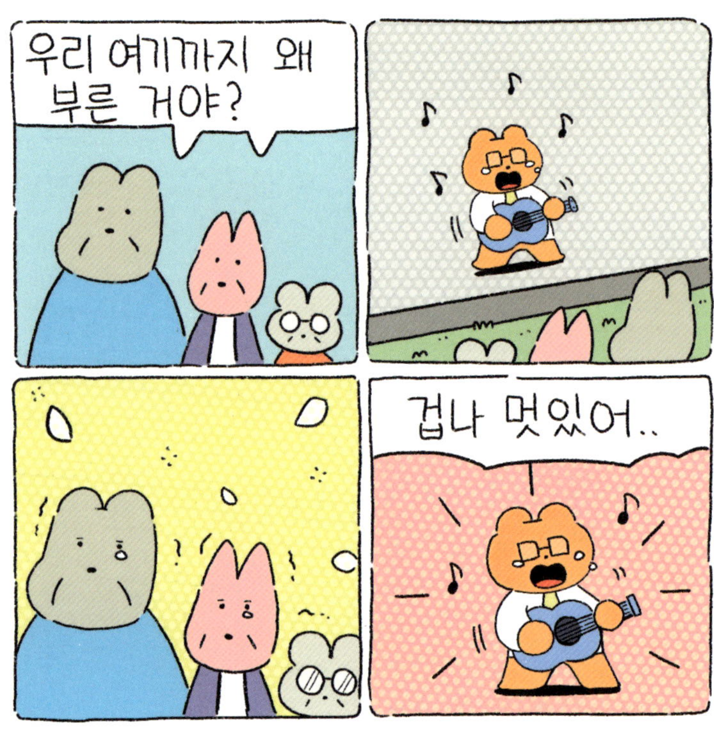

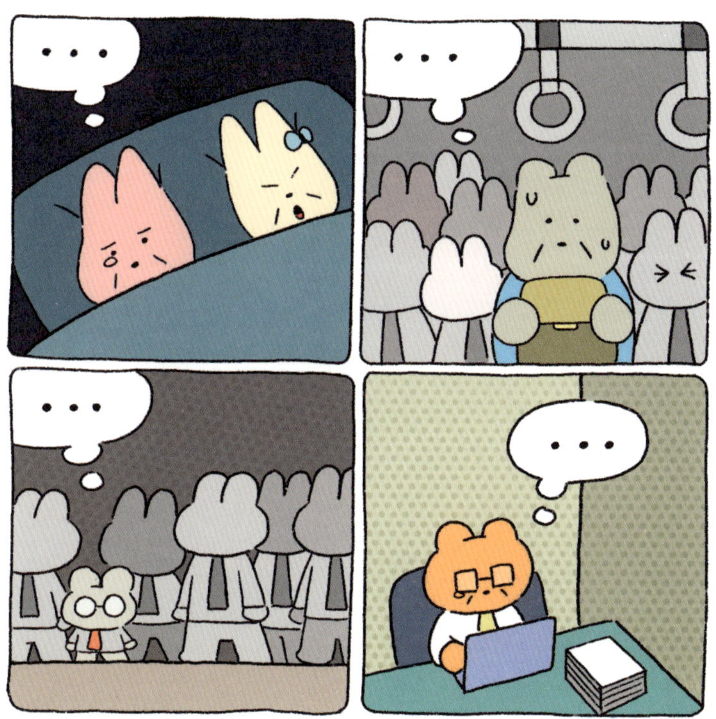

각자의 사정

공대표의
숨겨진 이야기

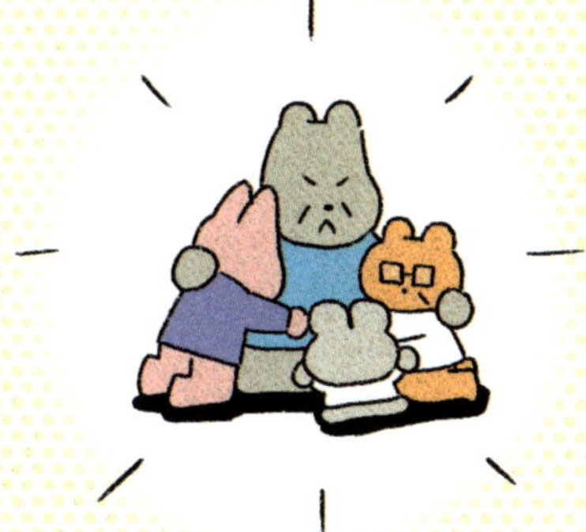

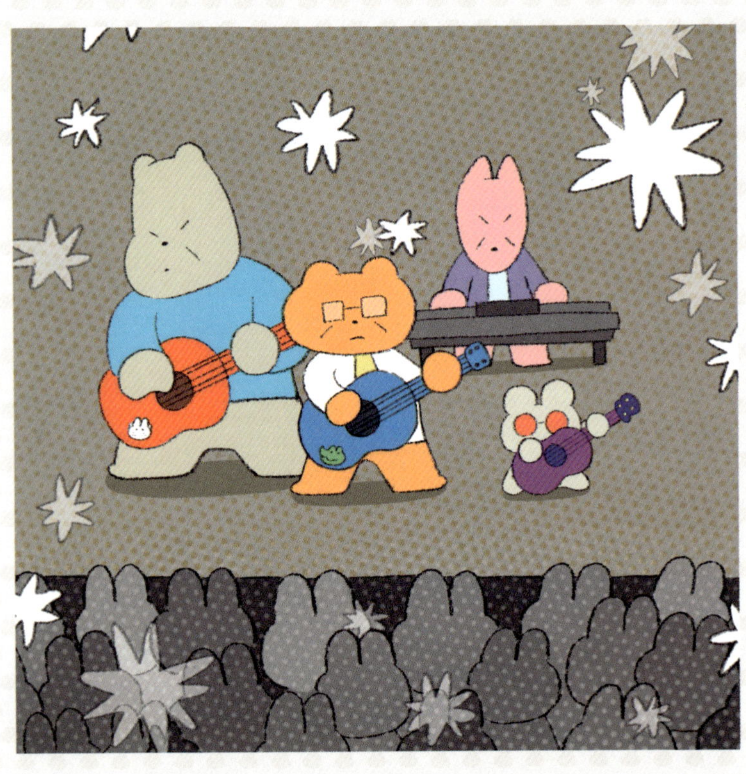

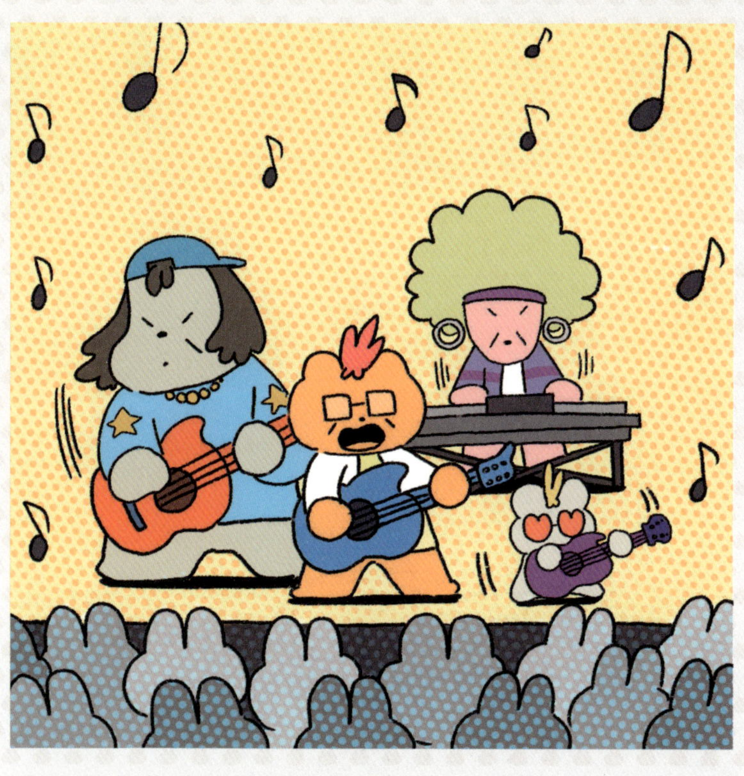

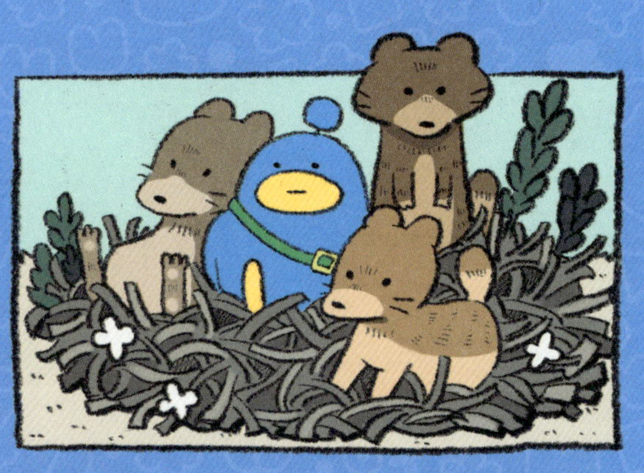

코끼리 숲

택배 기사

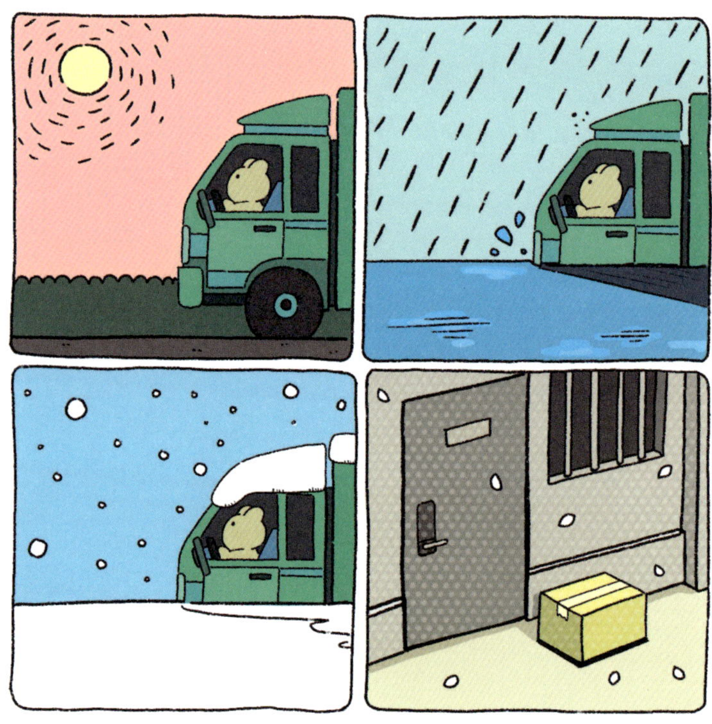

주인공의 자리

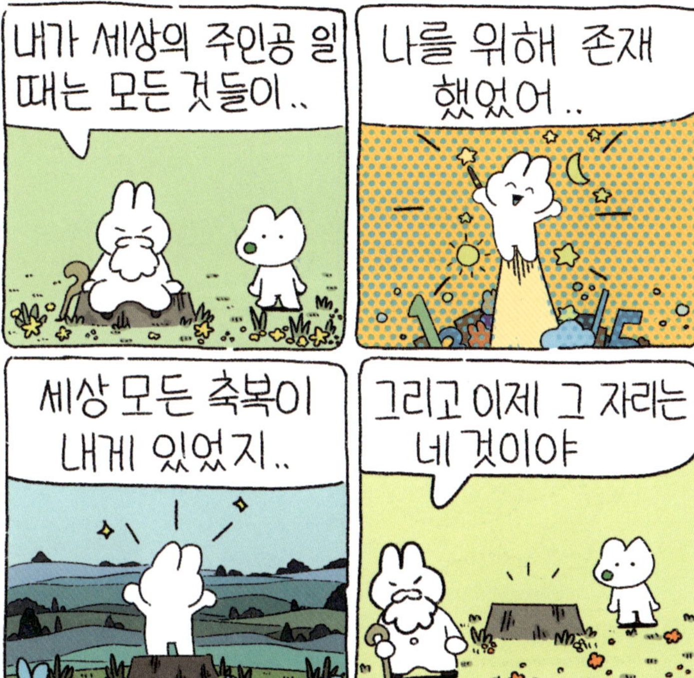

내가 세상의 주인공 일 때는 모든 것들이..
나를 위해 존재 했었어..
세상 모든 축복이 내게 있었지..
그리고 이제 그 자리는 네 것이야

어린이 치약

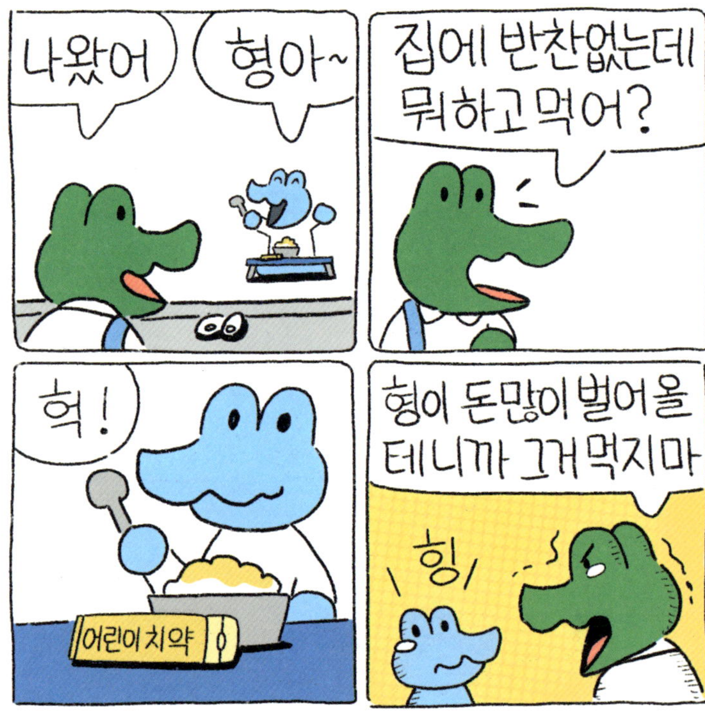

고등어의 자취방

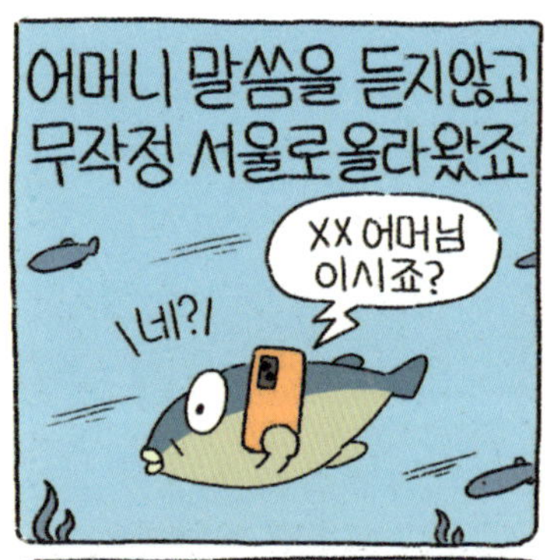

어머니 말씀을 듣지않고 무작정 서울로 올라왔죠
XX 어머님 이시죠?
네?!

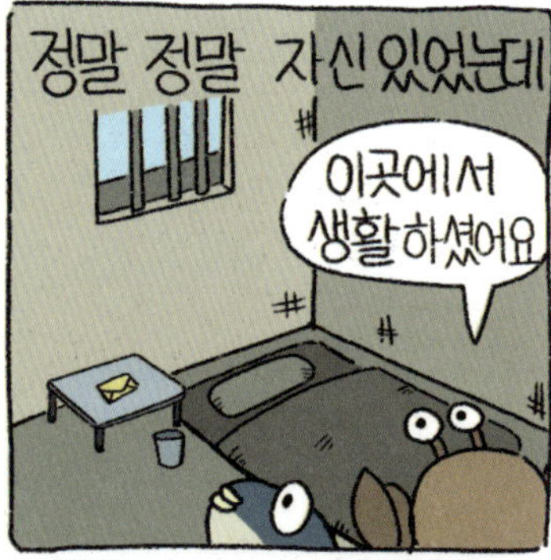

정말 정말 자신 있었는데
이곳에서 생활 하셨어요

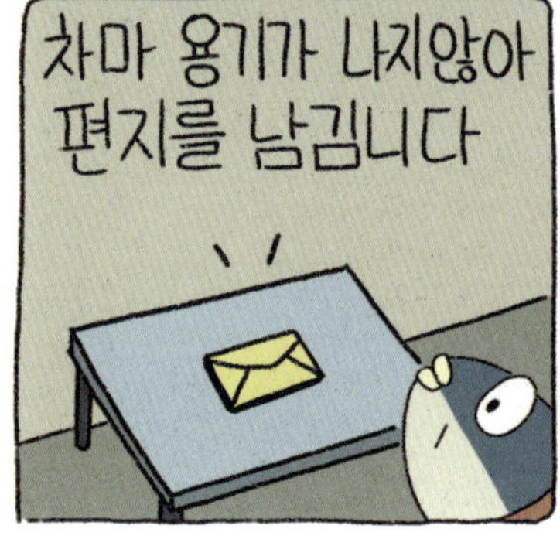

차마 용기가 나지않아 편지를 남깁니다

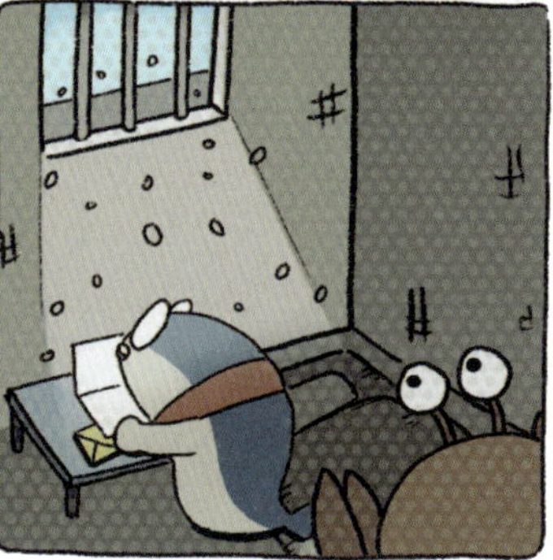

 붉은 끈

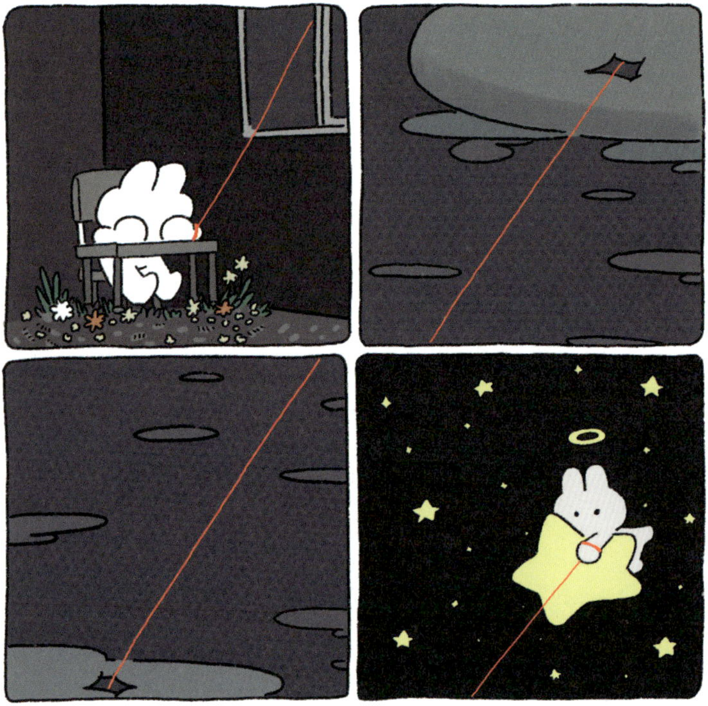

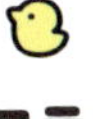

고향

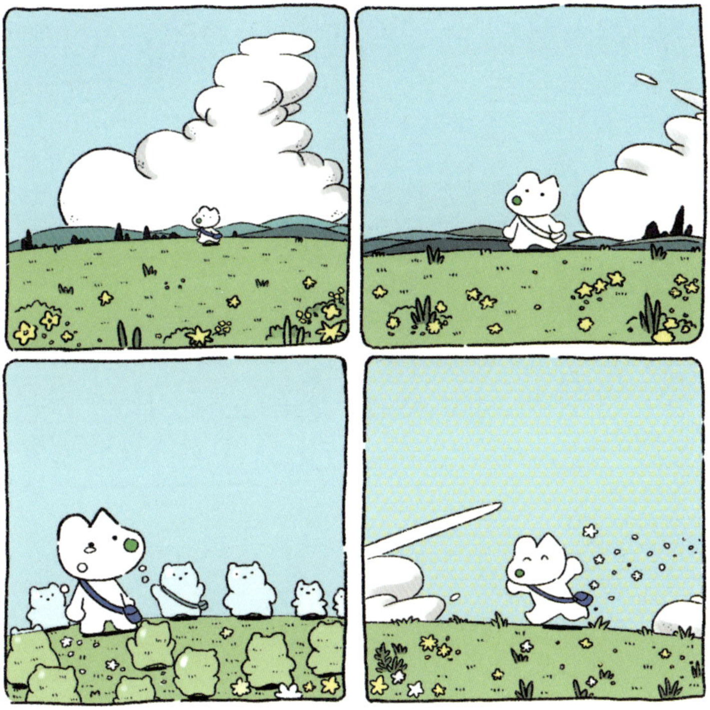

인생의 길

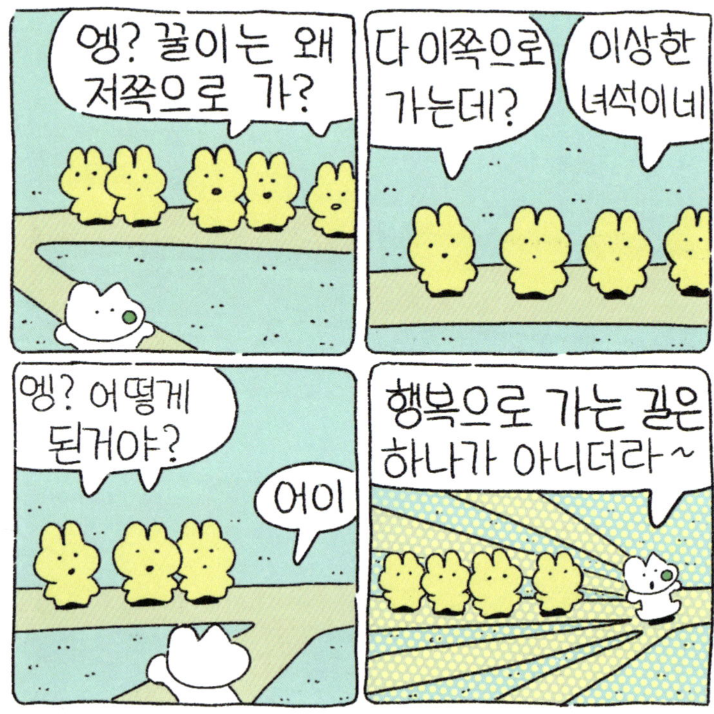

네가 없는 하루

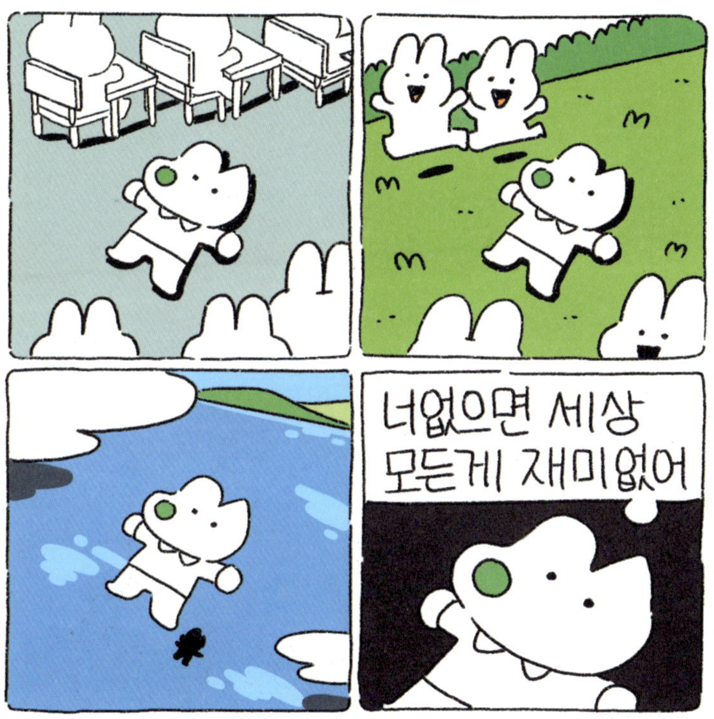

늦은 후회

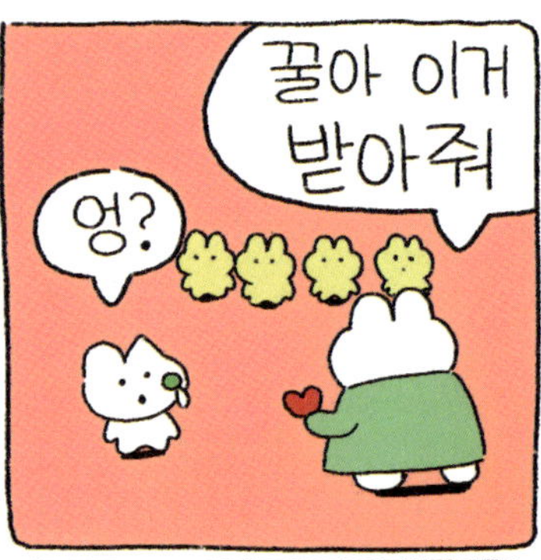

꿀아 이거 받아줘
엉?

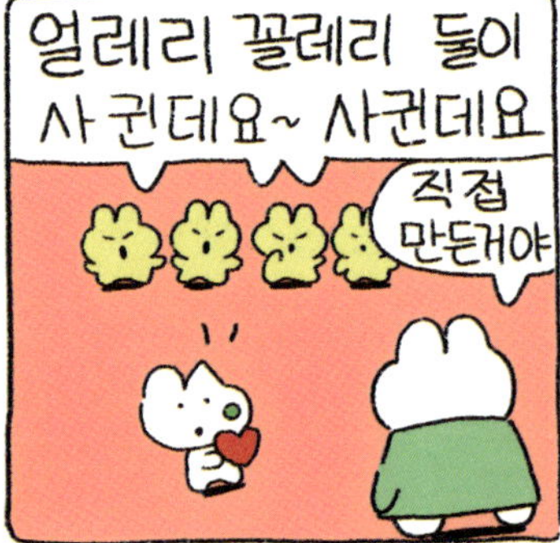

얼레리 꼴레리 둘이 사귄데요~ 사귄데요
직접 만든거야

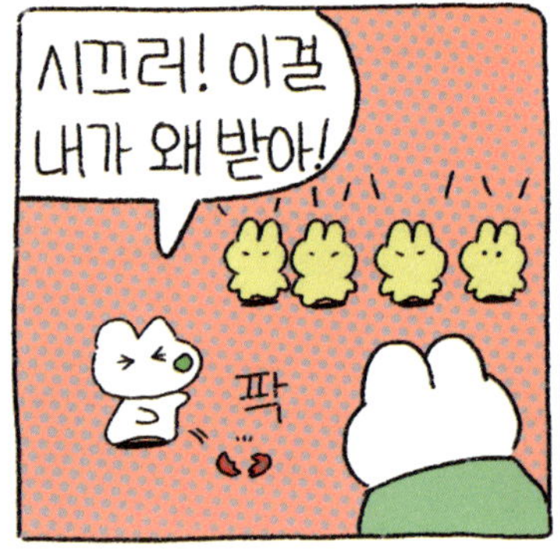

시끄러! 이걸 내가 왜 받아!
팍

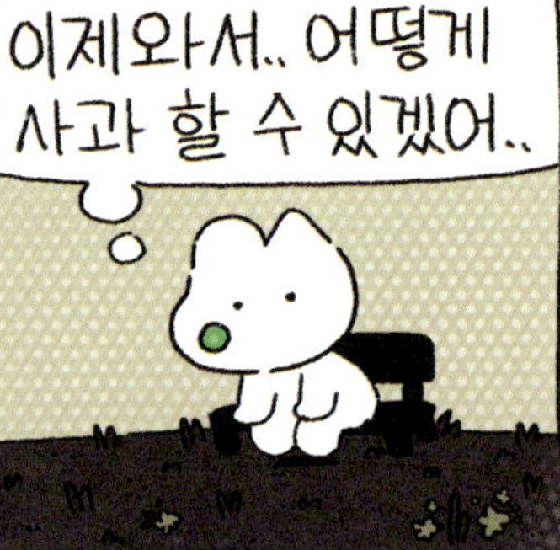

이제와서.. 어떻게 사과 할 수 있겠어..

꼴등

한번을 못 이기네!
딴일 알아봐
꺼져
한심하다 꼴등
꼴등은 꺼져라!
너 없으면 내가 꼴등이야
꼴등은 사라지고 일등만 남은 세상
뭐야. 이거

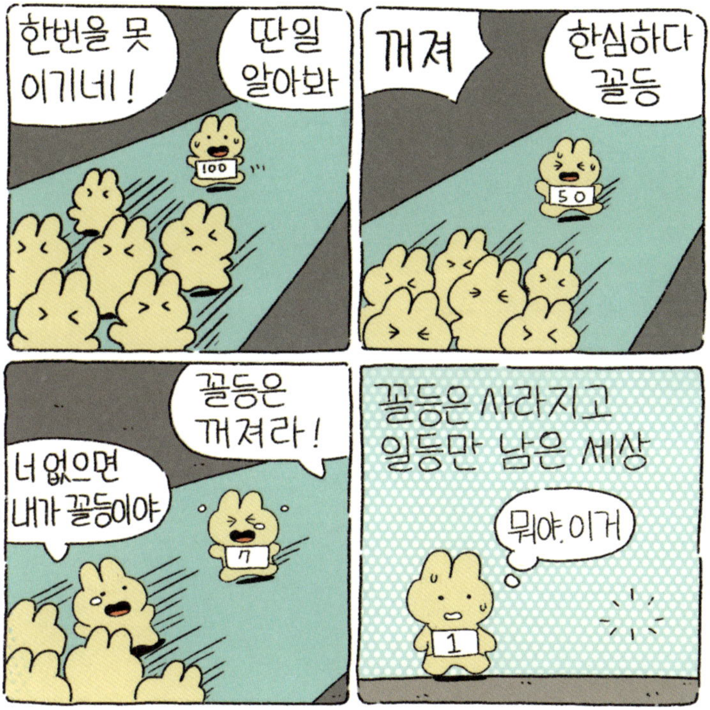

작은 행복, 작은 꿈

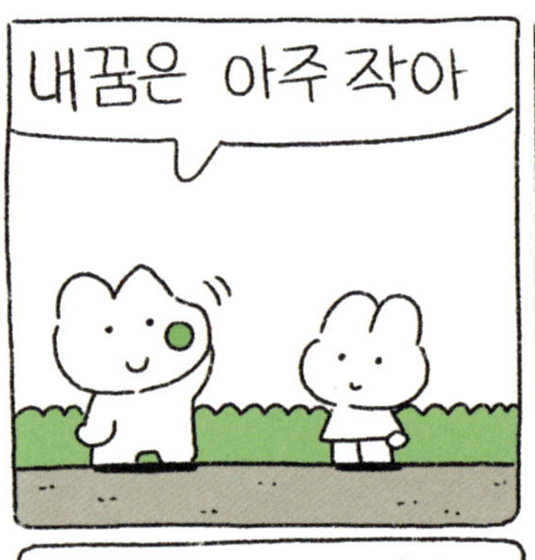

내 꿈은 아주 작아

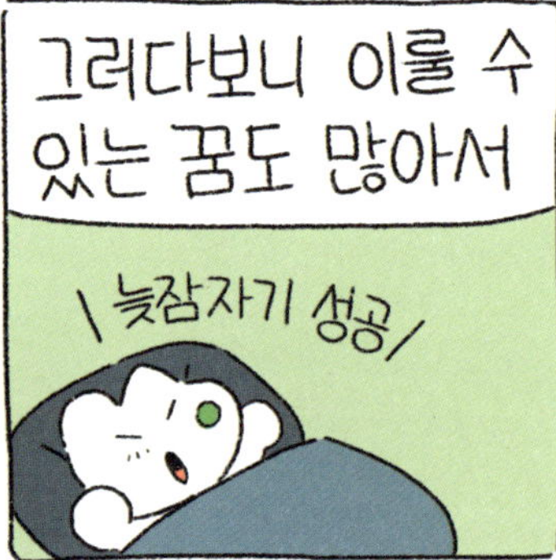

그러다 보니 이룰 수 있는 꿈도 많아서
늦잠자기 성공

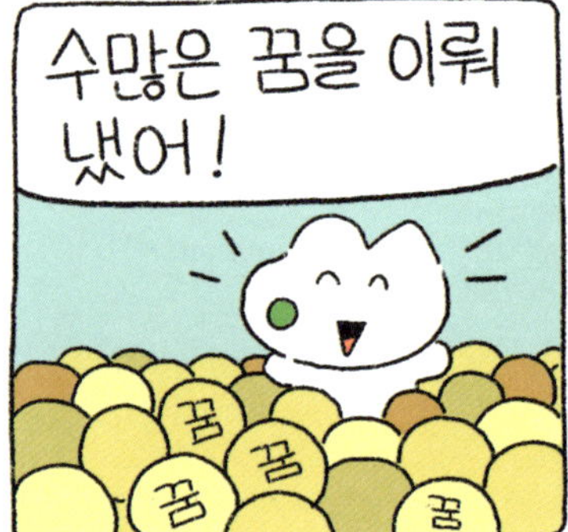

수많은 꿈을 이뤄 냈어!
꿈
꿈
꿈
꿈

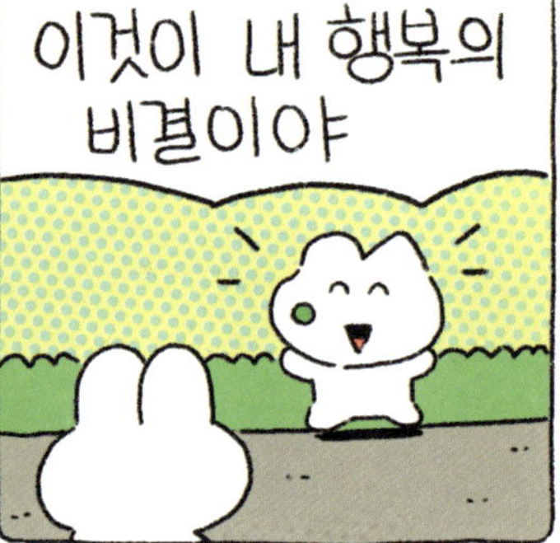

이것이 내 행복의 비결이야

훈장

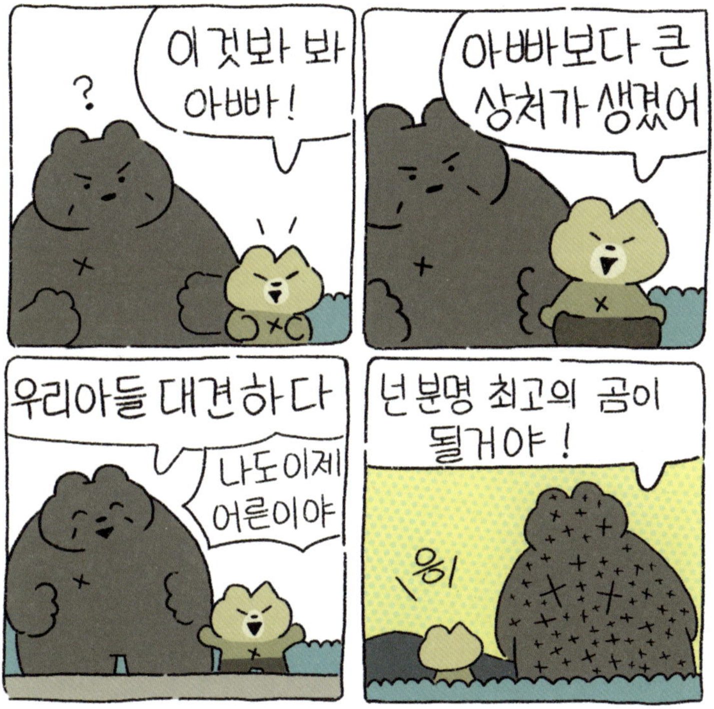

미래의 나

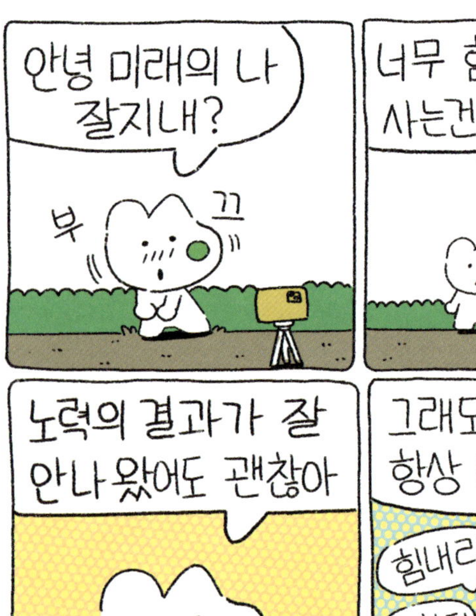

안녕 미래의 나 잘지내?
부 끼
너무 힘들고 어렵게 사는건 아닌지 걱정돼
노력의 결과가 잘 안나 왔어도 괜찮아
그래도 너에게는 항상 내가 있을거야!
힘내라
잘한다
멋지다

변하지 않는 사람

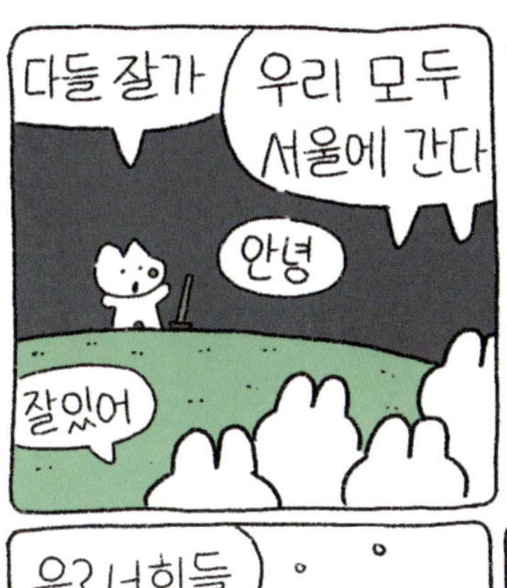

다들 잘가
우리 모두 서울에 간다
안녕
잘있어

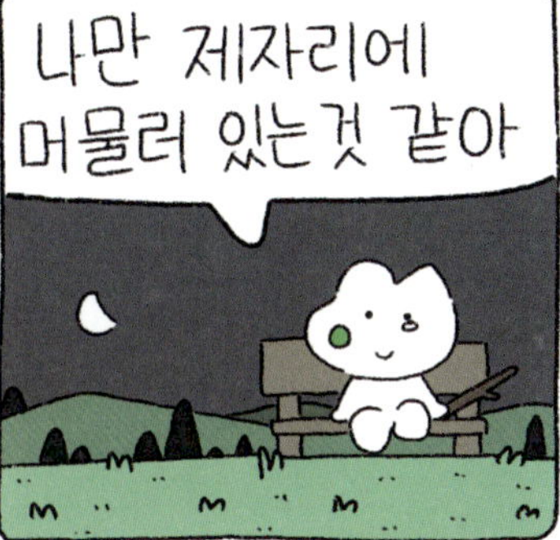

나만 제자리에 머물러 있는것 같아

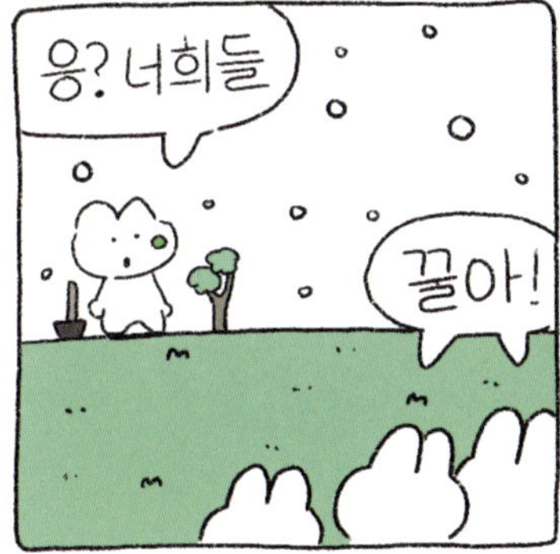

응? 너희들
꿀아!

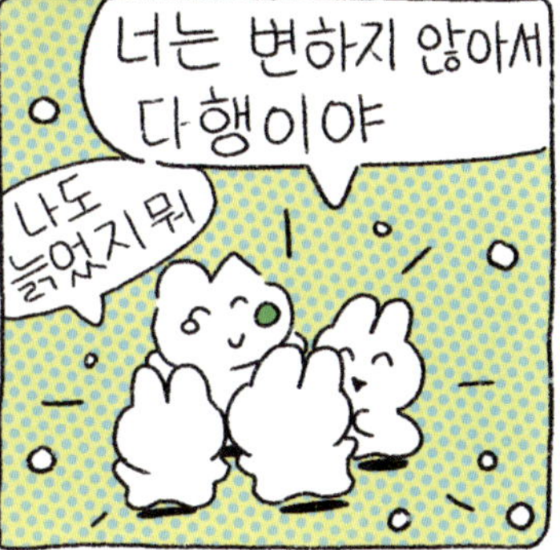

너는 변하지 않아서 다행이야
나도 늙었지 뭐

평생 사랑해 줄 사람

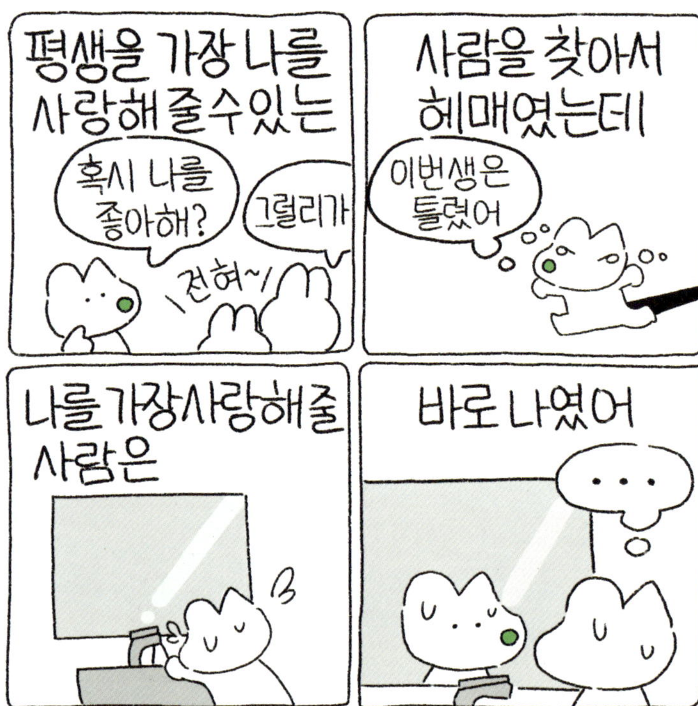

평생을 가장 나를 사랑해 줄 수 있는
혹시 나를 좋아해?
그럴리가
전혀~
사람을 찾아서 헤매였는데
이번생은 틀렸어
나를 가장 사랑해줄 사람은
바로 나였어
…

사계절

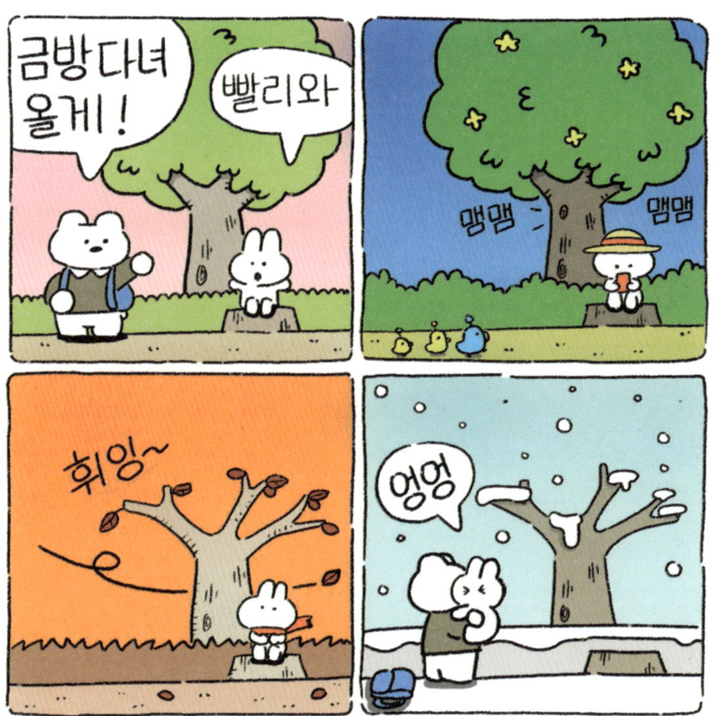

항상 널 응원해

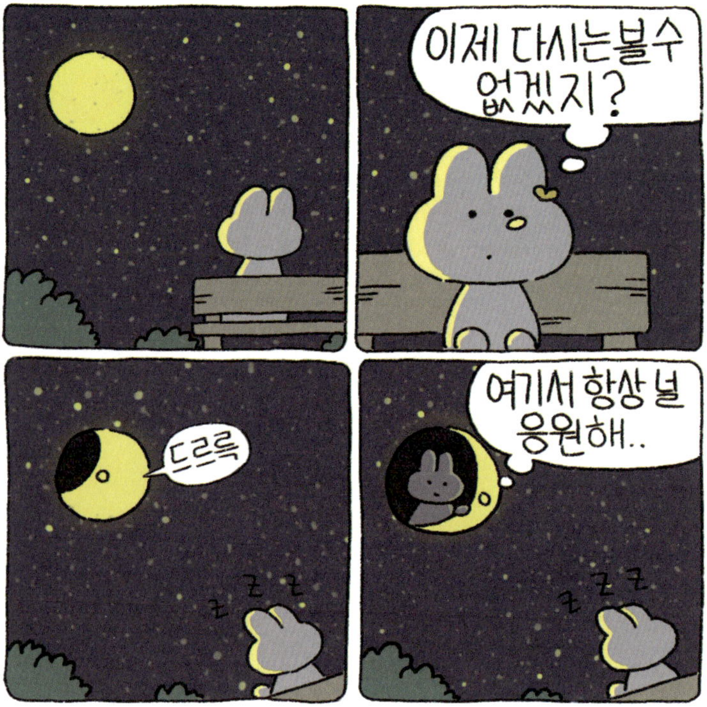

어떤 계기

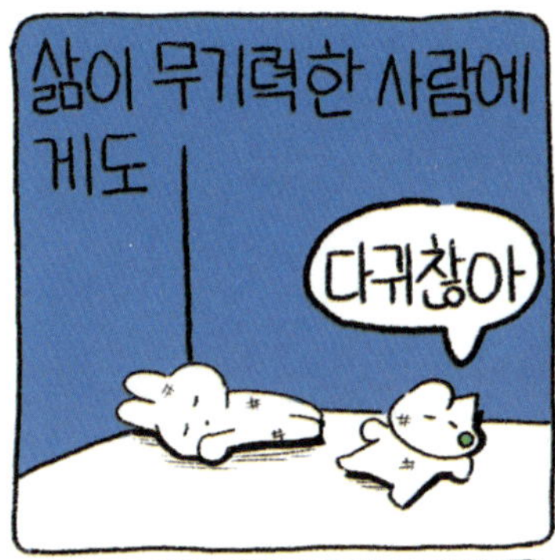

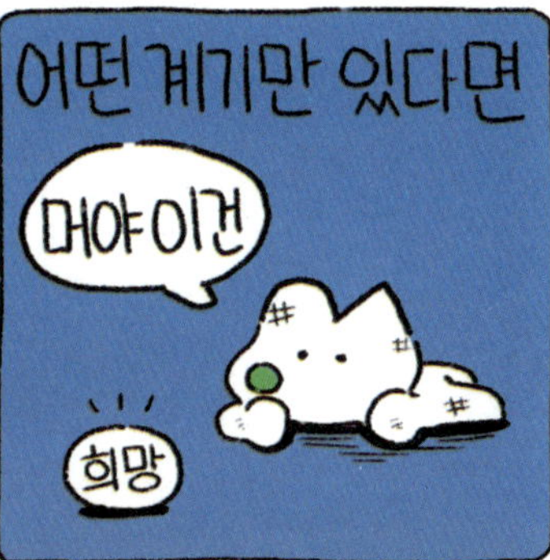

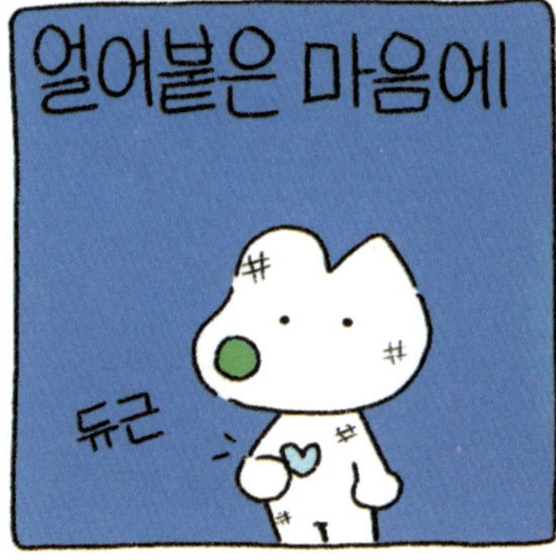

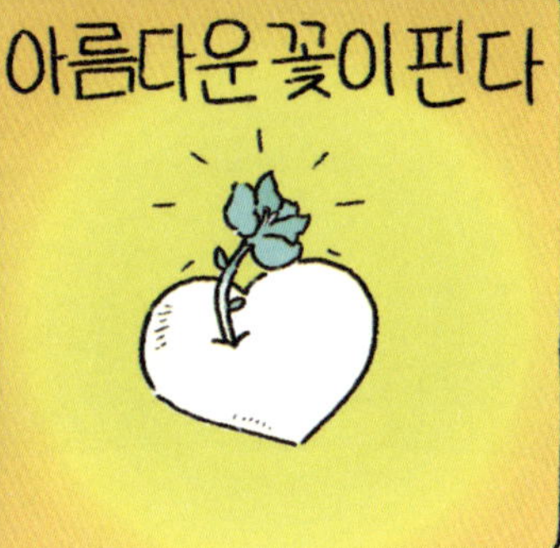

한 가지 꿈 1

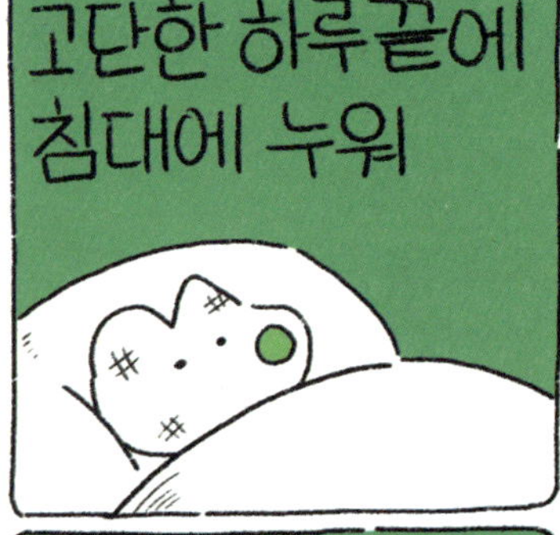

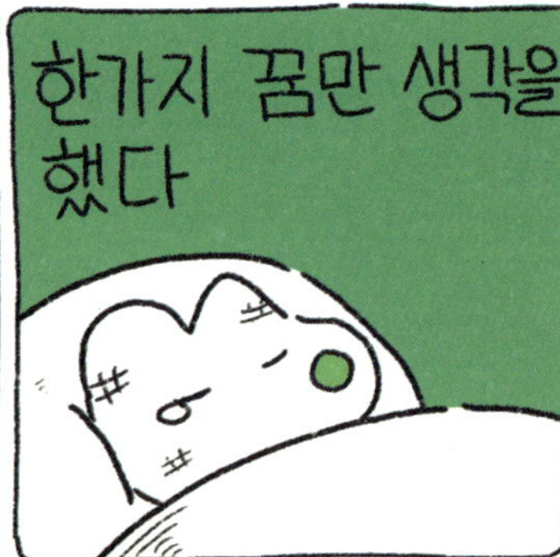

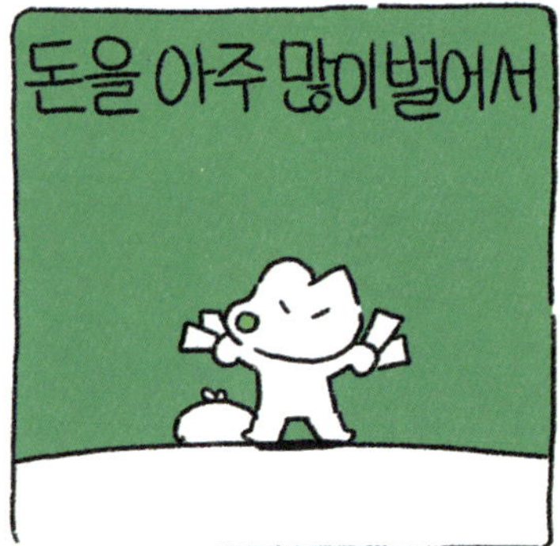

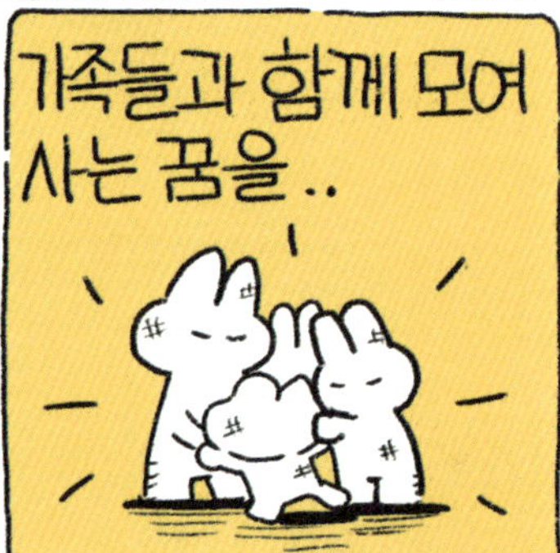

한 가지 꿈 2

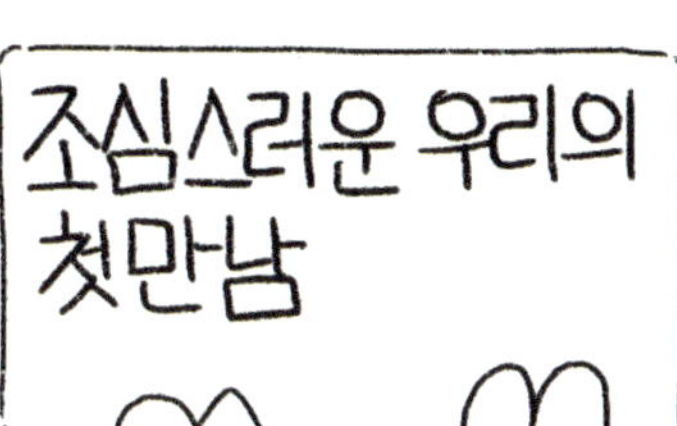

조심스러운 우리의
첫 만남

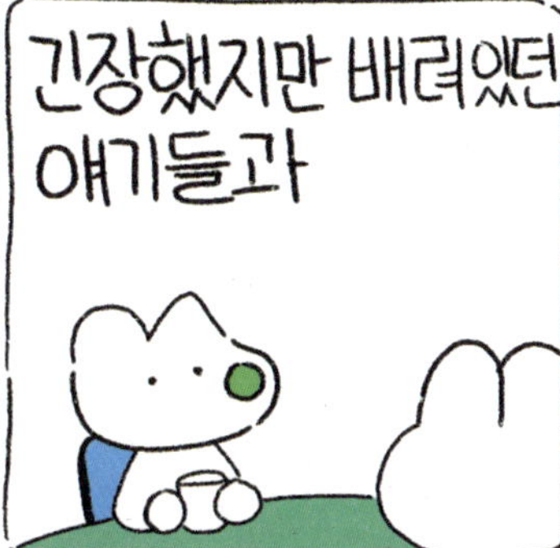

긴장했지만 배려있던
얘기들과

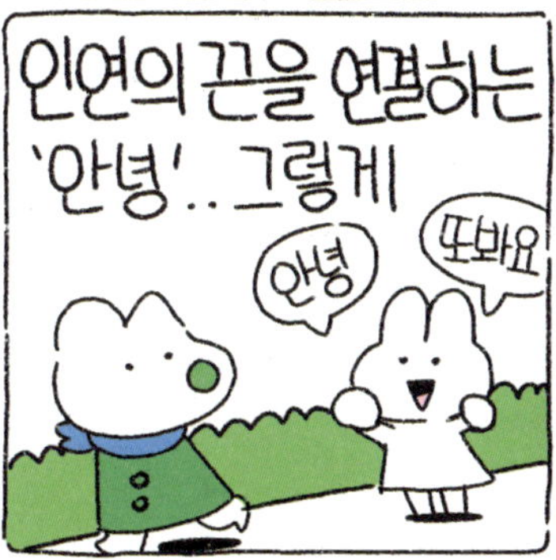

인연의 끈을 연결하는
'안녕'.. 그렇게
안녕
또봐요

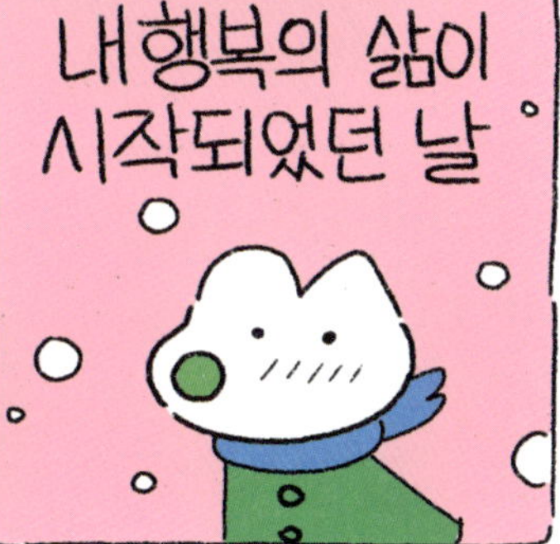

내 행복의 삶이
시작되었던 날

나와 함께

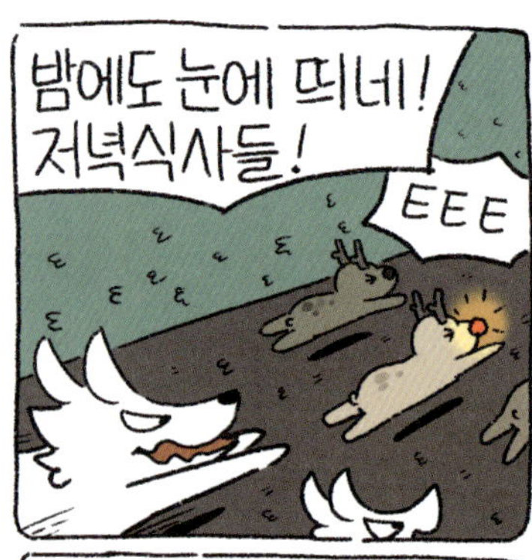

밤에도 눈에 띄네!
저녁식사들!
ㅌㅌㅌ

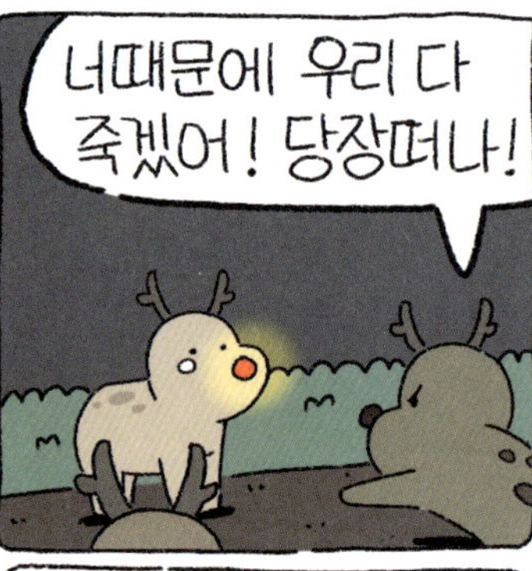

너때문에 우리 다
죽겠어! 당장떠나!

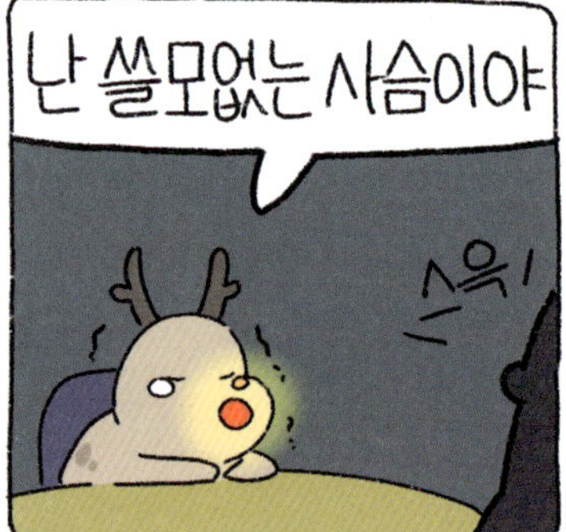

난 쓸모없는 사슴이야
스윽!

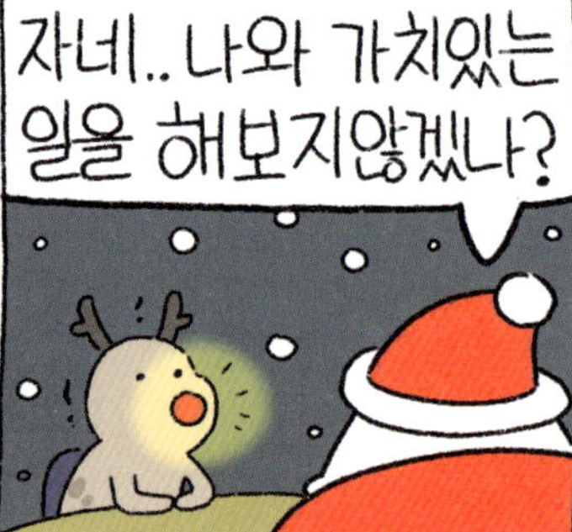

자네.. 나와 가치있는
일을 해보지않겠나?

미래를 대비하다

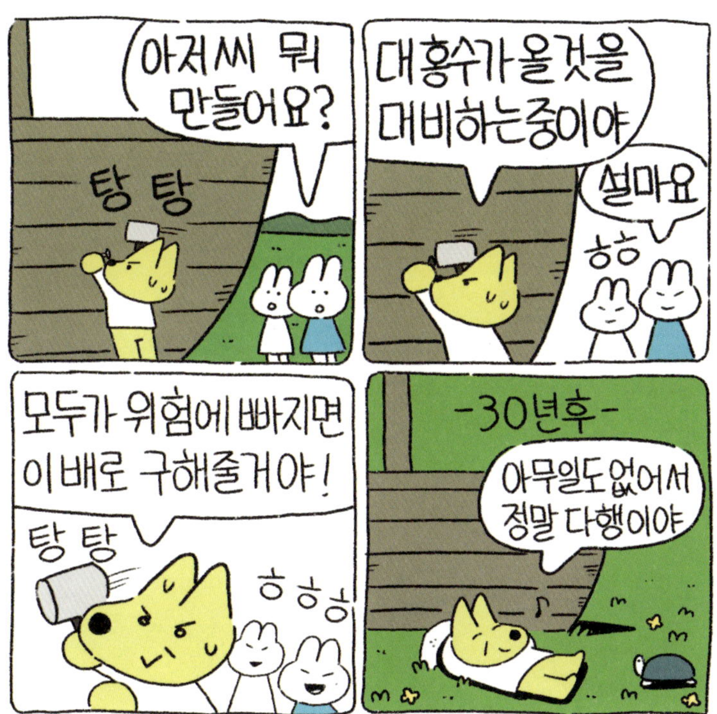

아저씨 뭐 만들어요?
탕 탕
대홍수가 올 것을 대비하는 중이야
설마요
ㅎㅎ
모두가 위험에 빠지면 이 배로 구해줄 거야!
탕 탕
ㅎㅎㅎ
-30년후-
아무 일도 없어서 정말 다행이야

소중한 사람에게

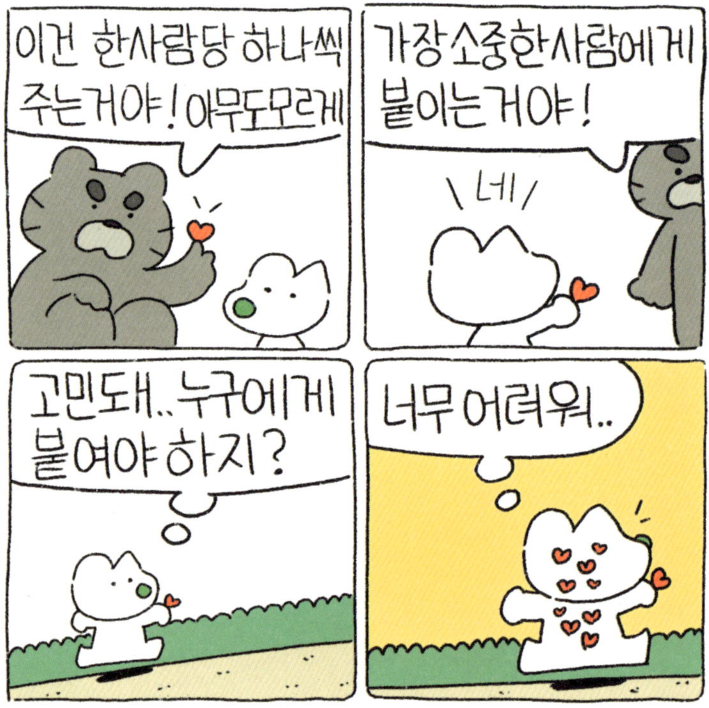

이건 한사람당 하나씩 주는거야! 아무도모르게
가장 소중한 사람에게 붙이는거야!
네
고민돼.. 누구에게 붙여야 하지?
너무 어려워..

주인님 없는 삶

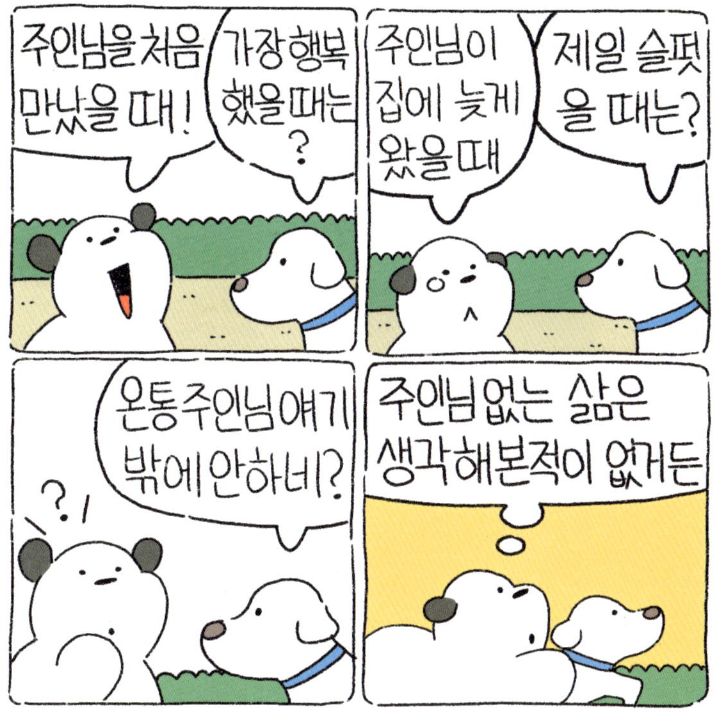

주인님을 처음 만났을 때!
가장 행복 했을때는?
주인님이 집에 늦게 왔을때
제일 슬펐 을 때는?
온통 주인님 얘기 밖에 안하네?
?!
주인님 없는 삶은 생각 해본적이 없거든

엄마와 나

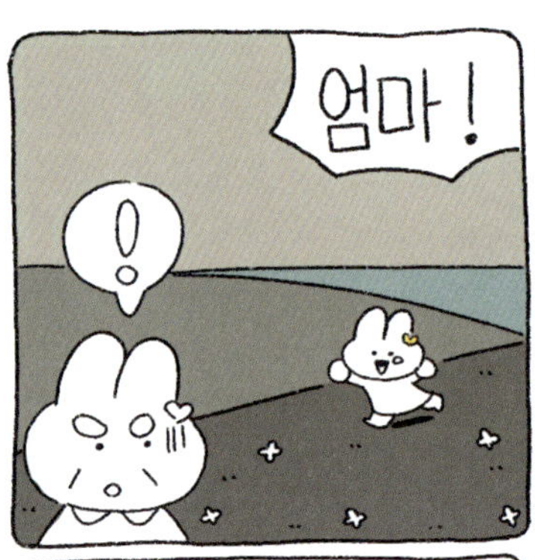

엄마!

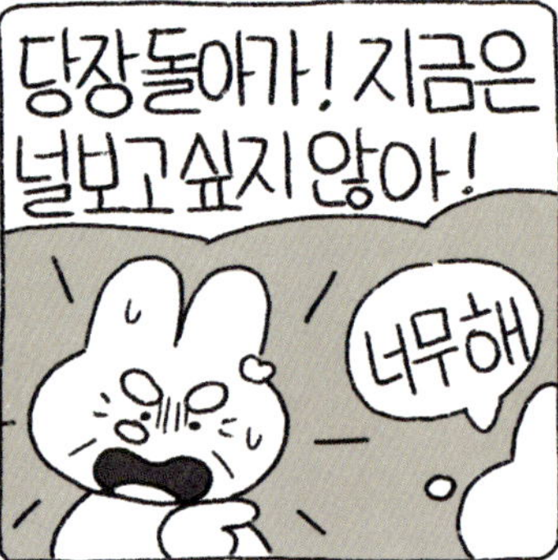

당장 돌아가! 지금은 널 보고 싶지 않아!
너무해

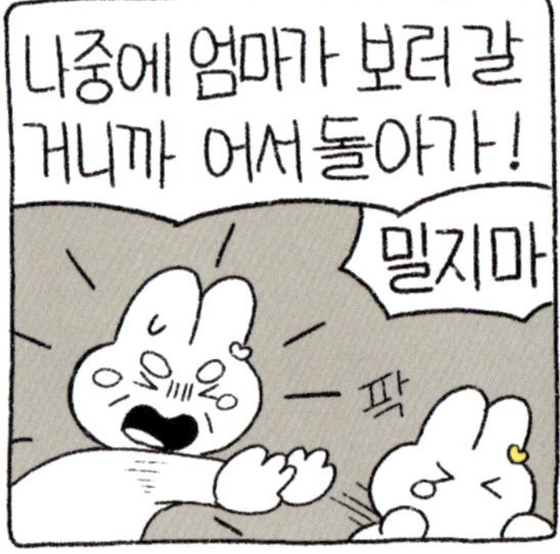

나중에 엄마가 보러 갈 거니까 어서 돌아가!
밀지마
팍

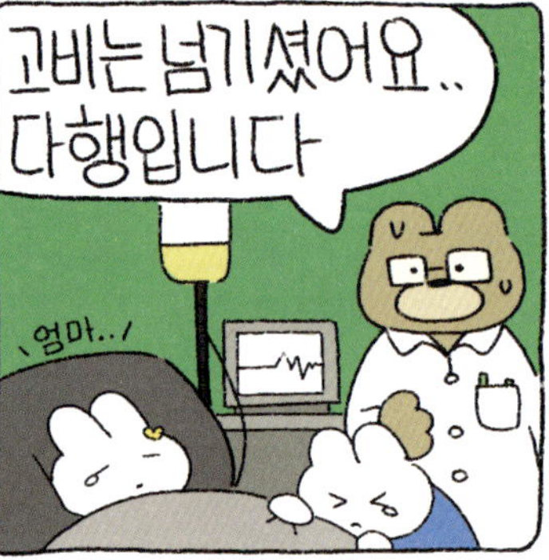

고비는 넘기셨어요.. 다행입니다
엄마..

항상 널 위해

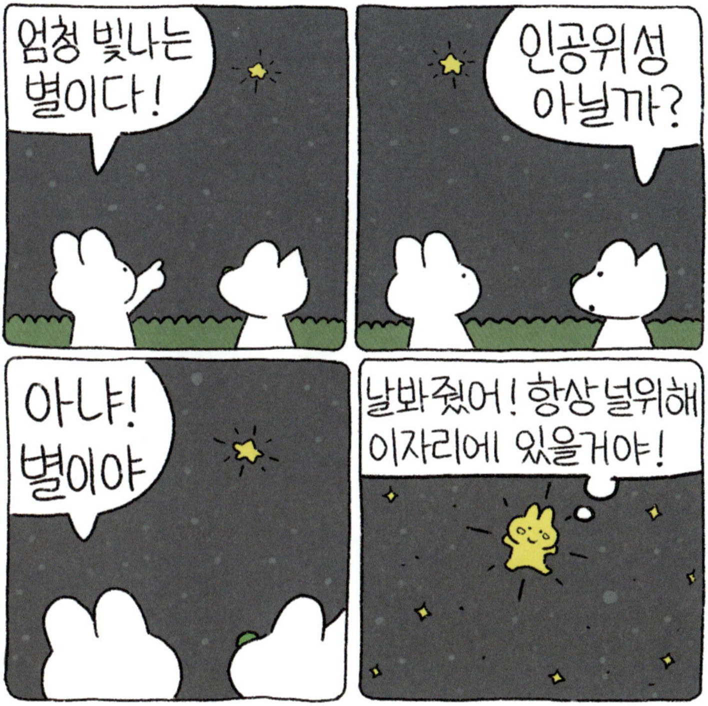

누워서 보는 하늘

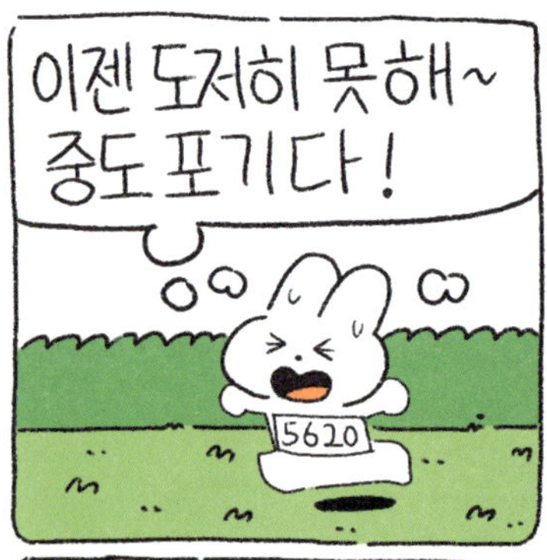

이젠 도저히 못해~ 중도 포기다!
5620

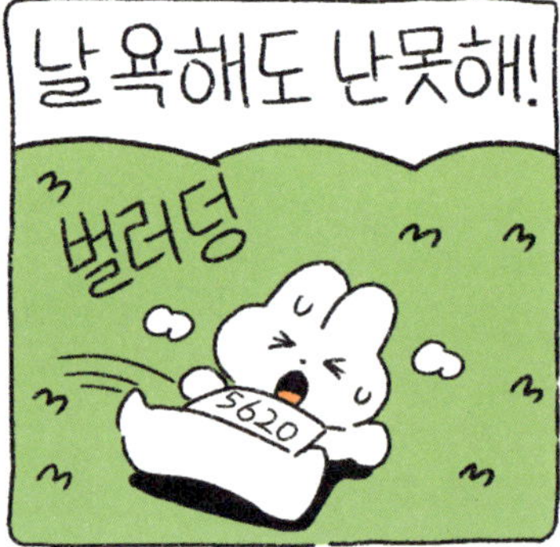

날 욕해도 난못해!
벌러덩
5620

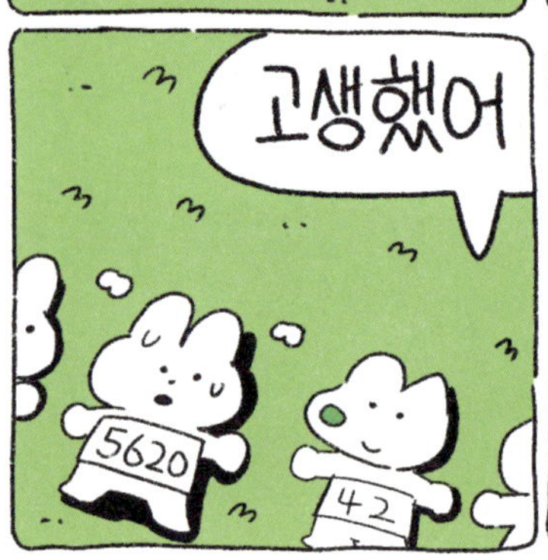

고생했어
5620
42

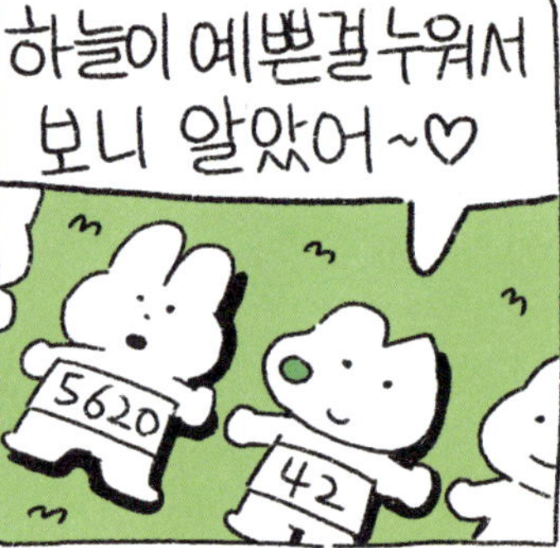

하늘이 예쁜걸 누워서 보니 알았어~♡
5620
42

부모의 탄생

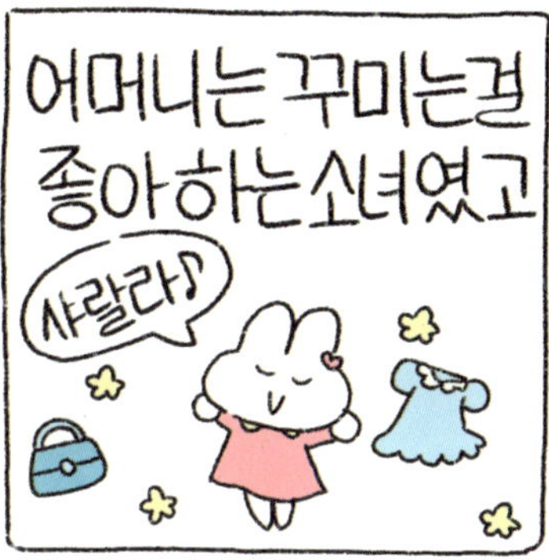

어머니는 꾸미는걸 좋아하는 소녀였고
샤랄라♪

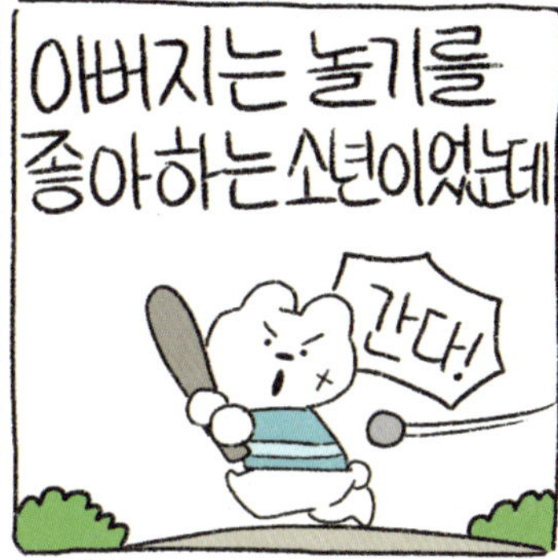

아버지는 놀기를 좋아하는 소년이었는데
간다!

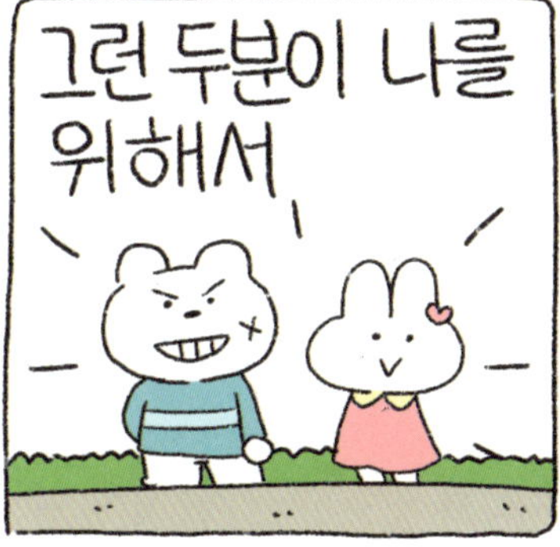

그런 두분이 나를 위해서

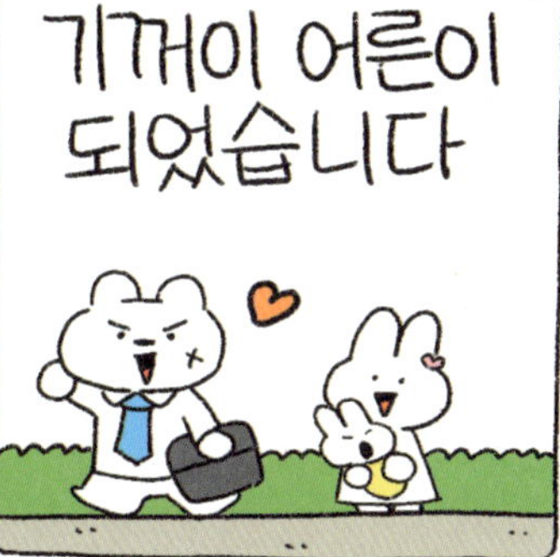

기꺼이 어른이 되었습니다

인생의 화살

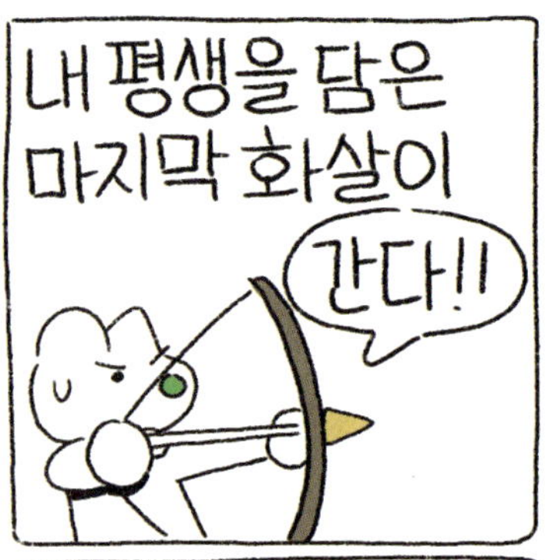

내 평생을 담은 마지막 화살이
간다!!

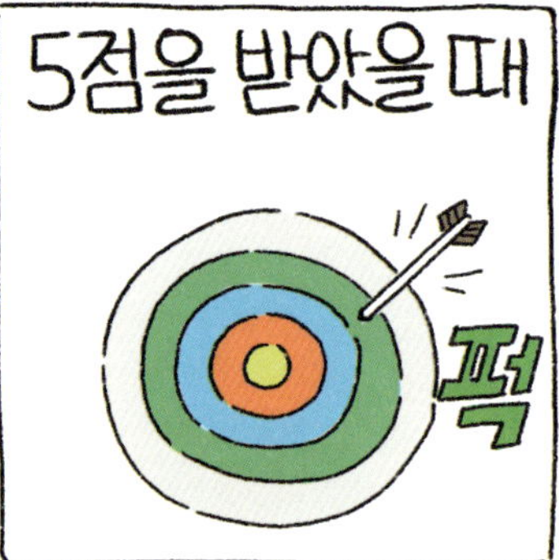

5점을 받았을 때
픽

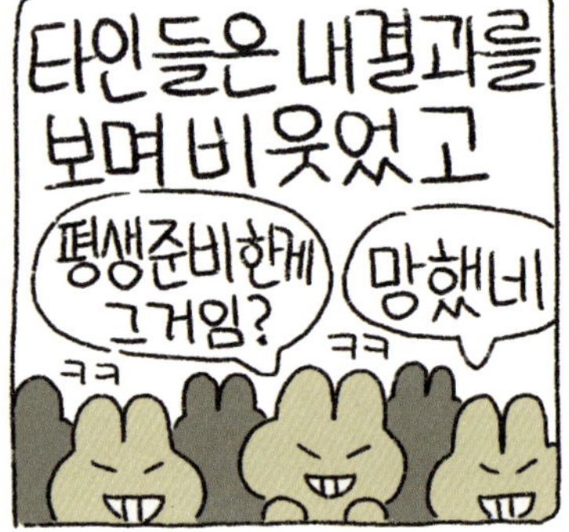

타인들은 내 결과를 보며 비웃었고
평생준비한게 그거임?
망했네
ㅋㅋ
ㅋㅋ

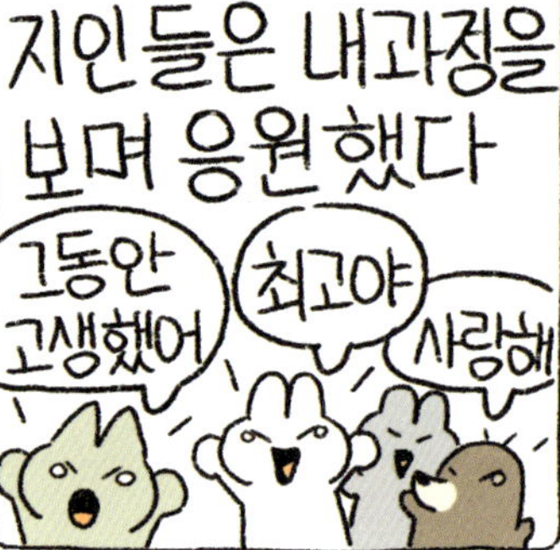

지인들은 내 과정을 보며 응원했다
그동안 고생했어
최고야
사랑해

그런 사람

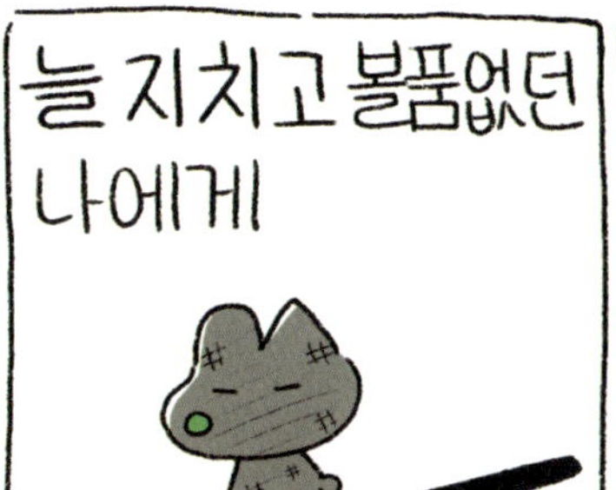

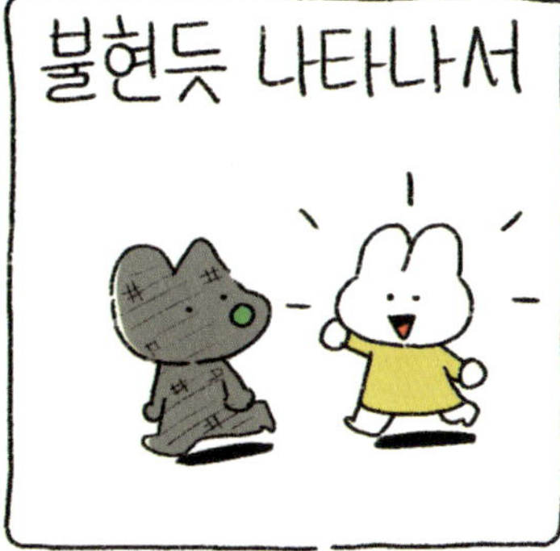

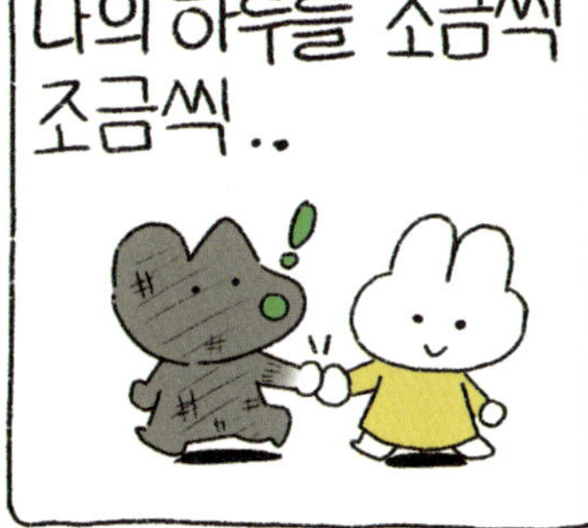

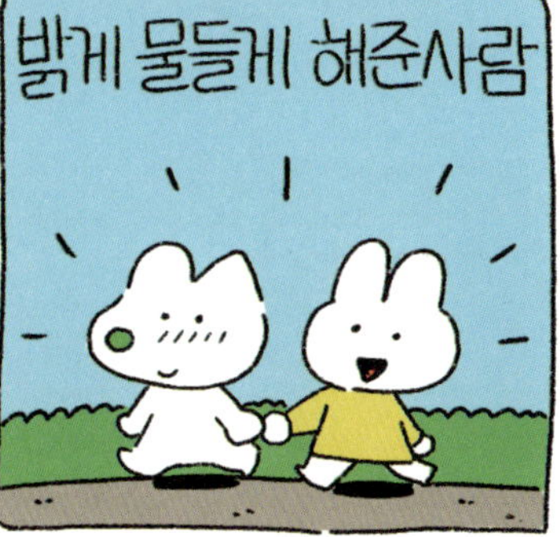

가족

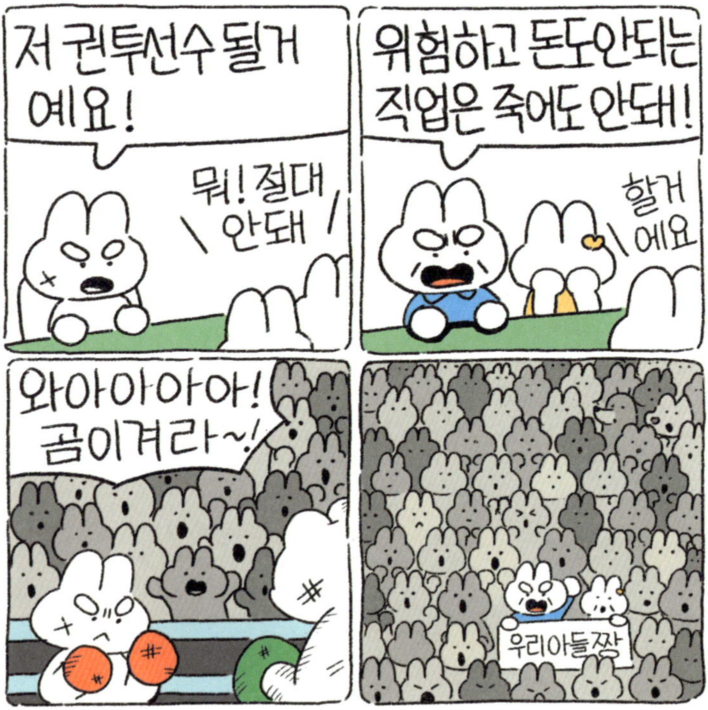

가장 빛나는 별

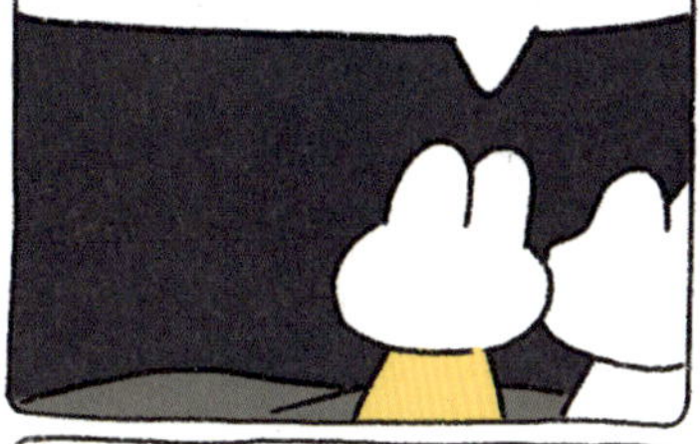

아.. 이제는 서울에서는 별을 볼수 없나?

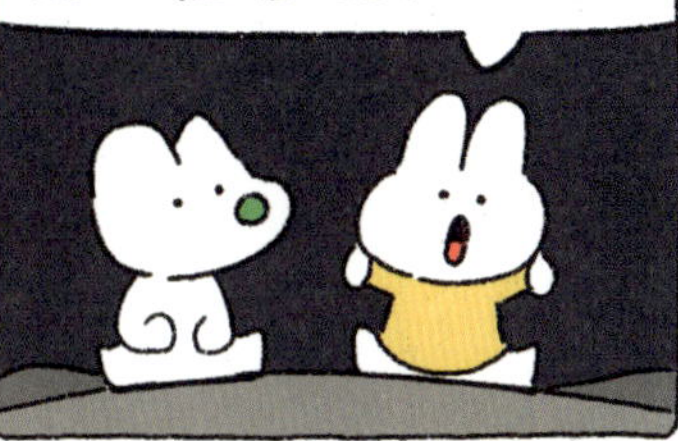

내가 어릴때는 하늘에 별이 엄청 많았어!

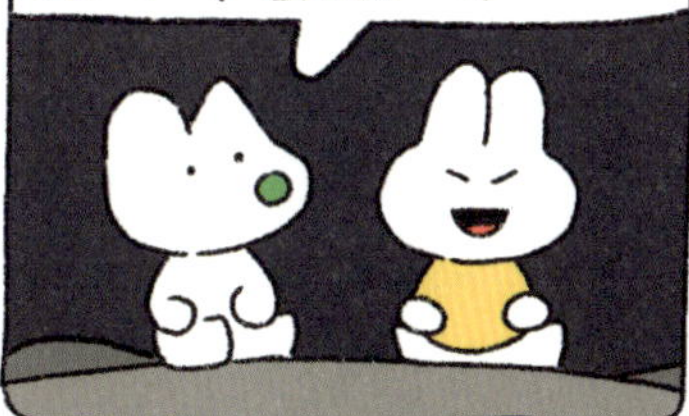

나는 그렇게 많은별은 본적이 없는데..

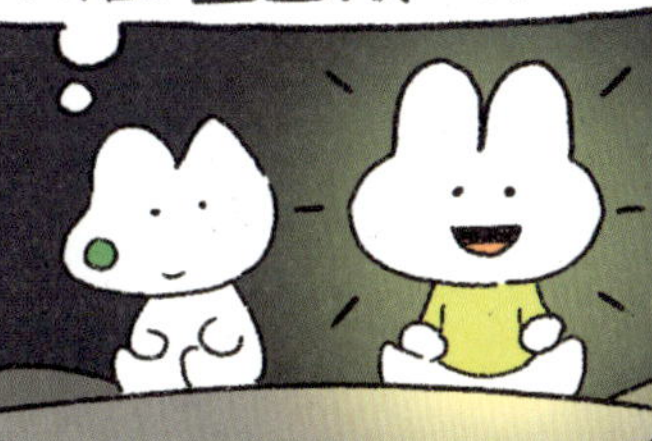

별보다 반짝이는 건 지금 보고있어!

바로 날 알아보는 사람

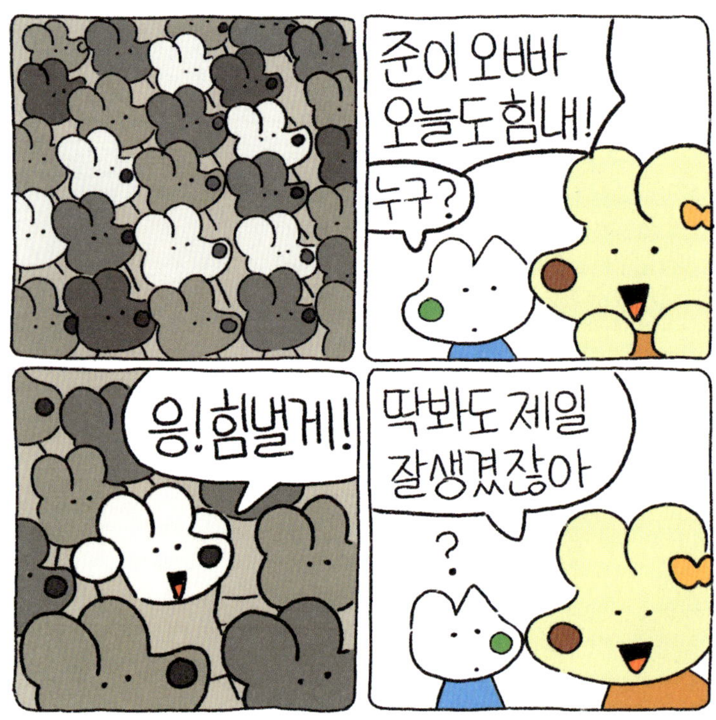

비밀 이야기

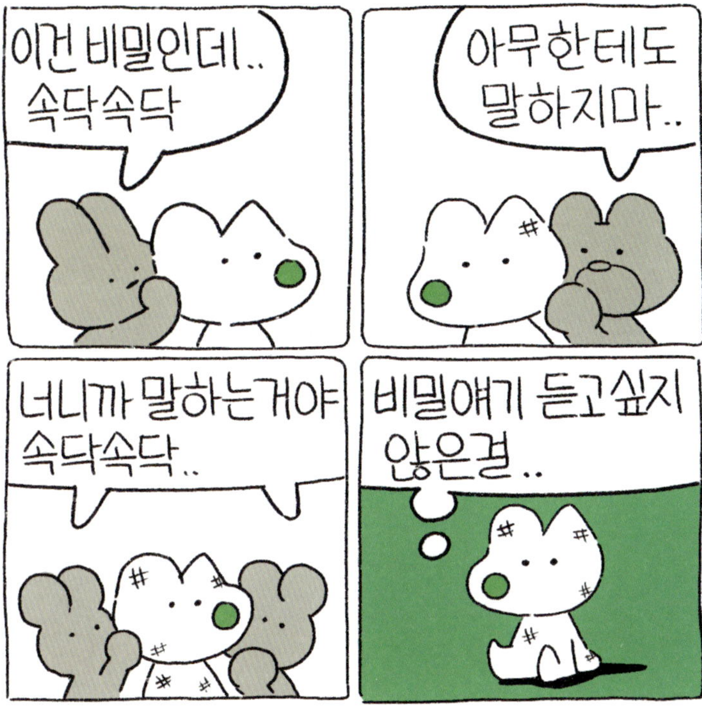

리더의 자격

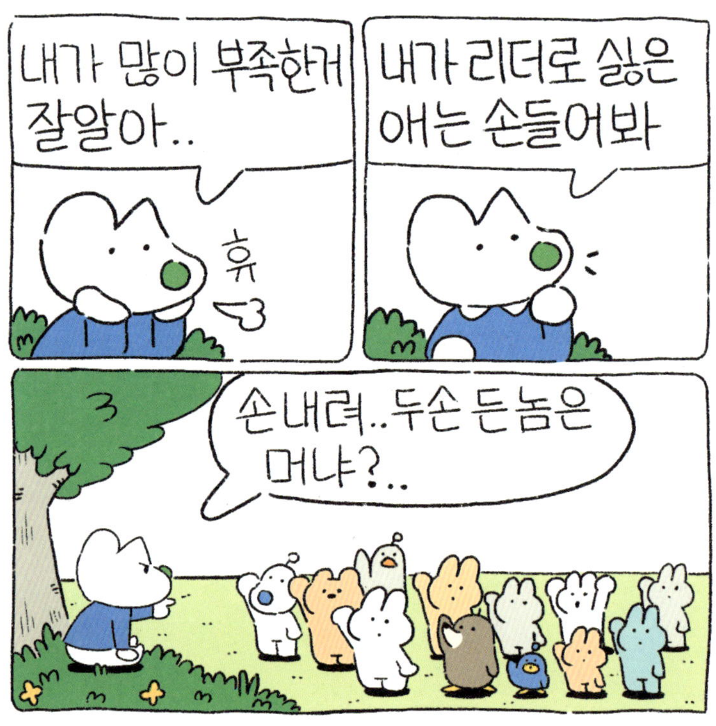

응원의 말들

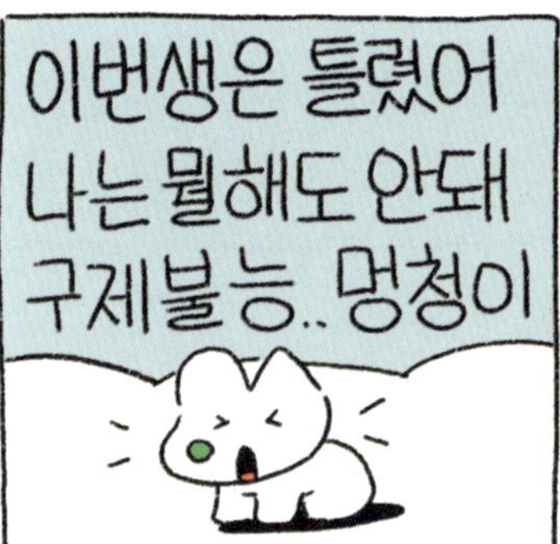

이번생은 틀렸어
나는 뭘해도 안돼
구제불능.. 멍청이

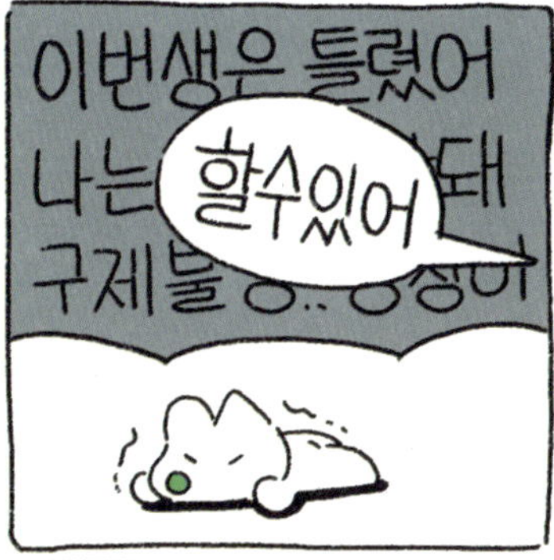

이번생은 틀렸어
나는
구제불 ..
할수있어

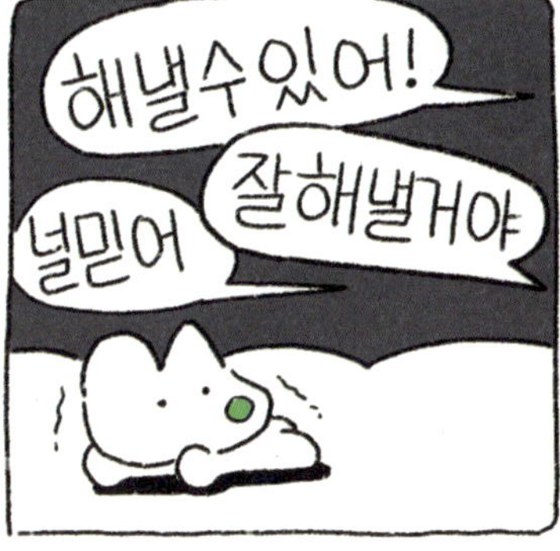

해낼수있어!
잘해낼거야
널믿어

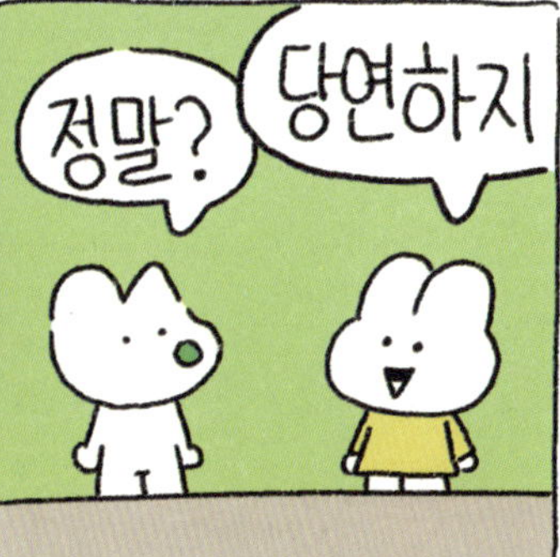

정말?
당연하지

나의 주인

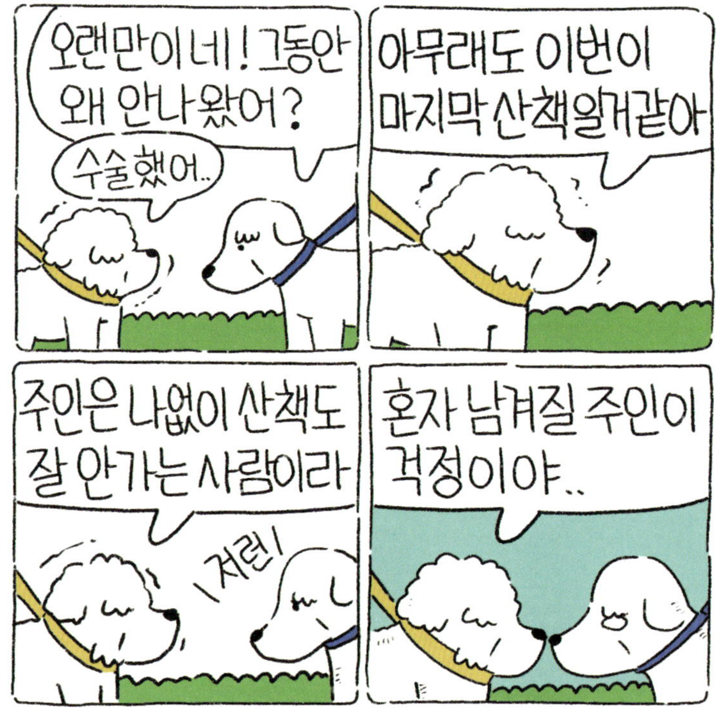

오랜만이네! 그동안 왜 안나왔어?
수술했어..
아무래도 이번이 마지막 산책일거같아
주인은 나없이 산책도 잘 안가는 사람이라
저런!
혼자 남겨질 주인이 걱정이야..

쌓여가는 마음

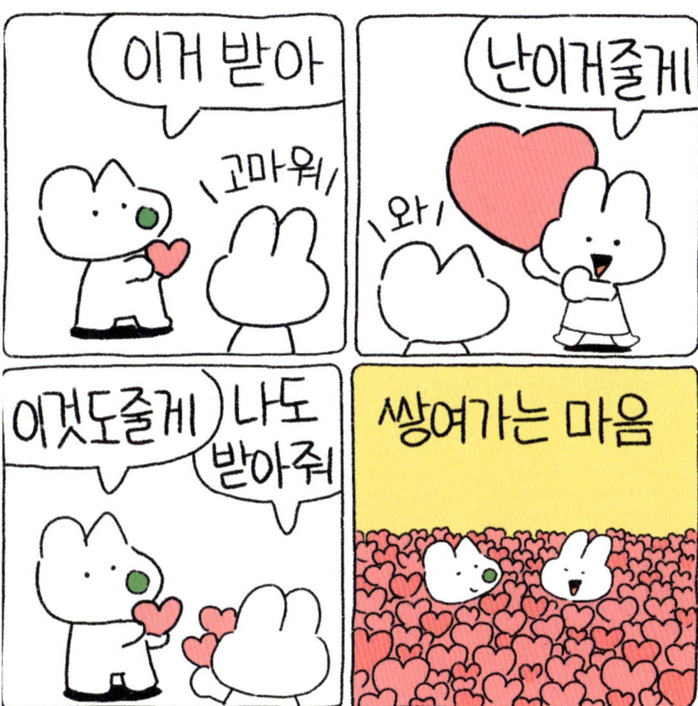

누군가를 위해 빛나다

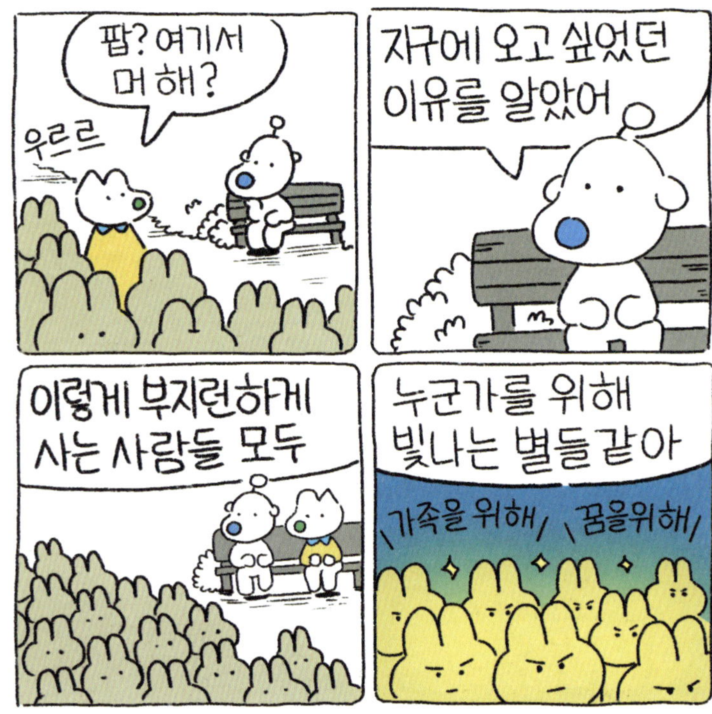

팝? 여기서 머 해?
우르르
지구에 오고 싶었던 이유를 알았어
이렇게 부지런하게 사는 사람들 모두
누군가를 위해 빛나는 별들 같아
가족을 위해
꿈을 위해

과거의 나

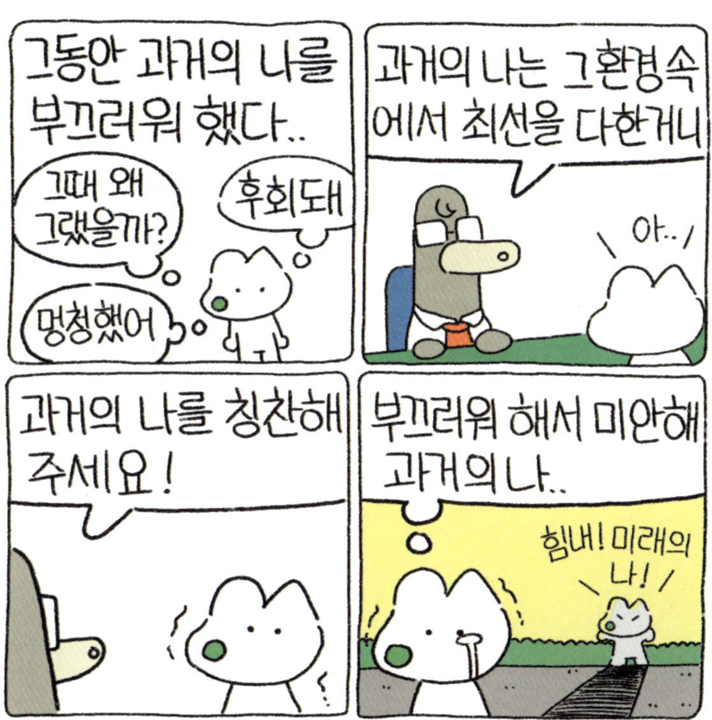

그동안 과거의 나를 부끄러워 했다..
그때 왜 그랬을까?
후회돼
멍청했어
과거의 나는 그 환경 속에서 최선을 다한거니
아..
과거의 나를 칭찬해 주세요!
부끄러워 해서 미안해 과거의 나..
힘내! 미래의 나!

배려

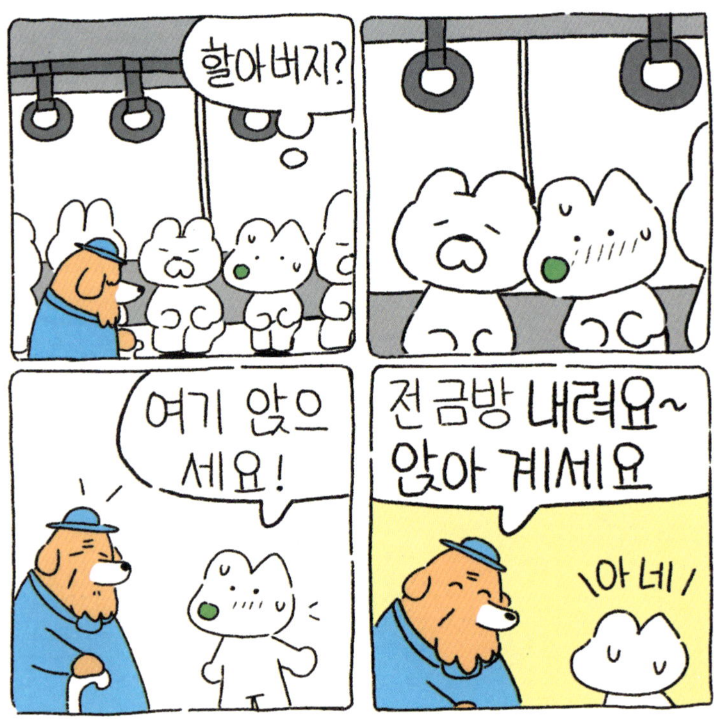

서랍에 있는 사탕

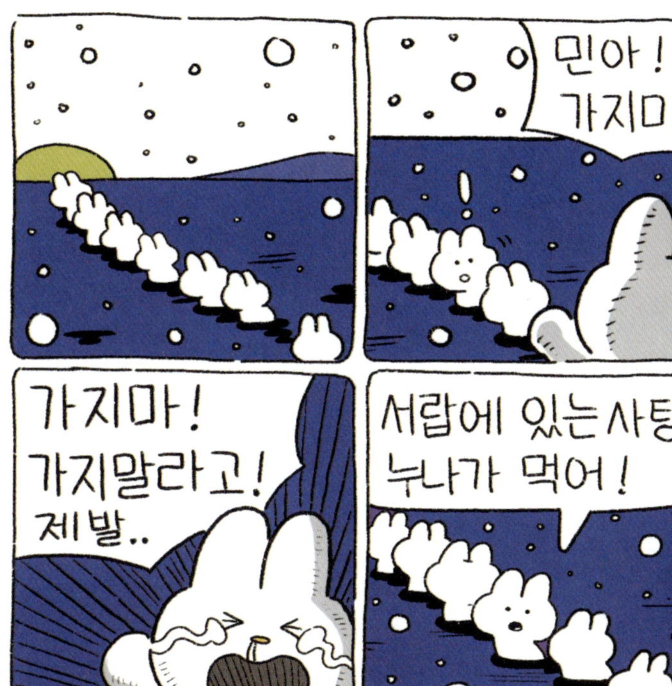

우산

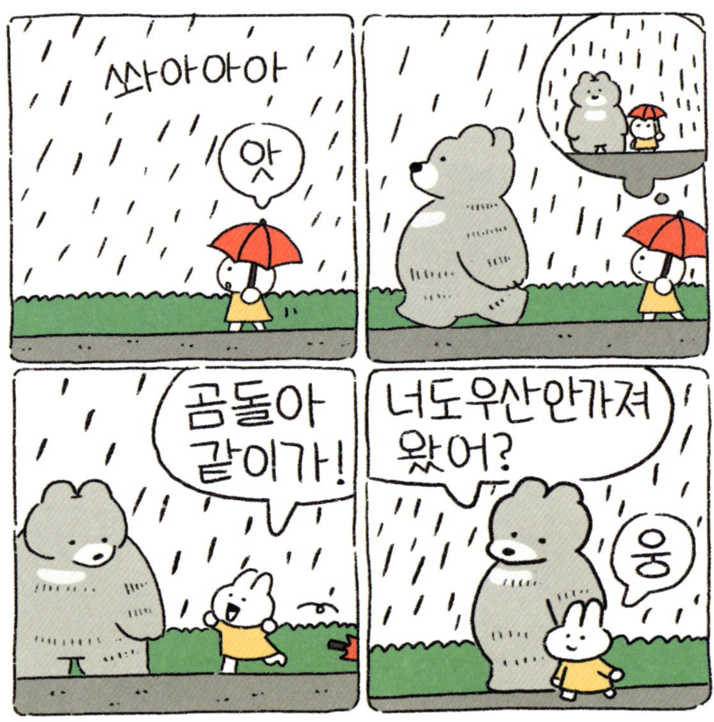

나를 믿어주는 사람들

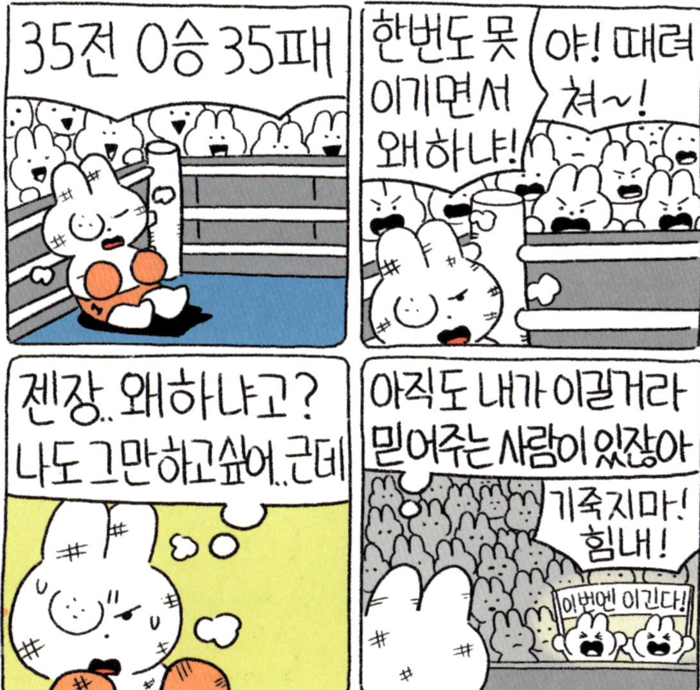
35전 0승 35패
한번도 못 이기면서 왜하냐!
야! 때려 쳐~!
젠장.. 왜하냐고? 나도 그만하고싶어..근데
아직도 내가 이길거라 믿어주는 사람이 있잖아
기죽지마! 힘내!
이번엔 이긴다!

가족의 밤

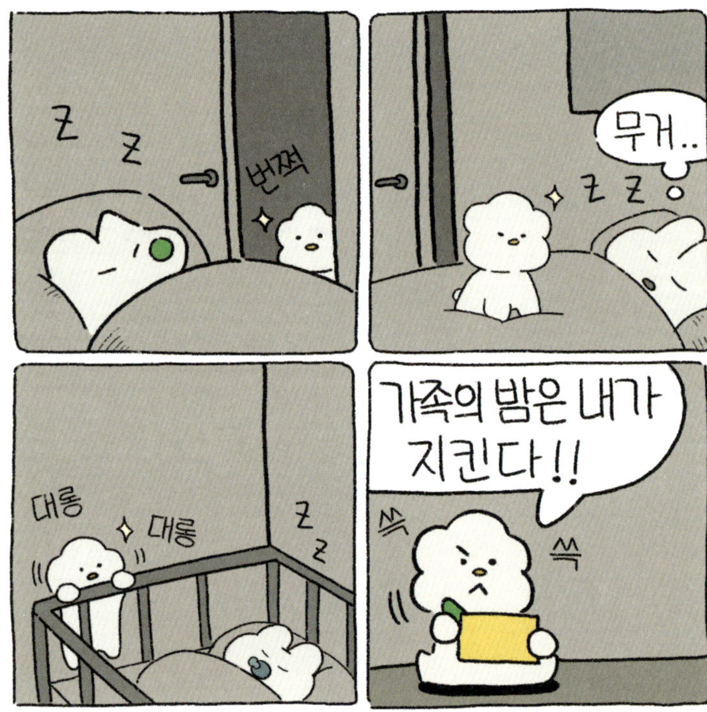

가족의 곁

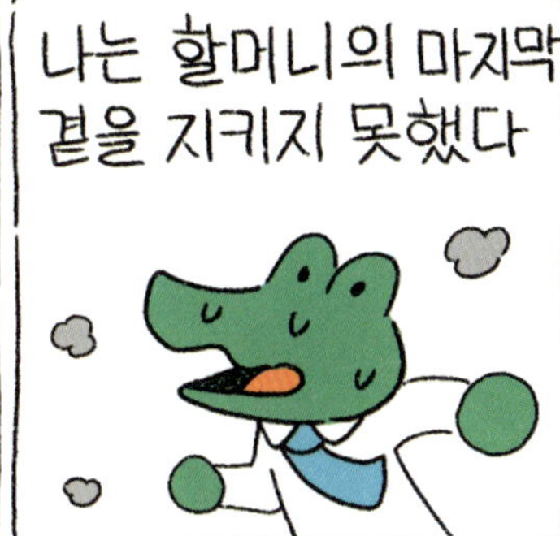

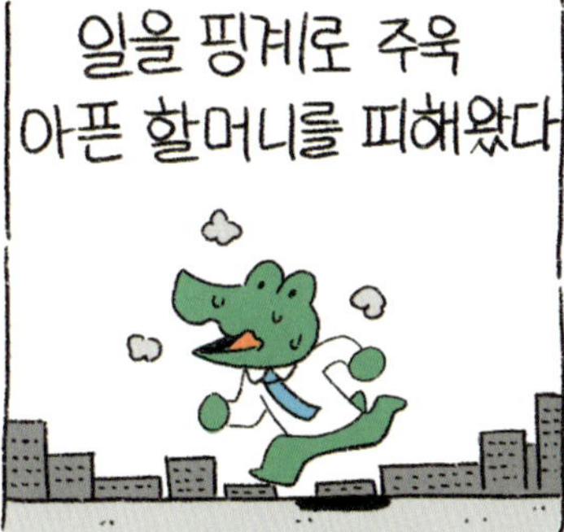

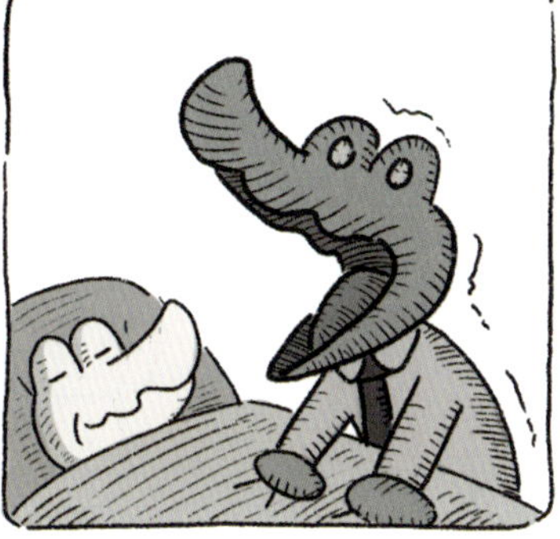

떠난 사람의 자리

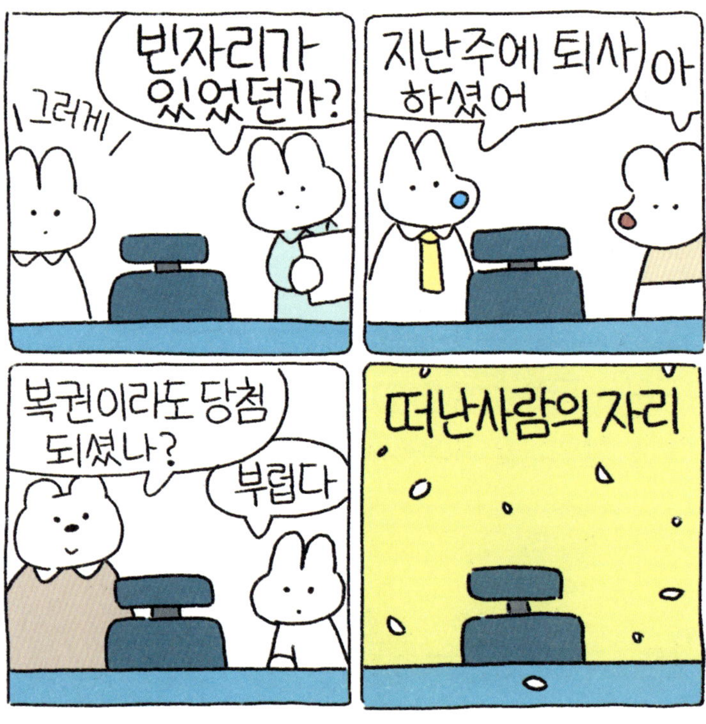

자연스러움

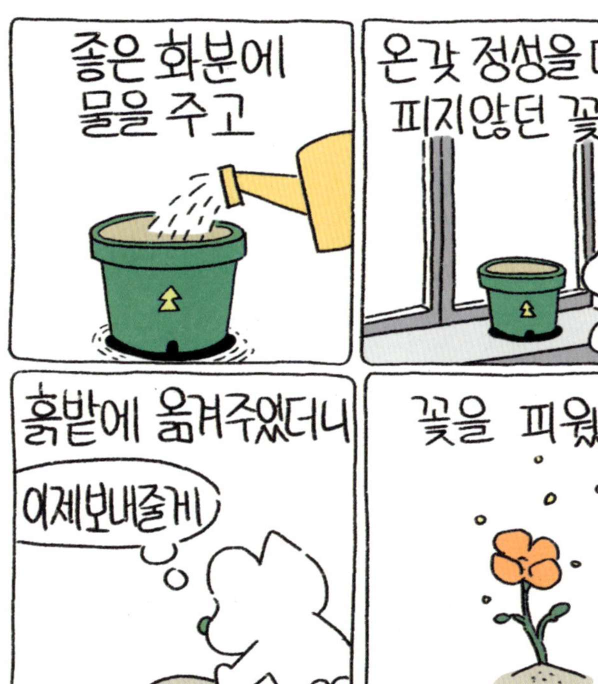

나에게 맞는 환경

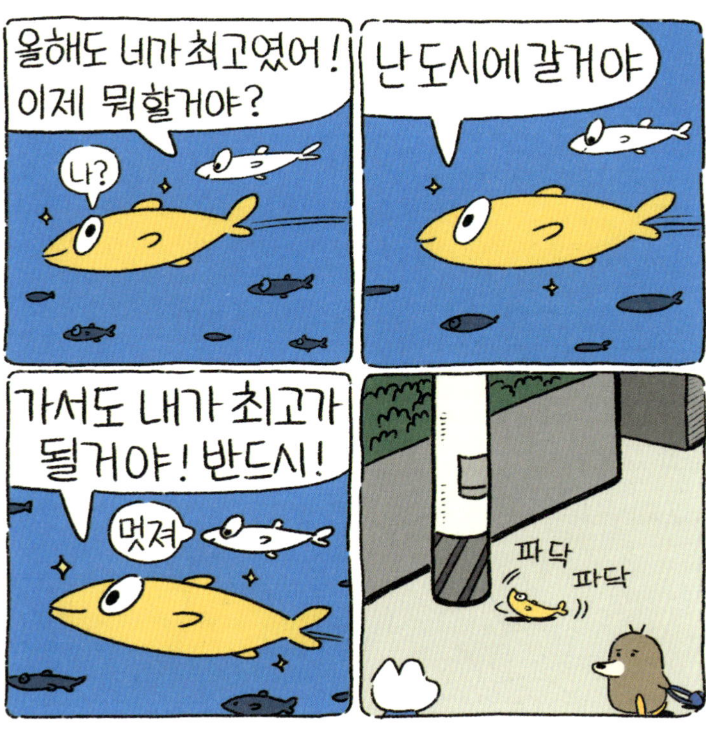

화내야 할 상대

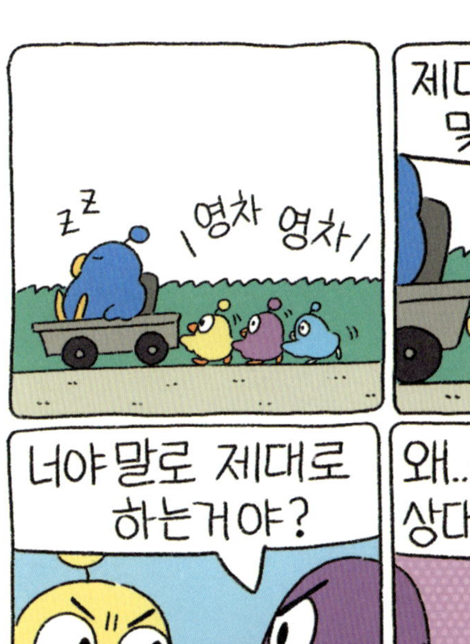

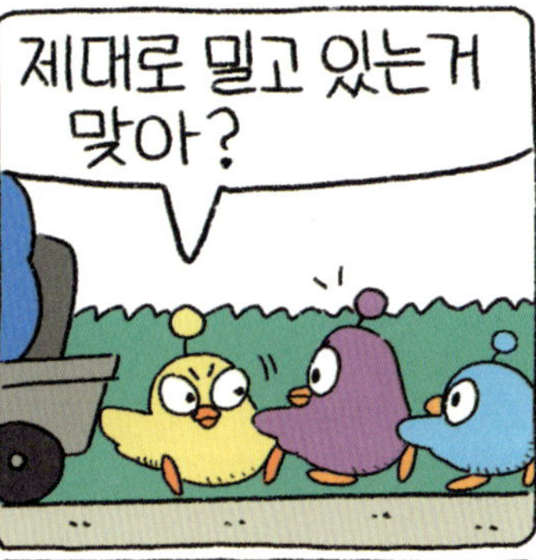

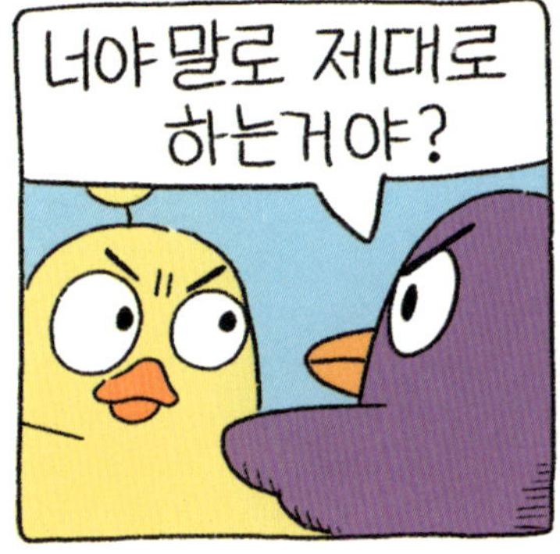

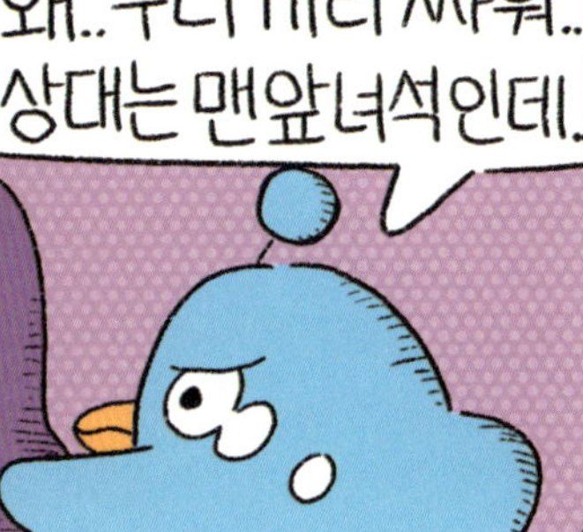

멋진 풍경

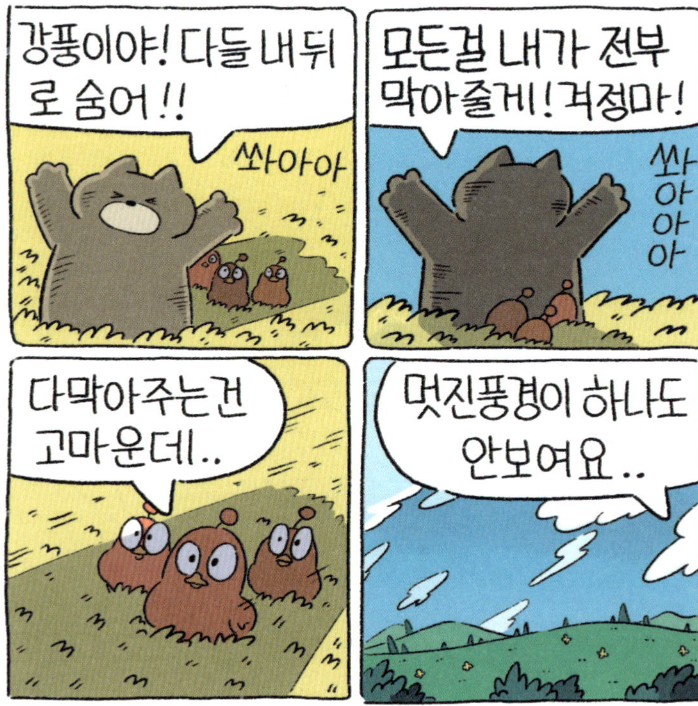

강풍이야! 다들 내뒤로 숨어!!
쏴아아
모든걸 내가 전부 막아줄게! 걱정마!
쏴아아아
다막아주는건 고마운데..
멋진풍경이 하나도 안보여요..

희망

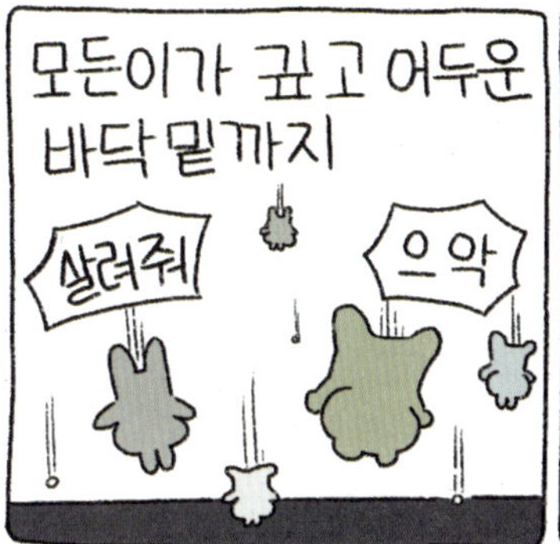

모든이가 깊고 어두운 바닥 밑까지
살려줘
으악

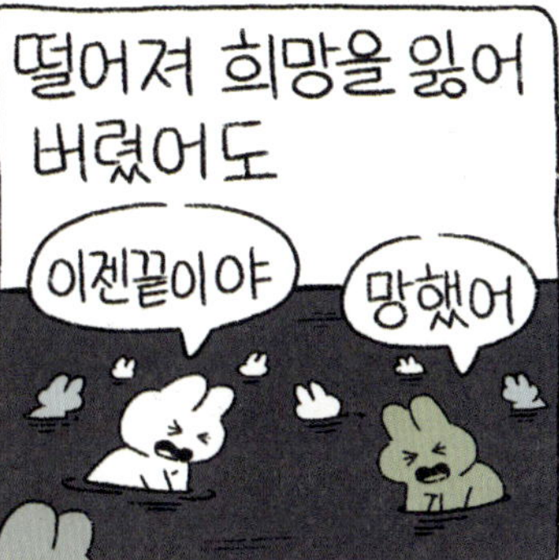

떨어져 희망을 잃어 버렸어도
이젠끝이야
망했어

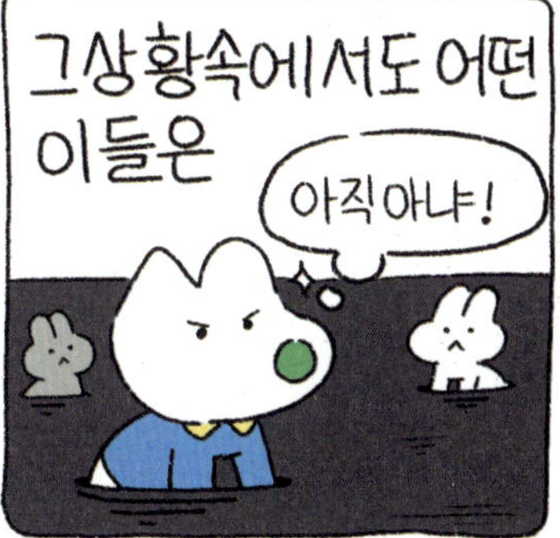

그 상황속에서도 어떤 이들은
아직아냐!

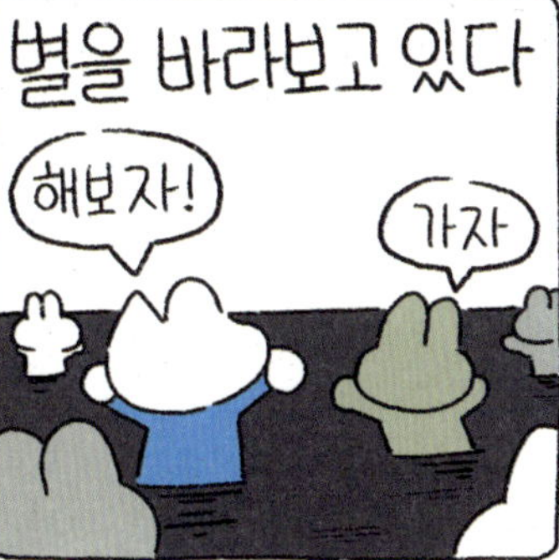

별을 바라보고 있다
해보자!
가자

손전등

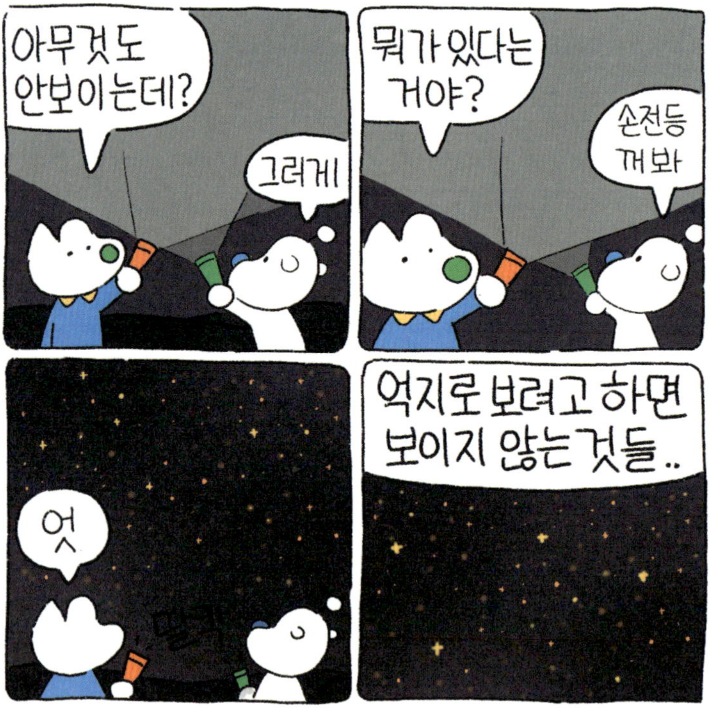

인디언의 지혜

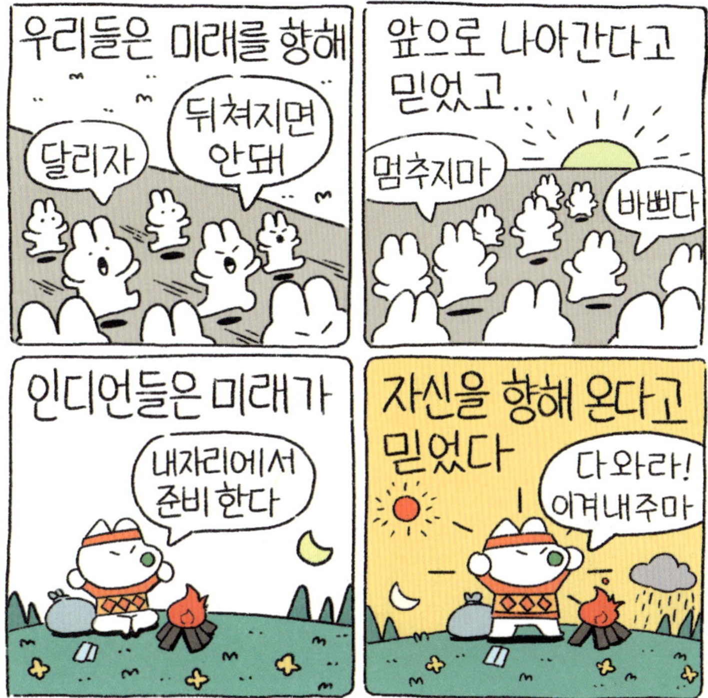

우리들은 미래를 향해
달리자
뒤처지면 안돼
앞으로 나아간다고 믿었고..
멈추지마
바쁘다
인디언들은 미래가
내자리에서 준비 한다
자신을 향해 온다고 믿었다
다와라! 이겨내주마

우리 집 강아지

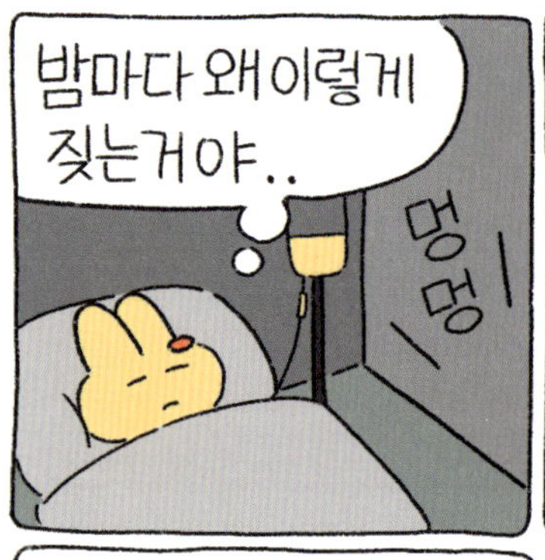

밤마다 왜이렇게 짖는거야..
멍멍

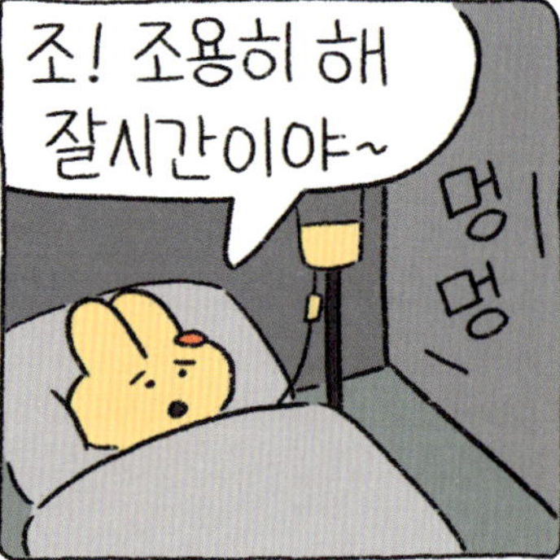

조! 조용히 해 잘시간이야~
멍멍

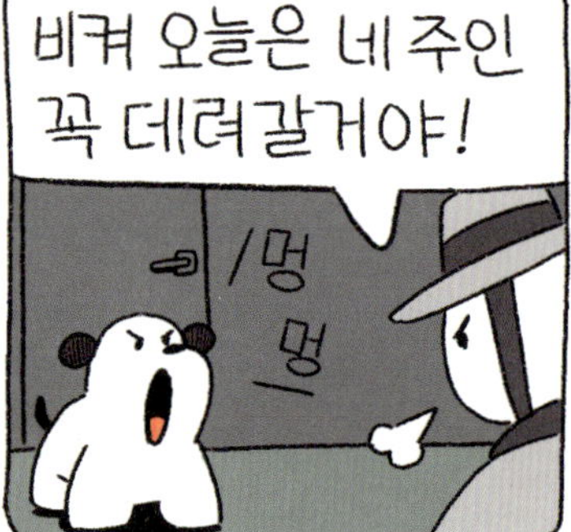

비켜 오늘은 네 주인 꼭 데려갈거야!
멍멍

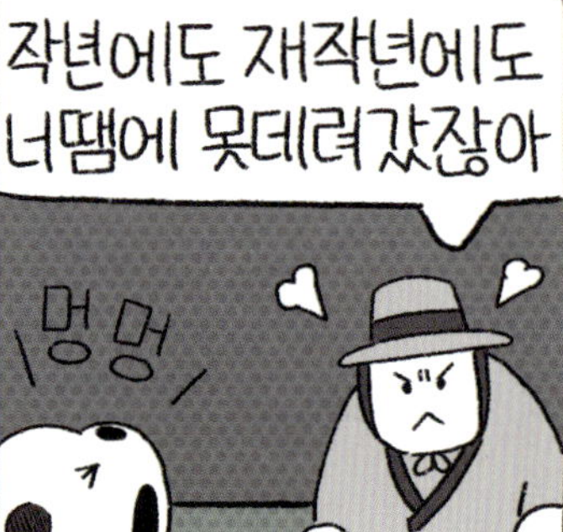

작년에도 재작년에도 너땜에 못데려갔잖아
멍멍

환생

다시 환생하면 부자 부모도 선택할수 있고
예전 가난한 부모도 다시 선택할 수 있어
선택은 네 자유야
네
건강한 아기에요
감사해요
응애

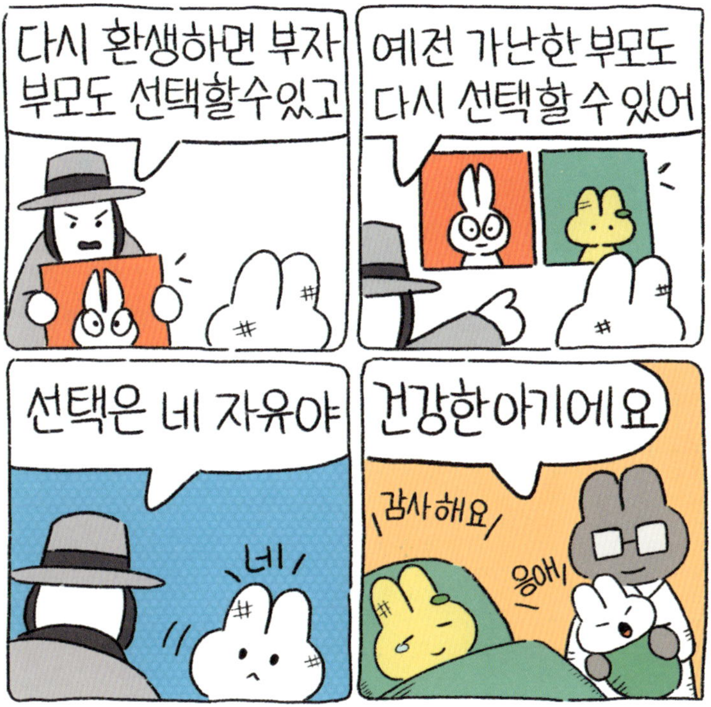

함께 걷는 길

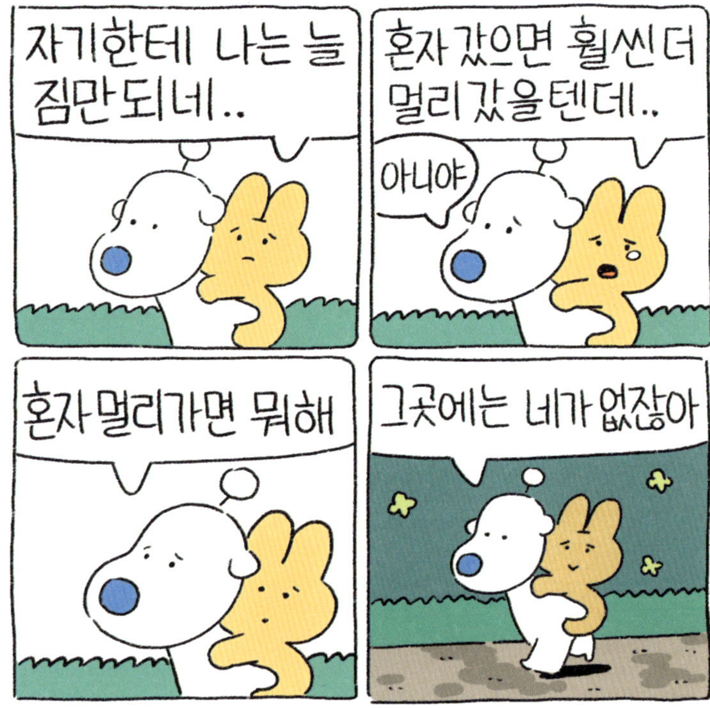

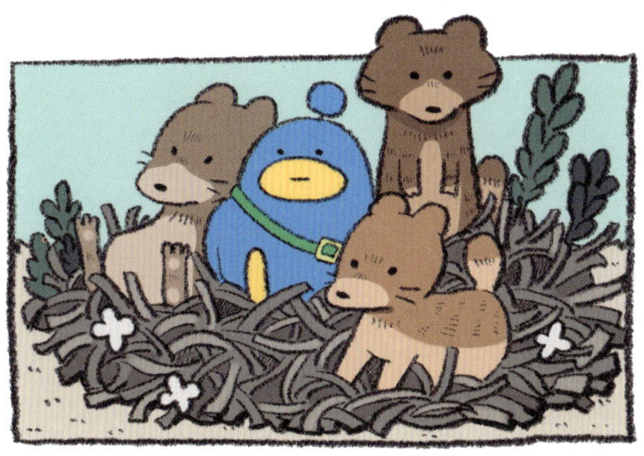

신랑 측 자리

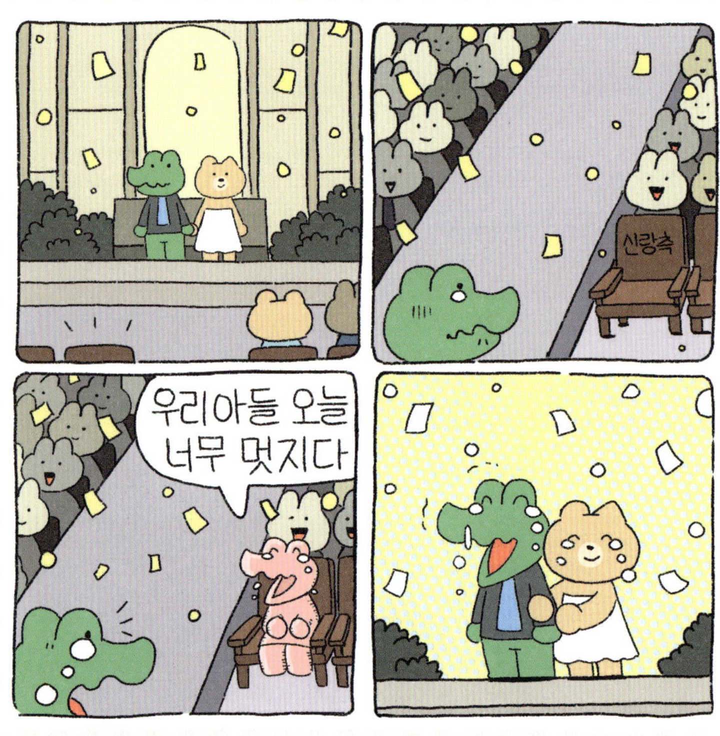

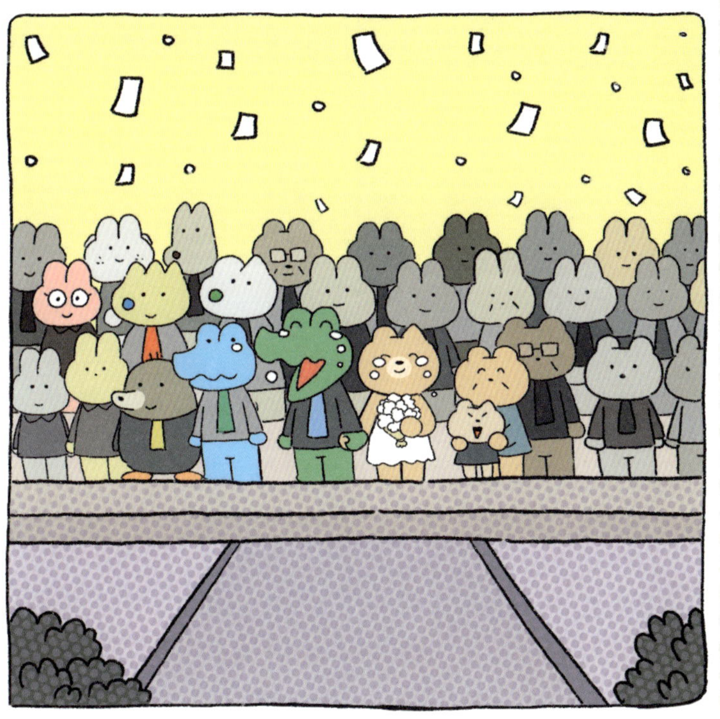

* 『악어과장』의 스포일러 방지를 위해 해당 에피소드의 신부 얼굴을 임시로 변경하였습니다.

회사는 다양한 세대가 모인 이상한 곳이다.
각자 다른 꿈을 가지고 일을 하며,
누군가는 자신의 모든 걸 바쳐 희생하고
누군가는 지나쳐가는 장소 중 하나인 곳.

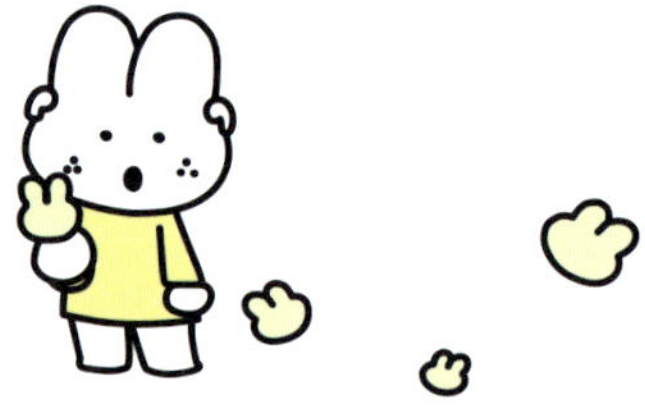

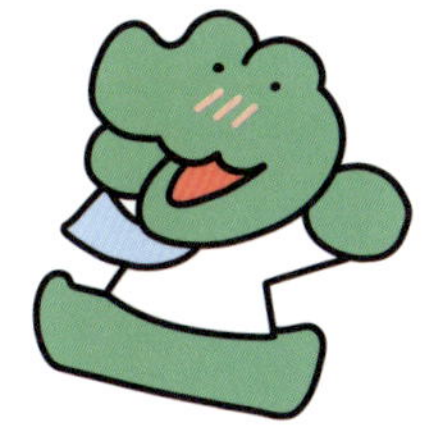

다가오는 불행에 눈을 감아버리면
나에게도 해가 뜬다는 사실을
잊을까 봐 그래.

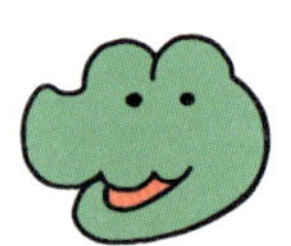
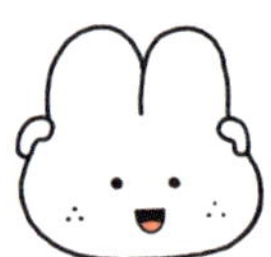
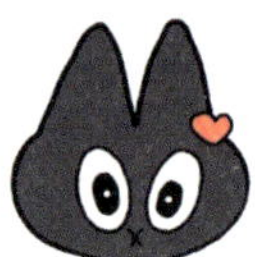
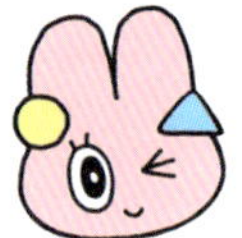

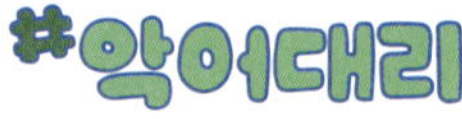

2025년 9월 8일 1판 1쇄 인쇄
2025년 9월 15일 1판 1쇄 발행

글·그림 꿀김
발행인 황민호
캐릭터비즈사업본부장 석인수
책임 편집 김현비
책임 디자인 변서희
발행처 대원씨아이㈜ www.dwci.co.kr
주소 서울특별시 용산구 한강대로 15길 9-12
전화 영업 02-2071-2066 / 편집 02-2071-2155
팩스 02-794-7771
1992년 5월 11일 등록 제3-563호

979-11-423-3191-6
©ggulgim / ©HELLOAPOLO